Roube meu coração

SUSAN MALLERY

Roube meu coração

Tradução
Thalita Uba

HarperCollins *Brasil*

Título original: THRILL ME

Copyright © 2015 by Susan Mallery Inc.

Direitos de edição da obra em língua portuguesa no Brasil adquiridos pela Casa dos Livros Editora LTDA. Todos os direitos reservados. Nenhuma parte desta obra pode ser apropriada e estocada em sistema de banco de dados ou processo similar, em qualquer forma ou meio, seja eletrônico, de fotocópia, gravação etc., sem a permissão do detentor do copirraite.
Esta é uma obra de ficção. Os nomes, personagens e incidentes nele retratados são frutos da imaginação da autora. Qualquer semelhança com pessoas reais, vivas ou não, eventos ou locais é uma coincidência.

Contatos:
Rua Nova Jerusalém, 345 – Bonsucesso – 21042-235
Rio de Janeiro – RJ – Brasil
Tel.: (21) 3882-8200 – Fax: (21) 3882-8212/831

CIP-Brasil. Catalogação na Publicação
Sindicato Nacional dos Editores de Livros, RJ

M22r

Mallery, Susan
    Roube meu coração / Susan Mallery ; tradução Thalita Uba. - 1. ed. - Rio de Janeiro : HarperCollins Brasil, 2015.
    272 p.: il.

    Tradução de: Thrill me
    ISBN 978.85.2203.236-5

    1. Romance americano. I. Uba, Thalita. II. Título.

15-26939
CDD: 813
CDU: 821.111(73)-3

Por ser "mãe" de um cãozinho fofo e mimado, conheço a alegria que bichinhos de estimação trazem às nossas vidas. O bem-estar animal é uma causa que apoio há muito tempo. Para mim, isso significa ajudar a Seattle Humane. No evento de arrecadação de fundos Tuxes and Tails de 2014, mais uma vez ofereci o prêmio "Seu Bichinho em um Romance".

Neste livro, você vai conhecer uma beagle maravilhosa chamada Sophie. Os "pais" dela foram generosos no leilão para que sua menina fofa, criativa e doce figurasse aqui.

Uma das coisas que tornam a escrita especial é interagir com pessoas de diferentes maneiras. Com algumas, converso para fazer consultorias. Outras são leitores que querem conversar sobre personagens e tramas; e outras, ainda, são pais fabulosos de animais. A mãe de Sophie foi extremamente generosa. Ela me contou histórias sobre sua menina, me mandou um DVD hilário e fez sua Sophie ganhar vida. Espero ter feito jus a ela neste livro.

Meus agradecimentos a Sophie, a seus pais e às pessoas incríveis da Seattle Humane (SeattleHumane.org). Porque todos os animais merecem uma família que os ame.

* * *

Um agradecimento especial a Dani Warner, da Pixel Dust Productions, pelo suporte técnico. Quaisquer erros com relação à produção cinematográfica são de minha responsabilidade.

Capítulo 1

MAYA FARLOW DISSE A SI MESMA que havia uma explicação bastante razoável para que a prefeita de Fool's Gold tivesse a foto de uma bunda masculina nua na tela do computador. Ao menos esperava que houvesse. Ela sempre gostara da prefeita Marsha e não queria descobrir nada que fosse meio nojento sobre a mulher que era sua chefe.

A prefeita Marsha suspirou pesadamente e apontou para a tela.

— Você não vai acreditar nisso — comentou ela, apertando uma tecla.

A imagem se moveu quando o vídeo começou a rodar e o áudio surgiu.

— O desafio termina na sexta ao meio-dia. Envie seu palpite por mensagem de texto para este número.

Maya ficou olhando para o computador. Quando a imagem parou novamente, ela analisou o número que aparecia na tela, o gesto congelado da mulher de setenta e poucos anos e a foto da bunda nua atrás dela. A bunda nua *de homem*, corrigiu Maya mentalmente, sem saber ao certo se o gênero importava tanto quanto a nudez.

— Certo... — disse Maya devagar, sabendo que se esperava que ela dissesse algo diferente. Possivelmente alguma coisa, você sabe, inteligente. Mas, para ser sincera, não conseguia pensar em nada. Como é que ela podia achar sentido em uma senhora de agasalho esportivo falando de um desafio de bundas nuas? É claro que essa era uma preocupação muito mais amena do que descobrir que a prefeita Marsha via vídeos pornôs.

A prefeita apertou alguns botões no computador e a tela desapareceu.

— Você pode ver o problema que estamos tendo com o programa de TV a cabo de Eddie e Gladys.

— Muitas bundas? — perguntou Maya, antes que se contivesse. Reafirmar o óbvio nunca era útil, porém, o que mais podia dizer?

Marsha era a prefeita há mais tempo em atividade da Califórnia. Ela tinha exatamente a mesma cara de 12 anos antes, quando Maya era uma adolescente nervosa de 16 anos que torcia para se enturmar na nova cidade, pequena e estranha. A prefeita ainda usava terninhos clássicos feitos sob medida e pérolas elegantes. Os cabelos brancos estavam presos em um *chignon* apertado. Quando adolescente, Maya não sabia o que pensar da prefeita. Naquele momento, ela pensava que era alguém a se admirar. A prefeita Marsha administrava a cidade com mão firme, porém justa. E o que era ainda mais importante: tinha lhe oferecido um emprego quando Maya sabia que precisava dar uma guinada em sua vida.

Então, lá estava Maya, a mais nova diretora de comunicação de Fool's Gold, na Califórnia. E o desafio de bundas era, aparentemente, problema da prefeita.

— Eddie e Gladys sempre foram espirituosas — disse Marsha, suspirando. — Admiro o gosto delas pela vida.

— E o interesse por homens mais jovens — murmurou Maya.

— Você não faz ideia. O programa delas é extremamente popular tanto entre os moradores quanto entre os turistas, mas temos recebido alguns e-mails e telefonemas sobre parte do conteúdo.

— Você precisa que eu as contenha.

— Não sei se isso é possível, mas sim. Não queremos ter que lidar com a Comissão Federal de Comunicações. Conheço dois comissários e não quero lidar com ligações de amigos de alto escalão, por assim dizer. — A senhora deu de ombros. — Ou explicar o que está acontecendo nesta cidade.

Depois de ver um pedacinho do programa, Maya teria dito que não havia mais nada que qualquer pessoa pudesse dizer para deixá-la mais surpresa do que ver uma mulher com quase oitenta anos mostrando uma bunda na televisão e convidando os espectadores a mandar mensagens de texto com o palpite de que celebridade local era dona daqueles glúteos. Maya teria se enganado. O fato de a prefeita Marsha conhecer pessoalmente um ou dois comissários da Coordenação de Classificação Indicativa (CCI) ganhava fácil das bundas. Mais ou menos isso.

Ela fez mais algumas anotações no tablet.

— Certo. Vou conversar com Eddie e Gladys e explicar sobre as restrições de indecência em programas televisionados.

Ela sabia bem o que as regras diziam, mas ia ter de pesquisar as especificidades. Tinha a sensação de que a dupla televisiva não seria o tipo de gente que se intimida por ameaças vagas das regras da CCI. Ela teria que se preparar para conversar com as duas.

— Você está sendo arremessada na cova dos leões, não é mesmo? — A prefeita Marsha sorriu para ela. — Este é só seu segundo dia. Espero que não esteja se arrependendo de ter aceitado o emprego.

— Não estou — garantiu Maya. — Adoro desafios.

— Então se considere abençoada. — A prefeita deu uma olhada em seu bloco de anotações. — Depois precisamos discutir nossos novos vídeos de campanha. A prefeitura quer uma abordagem dupla. A primeira leva de vídeos vai ser sobre o slogan da cidade. "Fool's Gold: um destino para o romance." A segunda será para apoiar o turismo em geral.

Elas tinham conversado sobre a nova campanha na entrevista de Maya.

— Tenho várias ideias para ambas — disse ela, animada.

— Ótimo. Ainda estamos pensando em outras maneiras de usar os vídeos. Eles vão ser disponibilizados no site da cidade, é claro. Mas também queremos que sejam usados em comerciais, tanto na internet quanto na TV.

Maya concordou com a cabeça enquanto digitava no tablet.

— Então, dois *spots* de trinta segundos cada com certeza, com cortes adicionais do material de um e dois minutos de duração? A mensagem varia, dependendo do público-alvo?

— Vou deixar os aspectos técnicos para você, Maya. Além disso, quaisquer ideias que você tenha para aumentar a visibilidade dos vídeos são bem-vindas. A prefeitura é uma equipe dinâmica, mas não entendemos de tecnologia. Você vai ter que assumir a liderança quanto a isso.

— Ficarei feliz.

Ela achava que tinha alguns contatos. Ninguém na CCI, mas amigos publicitários que ficariam felizes em ajudar a fazer um brainstorming. Seria fácil editar o material de modo a apelar para interesses diferentes. Focar as atividades ao ar livre que a cidade tinha a oferecer na ESPN e em sites de esportes. Mostrar coisas legais para fazer em família nos canais de TV a cabo mais assistidos por mulheres, com links para sites voltados a mulheres com filhos.

Apesar de esse tipo de trabalho ser diferente daqueles aos quais ela estava acostumada, Maya estava animada quanto às possibilidades. Seu emprego anterior, em uma emissora de TV local em Los Angeles, tinha se tornado confortável demais. E suas tentativas de ser contratada pela rede nacional não deram certo, o que a deixou desmotivada. A vaga em Fool's Gold tinha aparecido na hora certa.

— Você vai precisar de ajuda — disse a prefeita Marsha. — É trabalho demais para uma pessoa só. Especialmente se quisermos que os vídeos fiquem prontos até o fim do verão.

Maya concordou com a cabeça.

— Prefiro eu mesma fazer a edição. É uma arte. — E confiar seu material a outra pessoa seria difícil. — Mas seria bom ter ajuda com a pré-produção e nas filmagens.

— Sim. Além de uma pessoa com talento na frente das câmeras. É assim que se chama? Ou *apresentador* seria uma palavra melhor?

Maya sentiu um pequeno ressentimento. Afinal, em um mundo perfeito, ela mesma apresentaria os vídeos. Mas a verdade era que a câmera não era sua fã. Gostava o bastante dela, porém não o suficiente para amá-la. E, quando se tratava de qualquer tipo de mídia gravada, paixão era um requisito. O que significava que eles precisariam de alguém que arrasasse na tela.

— Alguém local? — perguntou ela, pensando em todas as celebridades esportistas da região. Além disso, ela sabia que o astro de filmes de ação Jonny Blaze tinha acabado de comprar um sítio nos arredores da cidade. Se fechasse com ele, seria o máximo.

— Eu tinha outra pessoa em mente — falou a prefeita Marsha.

Como se tivesse sido combinado, a assistente da prefeita bateu à porta e entrou na sala.

— Ele está aqui. Posso mandá-lo entrar?

— Por favor, Bailey — respondeu a prefeita.

Maya ergueu os olhos, curiosa para saber quem a prefeita consideraria para um trabalho tão importante. Havia muito em jogo para a cidade, e ela sempre colocava Fool's Gold em primeiro lugar. Se ele…

Talvez fosse um truque de luz, pensou Maya rapidamente, enquanto seus olhos ajustavam o foco. Ou um engano. Porque o cara alto, de ombros largos e levemente desalinhado que caminhava em sua direção, parecia muito familiar.

Ela analisou os cabelos enrolados muito compridos, a barba de três dias e a mochila enorme e surrada pendurada no ombro. Como se ele tivesse acabado de sair de um hidroavião vindo diretamente da Floresta Amazônica. Ou de um de seus sonhos.

Delany Mitchell. Del.

O mesmo Del que tirou sua virgindade, roubou seu coração de menina de 18 anos e prometeu amá-la para sempre. O Del que queria se casar com ela. O Del que ela abandonou porque era muito jovem e estava assustada demais para arriscar acreditar que ela era minimamente amável.

A calça jeans dele estava tão gasta que parecia macia como um cobertor de bebê. A camisa branca era solta; as mangas compridas, enroladas até os cotovelos. Ele era uma combinação irresistível de desgrenhado com confiante. O máximo do *sex appeal*.

Como é que ele podia estar de volta à cidade? Por que ela não sabia? Será que era tarde demais para sair correndo da sala?

A prefeita Marsha sorriu de contentamento e, então, se levantou. Atravessou a sala até o homem e abriu os braços. Del se aconchegou neles, abraçando-a, e depois deu um beijo em seu rosto.

— Você não mudou nada — disse ele, como forma de cumprimento.

— E você mudou um bocado. Você é bem-sucedido e famoso agora, Delany. É bom tê-lo de volta.

Maya se levantou, sem saber ao certo o que devia fazer ou dizer. De volta, tipo, *de volta*? De jeito nenhum. Ela teria ouvido falar. Elaine a teria avisado. *Aí está a prova viva e linda do contrário*, pensou ela.

Dez anos depois, Del ainda era bonito. Mais que bonito.

Ela se percebeu lutando contra sentimentos antigos. Sem ar, Maya se sentiu boba e ficou feliz por nenhum dos dois estar olhando para ela. Assim, teve um segundo para recuperar o controle.

Era muito nova na época, pensou, melancólica. Tão apaixonada e tão assustada. Infelizmente, o medo venceu e ela terminou com Del da maneira mais terrível. Talvez ela enfim tivesse a chance de se explicar e se desculpar. Supondo que ele estivesse interessado em ouvir.

A prefeita se afastou e gesticulou na direção dela.

— Acho que você se lembra de Maya Farlow. Vocês não costumavam sair?

Del se virou para olhá-la. Sua expressão era de uma curiosidade leve e nada mais.

— Fomos namorados — comentou ele, menosprezando com casualidade o relacionamento intenso e apaixonado que eles tinham tido. — Olá, Maya. Quanto tempo.

— Oi, Del. Bom ver você.

As palavras soaram bastante naturais, disse a si mesma. Ele não imaginava que o coração dela estava palpitando e o estômago tinha revirado tantas vezes que ela temia que nunca mais voltasse ao normal.

Será que ele não se lembrava do passado ou tinha mesmo deixado tudo para trás? Será que ela era apenas uma velha amiga da qual ele mal se lembrava? Maya teria achado que isso era impossível, mas parecia estar enganada.

Ele estava bonito, pensou ela, analisando o que havia de novo e o que ainda era exatamente como antes. Os traços dele estavam mais pronunciados, mais delineados. O corpo, maior. Ele tinha encorpado, crescido. Havia uma confiança em seu olhar. Maya tinha se apaixonado por um cara de vinte anos, mas à sua frente estava a versão adulta.

As peças do quebra-cabeça se encaixaram. A reunião e a discussão dela com a prefeita. O que era esperado dela com relação a promover a cidade. A necessidade de uma pessoa conhecida para apresentar os vídeos.

Seus lábios formaram a palavra *não* mesmo enquanto seu cérebro segurava o som. Ela se virou para a prefeita Marsha.

— Você quer que a gente trabalhe junto?

A senhora sorriu e sentou-se à mesa de reuniões. Então, gesticulou para que Del se sentasse também.

— Sim. Del está de volta só por alguns meses.

— Só até o fim do verão. — Ele se acomodou em uma cadeira que parecia pequena demais. Seu sorriso era tão relaxado quanto sua postura. — Você jogou sujo para me fazer ajudar.

Os olhos azuis da prefeita Marsha brilharam, entretidos.

— Talvez eu tenha feito o que precisava para que você concordasse — admitiu ela. Depois se virou para Maya. — Del tem experiência com filmagens. Ele mesmo já fez alguns vídeos.

Del deu de ombros.

— Nada tão especial, mas me viro bem com a câmera.

— Maya também. Gostaria que vocês dois trabalhassem juntos no projeto.

Maya disse a si mesma para continuar respirando. Mais tarde, quando estivesse sozinha, gritaria ou choraria ou jogaria algo na parede. Naquele momento, precisava permanecer calma e agir como profissional. Tinha um novo emprego que gostaria muito de manter. Adorava Fool's Gold e, desde sua volta para a cidade, estava mais contente do que se lembrava em toda a sua vida. Não queria que isso mudasse.

Ela podia lidar com o fato de Del estar de volta. Obviamente, ele a tinha superado completamente. Que bom... Ela também o tinha superado. Totalmente. Tanto que quase não se lembrava dele. Que Del?

— Parece ótimo — comentou ela, com um sorriso. — Vamos marcar uma reunião para discutir o que precisa ser feito.

Ela era calma, pensou Del, observando a moça do outro lado da pequena mesa de reuniões. Profissional. Maya havia mantido contato com a mãe dele; então, volta e meia ele tinha notícias suas. Notícias de que tinha sido promovida a produtora sênior da emissora de TV local em Los Angeles e queria conseguir um emprego na rede nacional. Voltar a Fool's Gold era uma guinada inesperada em sua trajetória profissional.

Também imprevista foi a ligação da prefeita Marsha, que o convidou para fazer parte do novo projeto publicitário da cidade. Marsha havia telefonado uns 15 minutos depois de ele já ter decidido ir passar o verão em sua cidade natal. A mulher tinha talentos absurdos.

— Que tal amanhã? — perguntou Maya. — Por que você não me liga de manhã e definimos um dia e um horário?

— Por mim, tudo bem.

Deu a ele o número de seu celular. O telefone fixo da prefeita Marsha tocou.

— Com licença — disse a prefeita. — Tenho que atender uma ligação. Vou deixar vocês dois cuidarem dos detalhes.

Todos se levantaram. Del e Maya saíram para o corredor. Lá, ele meio que esperava que a moça fosse sair correndo, mas ela o surpreendeu parando.

— Quando foi a última vez que você esteve aqui? — perguntou Maya.

— Faz uns dois anos. E você?

— Vim visitar Zane e Chase há uns meses e fiquei por aqui.

Os irmãos dela, pensou ele. Tecnicamente, filhos de Rick, seu ex-padrasto, mas ele sabia que eram a única família que Maya tinha. Enquanto Del tinha crescido em uma família barulhenta, unida e maluca, Maya não tinha ninguém a não ser uma mãe indiferente. Tinha se virado sozinha no mundo. Ele respeitava isso nela, até que essa característica se voltou contra ele e o mordeu bem no traseiro.

— Você está bem longe de Hollywood — disse ele.

— Você está bem longe do Himalaia.

— Então nenhum de nós está em seu habitat.

— Mesmo assim, cá estamos. — Ela sorriu. — É bom ver você, Del.

Você também.

Ele pensou nas palavras, mas não as disse. Porque era bom mesmo vê-la. Mas que droga! Ele não queria que fosse. Maya era confusão na certa. Ao menos foi para ele. Não que fosse cometer o mesmo erro de novo. Confiou o coração a ela e Maya jogou tudo no lixo. Lição aprendida.

Acenou com a cabeça para ela e, depois, jogou a mochila por cima do ombro.

— Falo com você amanhã.

O sorriso dela vacilou por um segundo antes de retornar.

— Isso mesmo.

Del a observou ir embora. Quando estava fora do seu campo de visão, ele pensou em ir atrás dela. Não que tivesse algo a dizer. A última conversa que tiveram, uma década atrás, havia esclarecido tudo.

Disse a si mesmo que o passado era o passado. Que tinha seguido em frente e a superado havia muito tempo. Ele seguiu seu rumo, assim como ela. No fim das contas, tudo tinha dado certo.

Ele saiu da prefeitura e caminhou na direção do lago. *Havia uma continuidade na cidade*, pensou ele ao dar uma olhada em volta e ver a coexistência de turistas e residentes. Os trabalhadores da cidade estavam trocando os cartazes, tirando os que celebravam o Festival do Verão Escaldante e pendurando os do Festival Máa-zib. Nessa mesma época no ano anterior, eles fizeram a mesma coisa. E no ano anterior àquele, e no ano seguinte, farão o mesmo. Apesar de haver um bocado de novos negócios abrindo, a verdade era que o coração da cidade nunca mudava.

Talvez o Brew-haha fosse um lugar novo para tomar um café, mas ele sabia que, quando entrasse lá, seria cumprimentado — e muito possivelmente pelo nome. Haveria um painel com anúncios de todos os tipos, desde passeadores de cachorro até as próximas reuniões cívicas. Apesar de alguns de seus amigos do colégio terem ido adiante, muitos haviam ficado. Quase todas as meninas que ele beijou quando era mais novo ainda estavam por ali. A maioria delas, casada. A cidade era o lar delas e era ali que se sentiam em casa. Seus filhos iriam crescer e frequentar a mesma escola de ensino fundamental e médio. Iriam brincar no parque Pyrite e ir aos mesmos festivais. Ali, a vida tinha um ritmo certo.

Uma vez, Del pensou que seria parte disso. Que permaneceria por ali e cuidaria do negócio da família. Encontraria a garota certa, se apaixonaria e…

Já faz muito tempo, disse a si mesmo. Foi quando era criança. Ele mal se lembrava daquela época. Antes de ir embora. Quando seus sonhos eram simples e ele sabia que iria passar o resto de sua vida com Maya.

Por um segundo, ele se permitiu pensar nela. No quanto era apaixonado. Naquele tempo, teria dito que *os dois* eram apaixonados, mas Maya mostrou que ele se enganara. Na época, ele ficou arrasado, mas hoje era grato. Por causa dela, tinha saído de Fool's Gold. Por causa dela, tinha ficado livre para ir embora e podia voltar para casa como o herói desbravador.

Esperou pela onda de orgulho, mas ela não veio. Talvez porque, nos últimos dois meses, tinha começado a perceber que precisava encontrar uma nova direção. Desde que vendeu a empresa, havia ficado inquieto. Claro que houve propostas, mas nenhuma lhe interessou. Então ele voltou para onde tudo começou. Para ver a família. Para celebrar o aniversário de sessenta anos de seu pai. Para descobrir para onde iria.

Pela segunda vez em muitos minutos, pensou em Maya. Em como nada nunca foi tão lindo quanto aqueles olhos verdes quando ela sorria para ele. Em como…

Del hesitou por um segundo antes de atravessar a rua e, então, afastou aquela lembrança, como se nunca tivesse acontecido. Maya era passado. Ele estava seguindo em frente. A prefeita Marsha queria que os dois trabalhassem juntos, o que, por ele, não tinha problema algum. Iria curtir o desafio e, depois, seguiria adiante. Era isso que fazia atualmente. Seguia adiante. Assim como Maya lhe havia ensinado.

Apesar de os Mitchell não poderem dizer que eram uma das famílias fundadoras de Fool's Gold, haviam chegado uma única geração depois. Viviam ali havia mais tempo que a maioria e tinham um histórico familiar interessante para provar isso.

Maya já conhecia Elaine Mitchell havia mais de dez anos quando se candidatou a uma vaga na Mitchell Fool's Gold Tours. A mulher simpática e extrovertida prometeu salário justo e turnos flexíveis. Como Maya guardava cada centavo para pagar a faculdade, ficou extasiada com a oferta. Não teria ajuda da família, então, dependia de si mesma para conseguir bolsas, financiamentos e empréstimos e complementar o resto com tudo o que pudesse poupar.

Duas coisas inesperadas aconteceram naquele fatídico verão. Maya tinha conhecido e se apaixonado por Del — o filho mais velho de Elaine. Mas também tinha encontrado uma amiga na matriarca dos Mitchell. Elaine era casada com o famoso escultor de vidros Ceallach Mitchell e era a mãe de cinco meninos. Ela havia nascido e crescido em Fool's Gold. Sua vida era um caos do bem, guiada por uma família crescente e feliz.

Maya era a única filha de uma dançarina de cabaré que tinha se casado por dinheiro e sofrido as consequências. Apesar de Maya sentir pena da mãe, adorou se mudar para Fool's Gold e ser uma adolescente relativamente normal pela primeira vez na vida.

À primeira vista, *ela e Elaine tinham pouco em comum*, pensou Maya enquanto saía da prefeitura e seguia em direção a seu carro. Elas eram de mundos e vidas diferentes. Mesmo assim, parece que sempre tinham algo para conversar e, apesar de como o relacionamento de Maya e Del tinha terminado, ela e Elaine mantiveram contato.

Entrou no carro para dirigir os quase dez quilômetros de distância do centro até a casa da família Mitchell. A casa ficava em um terreno de muitos acres, distante da cidade. Ceallach precisava de silêncio para sua criatividade e de espaço para suas enormes peças tridimensionais de vidro.

Por isso, a família morava longe do centro, e os cinco irmãos cresceram ao lado da montanha, correndo pelo terreno acidentado, fazendo o que quer que fosse que meninos fazem quando estão ao ar livre e sem ninguém tomando conta.

Maya relembrou todas as histórias que Del lhe havia contado quando estavam juntos e o que Elaine compartilhava em seus e-mails frequentes. Ela sabia que a amiga sentia falta de ter todos os cinco filhos em casa. Del e os gêmeos tinham ido embora e, apesar de Nick e Aidan ainda estarem na cidade, nenhum dos dois morava na casa da família.

Maya virou à esquerda e seguiu pela longa entrada. Quando ela, por fim, chegou à casa, ficou aliviada por ver o carro de Elaine estacionado na frente.

Ela mal tinha chegado aos degraus da varanda quando a porta se abriu e Elaine lhe sorriu.

— Que surpresa! O que aconteceu?

Del tinha os olhos da mãe. O resto — a altura, a estrutura corpórea — vinha do pai, mas os olhos castanhos eram puramente Elaine.

— Você não sabia? — perguntou Maya, subindo os degraus. — Del está de volta.

O queixo caído de Elaine confirmou o que Maya esperava. A amiga *não* sabia. O que era típico de homens. Para que contar à mãe que você está voltando para casa?

— Desde quando? — perguntou Elaine, abraçando-a e, depois, colocando-a para dentro de casa. — Ele podia ter ligado. Juro, é o pior de todos — comentou, com a boca se contorcendo, enquanto ela levava Maya até a cozinha. Seus tênis não faziam barulho nenhum no chão de madeira. — E os gêmeos. Eu deveria deserdar os três.

— Ou postar na internet as fotos vergonhosas deles quando bebês — sugeriu Maya, entrando na cozinha enorme.

— Seria uma solução melhor — disse Elaine, indo até a geladeira e pegando uma jarra de chá gelado. — Aí eu com certeza teria notícias deles. Então, o que aconteceu? Onde você o viu? O que ele disse?

— Não conversamos muito. Eu estava surpresa demais para fazer muitas perguntas.

Maya sentou-se na cadeira de costume à grande mesa da cozinha. A luminária acima era composta por cinco pendentes — cada um com um arco-íris de cores que girava e parecia se mover, apesar de serem perfeitamente imóveis. Ela ganhou uma grana razoável como produ-

Roube meu coração   17

tora sênior em Los Angeles, mas nunca conseguiria comprar aqueles pendentes. Ou a peça estonteante no canto da sala de estar. *Uma das vantagens de ser casada com um artista famoso*, pensou ela, aceitando o copo de chá que Elaine lhe entregou.

A amiga já sabia sobre o novo emprego de Maya como diretora de comunicação de Fool's Gold. Então Maya lhe contou sobre a reunião com a prefeita Marsha e os planos para os vídeos.

— Concordamos que devíamos ter um apresentador — continuou Maya. — Alguém que ficasse bem na tela.

— Sei aonde isso vai dar. — Elaine deu à amiga um olhar empáti-co. — E você?

— Você é um amor por fingir que eu teria alguma chance, mas ficar na frente das câmeras... — Maya franziu o nariz. — Enfim, pensei em alguns dos atletas que moram na cidade. Quer dizer, por que não? Ou talvez Jonny Blaze.

— Novo demais para mim, mas sexy mesmo assim.

Maya sorriu.

— Concordo com a última parte, apesar de discordar da primeira.

Elaine riu.

— E é por isso que somos amigas. Então, não vai ser o sr. Blaze?

— Não. Como se estivesse ouvindo tudo da sala ao lado, eis que entra Del. Eu não acreditei.

Elaine pegou o celular no bolso da calça jeans e olhou para a tela.

— Eu também não. Fico me perguntando há quanto tempo ele está na cidade. Não me mandou mensagem perguntando se podia ficar aqui em casa. O que significa que está se escondendo em algum outro lugar. — A boca dela se contraiu. — Parece que fiz um péssimo trabalho com meus meninos.

— Não diga isso. Você foi uma ótima mãe.

Maya que o diga. Sua mãe era das mais terríveis; logo, tinha como comparar. Enquanto sua mãe tinha se ocupado deixando claro para Maya que ela era a razão para cada decepção sua, Elaine criou filhos felizes e amados.

— Além disso, o propósito não é criar os filhos para que se tornem membros contribuintes da sociedade? — perguntou Maya, com deli-cadeza. — Você fez isso cinco vezes.

Antes que a amiga respondesse, a portinhola do cachorro se mexeu de leve. Maya viu de relance um focinho marrom, seguido por um borrão feliz de cores, quando Sophie, a *beagle* de Elaine, entrou correndo na cozinha.

Sophie era uma coisa fofa de olhos vívidos. As manchas amarronzadas e pretas eram bem características dos *beagles*, mas sua personalidade era única. Ela vivia com gosto, canalizando toda a energia no que capturasse sua atenção. Naquele momento, ela deu umas lambidas rápidas na "mãe" antes de ir cumprimentar Maya. Em alguns minutos, ela provavelmente pensaria em uma maneira de abrir a geladeira e devorar o que seria o jantar.

— Oi, menina linda — disse Maya, agachando-se no piso de madeira e abrindo os braços.

Sophie correu na direção dela, enquanto cumprimentava latindo. Então, subiu no colo de Maya para receber mais carinho. Com as patas grandes se agitando, Sophie lhe dava seus melhores beijos e se aconchegava ainda mais.

— Você tem os olhos mais lindos do mundo — disse Maya, admirando o delineado marrom-escuro e, depois, esfregando as orelhas da cachorra. — Deve ser legal ter uma beleza natural.

— Ao contrário do resto de nós — murmurou Elaine. — Tem manhãs em que, juro, é fogo.

— Eu que o diga.

Maya fez um último carinho em Sophie e voltou à cadeira. Sophie ficou circundando a cozinha, cheirando o chão, antes de se acomodar em sua cama perto da lareira.

Maya olhou para a amiga. Percebeu as olheiras e um ar diferente — talvez cansaço.

— Você está bem?

Elaine ficou rígida.

— O quê? Estou bem. Estou chateada por Del não ter me contado que estava vindo para casa. Ele disse, por e-mail, que talvez viesse, mas não havia nenhum plano concreto.

— Talvez quisesse fazer uma surpresa.

— Tenho certeza de que é isso.

Maya achou bom mudar de assunto.

— Como estão os planos para a grande festa de Ceallach?

— Ceallach não consegue se decidir se quer dar uma festa de arromba ou só fazer uma reuniãozinha com a família. Nesse ritmo, vou ter que trancá-lo em um armário até que se decida.

Maya sorriu. As palavras de Elaine eram duras, mas havia muito amor e tempo por trás delas. Os pais de Del estavam juntos havia mais de 35 anos. Foi amor à primeira vista, quando ambos tinham apenas vinte e poucos anos. A jornada foi tortuosa. Maya sabia dos problemas de Ceallach com a bebida e de seu temperamento artístico. Mas Elaine era devotada, e eles tinham criado cinco filhos.

Por um segundo, ela ficou imaginando como deveria ser. Casada por tanto tempo, seria difícil se lembrar de ter vivido de outra forma. Conhecer seu lugar em uma longa linhagem de familiares que vieram antes e viriam depois. Ser um entre muitos.

Ela nunca teve isso. Quando pequena, eram só ela e a mãe. E a mãe de Maya deixava claro que ter uma criança por perto era nada mais que um pé no saco.

Capítulo 2

Maya ESPERAVA QUE PASSAR UM TEMPO com a amiga fosse suficiente para tirar Del da cabeça. Mas estava errada. A noite foi uma experiência desconfortável, em que passou mais tempo acordada do que dormindo. E, quando enfim pegava no sono, era só para sonhar com Del. Não o Del atual, sexy e com a barba por fazer, mas o Del de vinte anos de idade que tinha roubado seu coração.

Ela acordou exausta e com uma ressaca de lembranças. Engraçado que, até vê-lo, tinha se esquecido dele. Mas, uma vez que ele tinha voltado, estava presa entre o passado e o presente.

Ou estava lidando com algo mal resolvido, pensou enquanto entrava no banho. Por mais que quisesse pensar que o universo girava em torno dela, a verdade era que as coisas não eram assim.

Trinta minutos depois, ela estava razoavelmente apresentável. Sabia que a única coisa que tornaria possível viver o dia eram litros e mais litros de café. Então deixou sua pequena casinha alugada e seguiu para o Brew-haha, não sem antes fazer uma pausa para regar rapidamente as flores recém-plantadas.

Fool's Gold tinha crescido nos últimos dez anos em que ela esteve fora. Por ter trabalhado meio período fazendo tours a pé pela cidade, conhecia sua história e sua configuração. Tinha a sensação de que a agenda de festivais que havia memorizado um dia ainda existia em seu cérebro. Provavelmente armazenada ao lado da letra completa de "Since U Been Gone", de Kelly Clarkson.

O pensamento a fez sorrir e, cantarolando a música, ela entrou no Brew-haha.

O café era decorado com simplicidade, com cores vibrantes e muitos lugares para sentar. Havia um longo balcão na frente, uma vitrine de quitutes tentadores e calóricos e um homem alto e de ombros largos na frente de uma fila de seis pessoas.

Maya congelou, com o corpo meio dentro, meio fora do café. E agora? Precisaria encarar Del em algum momento. Graças à prefeita Marsha, os dois iriam trabalhar juntos. Mas ela não pensou que teria que lidar com ele antes do café.

O lado negativo de uma cidade que, a não ser por isso, é perfeitamente adorável, pensou ela, engolindo as dúvidas e entrando na fila.

Quando Del acabou de fazer o pedido, disse algo que fez a moça do caixa rir. Ele se afastou para esperar o pedido e logo começou a conversar com o barista.

Ele sempre fora tão simpático assim?, Maya se perguntou, observando-o, enquanto tentava dar a impressão de que *não* estava prestando atenção. Um truque que seu corpo ainda levemente sonolento estava com dificuldades em manter.

A fila andou. Vários outros clientes pararam para conversar com Del, cumprimentando-o e parando para conversar. *Sem dúvida botando o papo em dia*, pensou ela. Del tinha crescido ali. Devia conhecer um monte de gente.

Trechos das conversas chegavam até ela, que captou pedaços das histórias sobre *skysurf* e a empresa que ele tinha vendido. Quando Del deixou a cidade, não apenas se envolveu com um esporte novo e arriscado, mas também desenvolveu uma prancha, abriu uma empresa e a vendeu por uma grana alta. Era impressionante. E um pouquinho irritante.

Não era que não quisesse que ele tivesse se dado bem. Mas talvez não precisasse ser tão bonito quanto bem-sucedido. Uma cicatriz era pedir demais? Algo que equilibrasse a equação?

Mas não. Com a barba por fazer e o sorriso fácil, ele ainda era lindo como um astro de cinema. Ela sabia bem. Tinha visto muitos vídeos dele, e era impressionante. A câmera o adorava, o que significava que o público também.

Ela chegou à frente da fila e pediu o maior café com leite que eles tinham. Pensou em pedir mais uma dose extra de expresso, mas concluiu que muito provavelmente voltaria ali mais tarde. Era melhor fracionar a cafeína.

Maya deu um passo para o lado para esperar o café. Del ainda estava conversando com algumas pessoas. Ela esperava que ele terminasse a conversa e fosse embora. Em vez disso, Del veio em sua direção.

— Bom dia — disse ela.

Seu sono insistente se dissipou quando um formigamento esquisito começou nos dedos dos pés e subiu acelerado até o topo da cabeça. O pavor deu lugar ao receio.

Não, não, não! Não pode haver formigamento ou nada desse tipo. De jeito nenhum. Nem pensar. Não com ela. Ela se recusava a se sentir atraída por Delany Mitchell. Não dez anos e milhares de quilômetros depois. Embora os quilômetros fossem metafóricos para ela e literais para ele. Eles tinham terminado. Seguiram em frente. Tudo bem, tecnicamente, ela deu um pé na bunda dele de uma maneira cruel e imatura, mas, independentemente de suas falhas, estava tudo tão acabado que poderia ser considerado um fóssil de relacionamento.

Exaustão, disse a si mesma em desespero. O formigamento é resultado da exaustão. E talvez da fome. Ela provavelmente desmaiaria e, então, tudo ficaria bem.

— Bom dia — respondeu ele, parando na frente dela. — Você me dedurou para minha mãe.

Aquelas palavras eram tão distantes do que Maya estava pensando que teve dificuldades em entender o significado. Quando a névoa mental se dissipou, ela respirou de novo.

— Você está falando sobre eu ter dito a ela que você estava aqui?

— É. Você podia ter me dado 15 minutos para entrar em contato com ela.

Ela sorriu.

— Você nunca disse que era segredo. Dei um pulo lá para visitar minha amiga e contei que você tinha voltado. Ela ficou surpresa.

— É um ponto de vista. Ela me deu a maior bronca.

O barista entregou o café a Maya. Ela o pegou e começou a andar na direção da porta.

— Se você está esperando que eu me sinta culpada por isso, pode tirar o cavalinho da chuva. Como é que você não se deu ao trabalho de dizer à sua mãe que estava vindo para cá? O vilão aqui não sou eu.

Del acompanhou seu passo.

— Eu queria fazer surpresa.

Roube meu coração 23

— É assim que se chama esse tipo de coisa hoje em dia?

Ele abriu a porta do Brew-haha. Quando os dois chegaram à calçada, ele apontou para a esquerda e ela caminhou ao lado. Porque, bem... por que não?

— Você está dizendo que eu deveria ter avisado a minha mãe que passaria o resto do verão em casa?

— Falando como amiga dela, sim, você deveria ter dito que estava vindo. Ou que tinha chegado. E, se não queria que eu contasse a ela, deveria ter dito alguma coisa. Se ela deu uma bronca em você, a culpa é só sua. Não aceito absolutamente nenhuma responsabilidade ou culpa por isso.

Ele a surpreendeu dando risada.

— Você, de fato, sempre teve atitude.

Naquele tempo, teriam brigado. Ela gostava de pensar que, desde aquela época, tinha ganhado um pouco de experiência ou mesmo conteúdo como respaldo.

Eles chegaram ao lago. Del virou na direção da trilha que levava às cabanas de aluguel do outro lado. Maya foi com ele. O dia estava ensolarado e prometia ser de bastante calor.

Ao longo da orla do lago Ciara, bem ao sul da pousada Golden Berg, havia um aglomerado de cabanas de verão. Iam de *studios* pequenos a estruturas grandes de três quartos. Cada cabana tinha uma grande varanda com bastante espaço para sentar-se e observar o lago. Havia um espaço para as crianças brincarem, uma churrasqueira comunitária e um acesso fácil para pedestres até Fool's Gold.

Del caminhou até uma das menores cabanas. Havia muitos lugares para sentar-se na varanda surpreendentemente ampla.

— Não é uma suíte chique? — perguntou ela, sentando-se na cadeira que ele ofereceu.

Ele se acomodou ao lado.

— Passo tempo suficiente em hotéis quando viajo. Isto é melhor.

— Mas não tem serviço de quarto.

Ele a olhou, com a sobrancelha erguida.

— Acha que eu não sei cozinhar?

Passaram-se dez anos, pensou ela.

— Acho que não sei muito sobre você.

Hoje em dia. Ela não disse essas últimas palavras, mas pensou. Porque houve um tempo em que sabia tudo sobre Del. Não apenas suas esperanças e seus sonhos, mas como ele ria e beijava e qual era o gosto.

Em geral, o primeiro amor é intenso. Para ela, foi isso e muito mais. Com Del, pela primeira vez na vida, ela se permitiu acreditar que talvez não precisasse seguir em frente sozinha. Que talvez, quem sabe, pudesse acreditar que outra pessoa estaria lá por ela. Para cuidar dela. Para se importar.

— Para começar, sei cozinhar — disse ele, trazendo-a de volta ao presente. — Houve um cancelamento de última hora. Então, consegui a cabana.

Dois menininhos brincavam perto da água. A mãe assistia sentada em um cobertor na grama. Os gritos e risos chegavam até eles.

— Vai ser barulhento — comentou ela.

— Não tem problema. Gosto de estar perto de crianças. Elas não sabem quem sou e, se souberem, não ligam.

Algumas pessoas ligariam, pensou ela, imaginando como deveria ser difícil essa versão famosa dele.

Ele tinha feito nome no circuito de esportes radicais. Acrobacias malucas de *snowboard* montanha abaixo tinham se transformado em *skysurf*. Ele se tornou a cara de um esporte em ascensão, com a mídia querendo saber por que é que alguém iria saltar de um avião com uma prancha acoplada nos pés e ficar girando até chegar ao chão.

Depois de alguns anos como queridinho da imprensa, ele fez outra mudança ao desenvolver uma prancha melhor e, então, abrir uma empresa para fabricá-la. Essa jogada o tornou ainda mais popular — ao menos para o mundo corporativo —, e ele se tornou um convidado frequente em programas sobre negócios. Quando vendeu a empresa — pulando fora com dinheiro e sem anunciar o que iria fazer —, tornou-se uma lenda. Um cara arrojado, disposto a viver a vida de acordo com as próprias regras.

Ela já quis isso. Não o perigo, mas ser famosa. Seria uma das regalias de estar na frente das câmeras, em vez de atrás. Para ela, não se tratava de dinheiro ou de conseguir uma reserva em um restaurante da moda, mas de acolhimento. De que, se os outros se importavam com ela, ela deveria ter seu valor. Ser merecedora, de alguma forma.

Tempo e maturidade a ajudaram a ver como essa ideia é falaciosa, mas o vazio da necessidade nunca tinha sumido. Se aquele sonho morresse, ela teria que encontrar outra maneira de ficar em paz com o passado.

— No que está pensando? — perguntou ele.

Ela meneou a cabeça.

— Nada. Estou ficando filosófica demais para esta hora da manhã. — Ela tomou um gole de café. — Então você vai ficar aqui até o verão terminar e vai me ajudar com os vídeos promocionais. Fico grata por isso.

Ele lhe deu um olhar que dizia não acreditar naquilo.

— É sério — garantiu ela. — Você vai ser um ótimo apresentador.

— Se você diz...

— Vai, sim.

Del a estudou.

— Voltei porque meu pai está fazendo sessenta anos e eu não via minha família há um tempo. O que você está fazendo aqui?

Uma pergunta direta. Ela optou por uma resposta condizente.

— Eu me cansei do que estava fazendo. Tinha feito uma terceira e última tentativa de conseguir um emprego em rede nacional. — Ela inspirou. — A verdade é que não fico bem na tela. Em teoria, eu seria perfeita. Sou atraente, inteligente e simpática o suficiente e, mesmo assim, simplesmente não dá certo. Voltar a produzir pautas frias era uma opção, mas eu não me animava. Vim visitar meus irmãos, e a prefeita Marsha me procurou oferecendo o emprego. Eu aceitei.

A oferta foi inesperada, mas ela não demorou muito para aceitar. Sair de Los Angeles era tentador e ficar perto da família parecia certo. Ela nunca pensou que Del fosse voltar.

Maya o olhou. Teria feito diferença? Disse a si própria que não. Ele só ficaria na cidade por algumas semanas. Ela conseguiria se manter firme por esse tempo. Além disso, o formigamento provavelmente não voltaria a acontecer. Uma reação automática a uma visita inesperada do passado.

Del foi seu primeiro amor. É claro que haveria emoções residuais. Conhecê-lo e ter gostado dele a mudou para sempre.

— Com relação aos vídeos... — começou ela.

— Você tem um monte de ideias.

— Como sabe?

Ele a observou com os olhos escuros brilhando de divertimento.

— Você sempre teve, e era incisiva com suas opiniões.

— Não é algo ruim.

— Concordo. Você me dizia o que pensava e, depois, me explicava por que eu era um idiota se não a ouvisse.

Maya tomou um gole de café.

— Duvido de que eu tenha dito *idiota...* — murmurou ela.

— Você pensava.

Ela riu.

— Talvez.

Maya era incisiva e determinada. Em vez de achá-la irritante, Del a incentivava a se explicar. Queria saber o que ela estava pensando.

— Você tinha umas ideias boas para melhorar os tours — comentou ele. — Tenho certeza de que terá boas ideias para os vídeos. É claro que eu também tenho certa experiência com filmagem.

Ele podia agir como um babaca, pensou ela, lembrando-se de como as coisas terminaram. É claro que, se ainda estivesse bravo, teria se recusado a trabalhar com ela.

— Desafiando minha autoridade? — perguntou ela, com delicadeza.

— Vamos ver.

Ela deu uma olhada no relógio.

— Preciso ir trabalhar.

Ela sugeriu um dia e um horário para a primeira reunião oficial. Depois, levantou-se para voltar a pé à cidade.

No meio do caminho, ela sentiu vontade de se virar para ver se Del a estava observando. Quando olhou para trás, viu que ele não estava. Tinha entrado.

Estupidez, disse a si mesma. Assim como o formigamento. Se ela ignorasse, iria passar. Ao menos era o plano.

Del terminou o café. Então, sucumbiu à ida inevitável à casa dos pais. Na longa via de entrada, ele se preparou para o drama do qual não podia escapar. Porque a família era assim e nada era fácil, nunca.

Ele estacionou e caminhou na direção da porta. A casa continuava como sempre — esparramada no terreno com um grande jardim na frente e atrás. Depois do quintal, ficava a oficina do pai. Dois pavimentos de janelas com estrutura de aço, por causa da luz. Ceallach também tinha um *studio* do outro lado da cidade para quando precisava ficar sozinho.

Seu pai era um famoso escultor de vidro. Internacionalmente famoso. Quando estava bem, era o melhor. Mas quando bebia...

Del tentou afastar as lembranças, mas elas eram persistentes. O pai estava sóbrio havia alguns anos. Ele não destruía mais todo o trabalho de um ano inteiro em um acesso de raiva embriagado em uma única tarde, deixando a família desesperada e desamparada. Estava melhor. Mas, para os cinco filhos de Ceallach, esse "melhor" tinha chegado tarde demais.

Um latido feliz o trouxe de volta ao presente. Uma *beagle* marrom, preta e branca deu a volta correndo na casa em direção a ele. Sophie latia de satisfação.

— Oi, bonitona — cumprimentou Del, pegando-a no colo e levantando-se.

Ela se agitou nos braços dele, tentando se aproximar e dar lambidas ao mesmo tempo.

— Você provavelmente não se lembra de mim — disse à cadela. — Você ficaria animada assim até se fosse para cumprimentar um *serial killer*.

Sophie deu um sorriso de cachorro, concordando. Ele a colocou no chão e a seguiu até a porta. Sua mãe a abriu antes que ele batesse e sacudiu a cabeça.

— Não podia ter feito a barba?

Ele riu e então a abraçou.

— Oi, mãe.

Elaine se manteve firme. Depois, afastou-se e meneou a cabeça.

— É sério. Você ia morrer se usasse um barbeador?

Del coçou o queixo.

— A maioria das mães quer conversar sobre netos.

— Isso também funcionaria para mim. Entre.

Ela segurou a porta aberta.

Ele entrou na casa e voltou ao passado. Muito pouco tinha mudado. A sala de estar tinha sofás diferentes, mas no mesmo lugar. As obras de vidro do pai estavam por toda a parte; todas cautelosamente elevadas ou protegidas para que Sophie ou seu rabo irrequieto não causassem nenhum estrago.

Del voltou a atenção para a mãe novamente. Elaine conheceu Ceallach Mitchell quando tinha vinte anos. Segundo ela, foi amor à primeira vista. Ceallach nunca contou sua versão da história. Eles se casaram quatro meses depois e Del nasceu no ano seguinte. Quatro outros filhos o seguiram, cada um com mais ou menos um ano de distância do outro, até chegarem os gêmeos.

A mãe estava igual, com cabelos escuros na altura dos ombros e um sorriso fácil. Mas, ao estudá-la, viu que havia algumas poucas diferenças. Ela estava mais velha, porém era mais que isso. Talvez parecesse cansada.

— Você está bem, mãe?

— Estou. Não durmo mais tão bem quanto costumava. — Ela deu de ombros. —Questões femininas...

Del não sabia ao certo a que questões ela se referia, mas não ia entrar no assunto. Em vez de escapar, foi até o sofá. Sophie saltou para sentar-se ao lado e logo se acomodou para uma soneca.

A mãe sentou-se de frente para ele.

— Por quanto tempo você vai ficar na cidade?

— Até o verão acabar. Você me pediu para vir para o aniversário do pai. Vim mais cedo.

— Seu pai vai ficar contente.

Del não tinha tanta certeza. Ceallach podia ser brilhante, mas também era temperamental. Em sua cabeça, o que importava era a arte. Todo o resto estava em segundo plano. Um jeito inferior de levar a vida. Ele não tinha paciência nem interesse por meros mortais ou passatempos.

— Você veio sozinho? — perguntou a mãe.

Del assentiu com a cabeça. Na última vez que veio, ele trouxe Hyacinth. Teve tanta certeza de que iriam dar certo... Mas não deram. Ela não conseguiu se manter fiel a apenas um homem e Del não conseguiu aceitar o que Hyacinth jurava serem amantes insignificantes que só se deitavam em sua cama e depois se levantavam. Apesar de ele ter odiado a traição, a desonestidade foi ainda pior.

— Viajando com pouca bagagem — disse à mãe.

— Del, você precisa se acomodar.

— Nunca quis me acomodar.

— Você sabe do que estou falando. Não quer uma família?

— Jogando a carta dos netos, finalmente?

Ela sorriu.

— Sim. Está na hora. Seu pai e eu estamos casados há 35 anos e nenhum dos meus filhos se casou ainda. Por quê?

Del não podia falar pelos irmãos. Apaixonou-se duas vezes na vida, primeiro por Maya e depois por Hyacinth. Os dois relacionamentos acabaram mal. E o denominador comum? Ele.

O pai entrou na sala. Ceallach Mitchell era alto e tinha ombros largos. Apesar de estar a semanas de completar sessenta anos, ainda era forte, com os músculos necessários para se trabalhar com pedaços grandes de vidro fundido. Del reconhecia a genialidade do pai — não tinha como negar que ele era brilhante. Mas também sabia que isso vinha com um preço.

— Del está em casa — disse Elaine, apontando para o sofá.

Ceallach encarou o filho. Por um segundo, Del se perguntou se o pai estava tentando descobrir qual dos filhos era.

— Ele veio para seu aniversário — acrescentou a mãe.

— Bom saber. O que você tem feito esses dias? Surfado?

Del pensou na prancha que tinha criado, na empresa que tinha fundado, no valor pelo qual a vendeu e na quantia impressionante de dinheiro guardada no banco.

— Na maioria dos dias — respondeu ele, baixando a mão para coçar a barriga de Sophie. A *beagle* se deitou de costas e suspirou.

— Tem visto Nick? — perguntou o pai. — Ele ainda está trabalhando naquele bar, desperdiçando talento. Ninguém consegue convencê-lo. Estou cansado de tentar.

Com isso, Ceallach saiu da sala.

Del ficou olhando para as costas dele.

— Bom ver você também, pai.

A mãe apertou os lábios.

— Não seja assim — disse ela. — Você sabe como ele fica. É só o jeito dele. Está feliz por você estar de volta.

Del não tinha tanta certeza quanto a isso, mas não queria começar uma briga. Nada tinha mudado. Ceallach só se importava com sua arte e outras pessoas com potencial para criar arte, e Elaine ainda ficava entre ele e o mundo, agindo tanto como amortecedor quanto como defensora.

— O que você tem feito esses dias? — perguntou ela. — Sei que vendeu a empresa. Parabéns.

— Obrigado. Ainda estou decidindo o que fazer. Me ofereceram um trabalho como designer.

— Você vai aceitar?

— Não. Bolei um conceito para minha prancha por conta própria. Não sou designer. Há alguns empreendedores que querem financiar minha próxima grande ideia.

O que seria ótimo, se ele tivesse uma. O que mais queria fazer... Bem, não estava saindo como esperava.

— Você tem tempo para decidir o que é importante.

As palavras certas, mas, novamente, ele teve a sensação de que a mãe estava escondendo alguma coisa. Não que fosse perguntar de novo. Segredos eram uma parte constante da vida da família Mitchell. Ele aprendeu desde cedo a esperar até que fossem revelados.

— Você poderia trabalhar para seu irmão — disse ela.

— Aidan? — Del riu. — Na agência? Não, obrigado. E duvido que ele vá gostar que você ofereça minha ajuda.

— Ele está ocupado o tempo todo. Especialmente no verão.

Não imaginava o que o irmão teria dito sobre seus conselhos. Hoje em dia, os dois mal tinham contato. Del se lembrou de quando eram próximos e se perguntou o que tinha acontecido. É claro que ele esteve fora, mas mandava e-mails e mensagens.

Outro problema, para outro dia, falou a si mesmo, levantando-se.

— Bom ver você, mãe — disse ele, indo até ela para beijá-la no rosto.

— Você também. Espero vê-lo bastante enquanto estiver na cidade.

— Verá.

— E faça a barba.

Capítulo 3

O ESCRITÓRIO DE MAYA ERA NO MESMO prédio dos estúdios de TV a cabo de Fool's Gold. As emissoras locais tinham sua própria locação, do outro lado da cidade. Até aquele minuto, ela gostava da separação. Ter que ver repórteres "de verdade" diariamente seria deprimente. Não é que ainda quisesse ser repórter, mas olhar seu sonho abandonado poderia ser difícil. Apesar de que, naquele segundo, encarar um urso selvagem faminto teria sido preferível ao que ela estava fazendo.

— Não entendo — retrucou Eddie Carberry, teimoso. — As pessoas *gostam* do nosso programa. Alguma das irmãs Gionni disse algo a você? Porque sei que elas estão furiosas por termos uma audiência maior que a delas. Quem é que vai querer ver um programa de TV sobre cabelos quando há bundas a serem vistas? Além disso, cada uma tem um programa por causa da rixa entre elas. Então, é duas vezes mais do mesmo.

— Os programas são sobre penteados — ponderou sua amiga Gladys. — Não que assistir a alguém usar um modelador de cachos seja tão interessante assim.

Eddie e Gladys deviam estar na casa dos setenta anos. Eram bastante energéticas e determinadas, pensou Maya. Será que a prefeita Marsha tinha noção da impossibilidade da tarefa quando a contratou? Porque Maya sempre pensou que ela e a prefeita fossem amigas. Talvez só na sua imaginação.

— Estilizando ou tagarelando, cabelo é cabelo. O que nós fazemos é mais interessante, e Bella e Julia não conseguem aceitar isso.

Eddie colocou as mãos nos quadris. Com um terninho de veludo amarelo vibrante, ela parecia mais cômica do que intimidadora, mas havia um brilho em seus olhos que fez Maya manter uma distância segura.

Ela continuou mostrando a folha de papel.

— Eu copiei e colei as palavras exatas do site do governo — disse com firmeza. — Está bem claro. A CCI definiu conteúdo inadequado como "linguagem ou material que, no contexto, retrate ou descreva, em termos claramente ofensivos, conforme os padrões da sociedade contemporânea para a mídia difundida, atividades sexuais ou órgãos sexuais ou excretores".

— O que é "excretor"? — perguntou Gladys.

— O que você acha? — retrucou Eddie, com um olhar severo.

Gladys franziu o nariz.

— Eca. Nunca faríamos isso. E a liberdade de expressão? Reivindicamos a Primeira Emenda da Constituição.

— É isso que ela disse — concordou Eddie. — Temos direito à liberdade de expressão.

Maya olhou para suas anotações.

— A Justiça diz que vocês não podem exibir bundas nuas no horário em que crianças podem assistir.

Gladys e Eddie trocaram olhares.

— Então não podemos mostrar bundas no nosso programa das cinco, mas podemos no programa das onze?

Maya conteve um resmungo.

— Eu preferiria que vocês não mostrassem em horário nenhum.

— Mas você não é nossa chefe — replicou Eddie. — E todos aqueles filmes que mostram bundas?

— Passam às dez — acrescentou Gladys. — Então vamos mostrar bundas às onze. É um ótimo meio-termo.

Um meio-termo que Maya torcia para que a prefeita Marsha aceitasse.

— Mas não às cinco — esclareceu Maya. — Vocês não vão querer que a CCI acabe com o programa ou multe a emissora. Se tivermos que pagar multa, vamos perder nosso orçamento e aí vocês não vão ter programa nenhum.

— Seu trabalho é garantir que isso não aconteça — falou Eddie.

— Não, meu trabalho é administrar os programas de TV a cabo. *Seu* trabalho é seguir as regras.

Eddie sorriu.

— Você é afiada. Gosto disso. Lembro quando você era adolescente e queria ir embora para fazer faculdade. Olhe para você agora, toda adulta.

Roube meu coração 33

— Senhoras.

A voz masculina fez todas se virarem. Maya viu Del e quase se jogou nos braços dele. Não que não estivesse entusiasmada por vê-lo, mas interromper a conversa era melhor ainda.

— Del! — Gladys correu na direção dele. — Você voltou!

— Você já sabia.

Del abraçou a velha senhora. Depois, voltou-se para Eddie. Após beijar as duas no rosto, ele deu uma piscada.

— Vocês duas estão causando confusão?

— Sempre — respondeu Eddie, com orgulho.

Maya sacudiu a cabeça.

— Chega de confusão. Elas acabaram de concordar em não mostrar bundas nuas antes das onze. É uma vitória para os padrões de decência.

Eddie fungou.

— Mas depois das onze vão ser só bundas, o tempo todo! Del, nos dê uma foto da sua. Temos um quadro de desafio em que as pessoas têm que chutar de quem é a bunda. Ninguém vê a sua há tempos. Seria divertido.

Ele riu e as abraçou.

— Senti falta de vocês duas. Não há ninguém como vocês em nenhum lugar aonde fui.

— Se você acha que somos tudo isso, por que não volta e dorme com a gente? Setenta anos são os novos 35 — disse Gladys.

O divertimento de Del continuou.

— Não vamos arruinar a promessa do que nunca acontecerá — retrucou.

— Ele está nos rejeitando — lamentou Eddie. — Homens são idiotas.

Gladys passou a mão no rosto de Del.

— Ela tem razão, mas você não tem como evitar.

As senhoras acenaram e saíram do escritório de Maya. Ela se afundou na cadeira e se perguntou se tinha, afinal, escapado com tanta facilidade ou se haveria mais problemas de bundas à tarde para resolver no futuro.

Del sentou-se na cadeira vazia de frente para ela.

— Elas estão mesmo fazendo um desafio de bundas?

— Sim, e eu prefiro não falar sobre isso. A prefeita Marsha receia que a CCI se envolva. Tive que pesquisar definições e tudo o mais. Não é minha parte preferida do trabalho.

Del olhou na direção da porta.

— Senti muita saudade delas. São uma das melhores partes desta cidade.

— Sério? Elas assustam muitos homens.

— De jeito nenhum. São divertidas.

— Me pergunto se deveríamos redefinir nossos termos contratuais... — murmurou ela.

Ele se recostou na cadeira.

— Relaxe. Elas gostam de você. Vão ouvi-la.

— Espero que esteja certo. O que traz você aqui?

A reunião deles seria só dali a alguns dias.

Del deu de ombros.

— Eu estava na vizinhança.

O que é bastante fácil, pensou ela. Fool's Gold estava longe de ser uma cidade grande. Mas mesmo assim.

— Está tudo bem?

Del hesitou, por tempo suficiente para que Maya se perguntasse o que havia de errado, antes de dizer:

— Tudo ótimo. Vi minha mãe. Você não pode mais usar isso contra mim.

— Porque você estava superpreocupado que eu usasse. Quer conversar sobre trabalho, já que está aqui?

— Claro.

Ela pegou as duas pastas que tinha aberto sobre os projetos.

— A prefeita Marsha e a prefeitura querem fazer uma campanha em duas frentes. A primeira vai apoiar as iniciativas turísticas no geral. Estou trabalhando com várias autoridades locais para isso. O objetivo é bastante simples. Fazer vídeos que estimulem as pessoas a visitarem a região.

Maya pensou no formato discutido.

— Você vai apresentar e estrelar esses vídeos.

Ele ergueu uma das sobrancelhas.

— Está dizendo que sou o astro?

— Vai sonhando.

Del estava vestido basicamente como nas duas últimas vezes em que ela o vira. De jeans e uma camisa casual. Parecia tranquilo, como se se sentisse confortável em qualquer ambiente. A barba estava um pouco mais grossa; os cabelos, um bocadinho mais compridos. A palavra *desalinhado* veio à mente, como antes. Mas em versão sexy.

Ela se forçou a voltar para a conversa.

— A segunda frente é uma campanha para divulgar o novo slogan da cidade. *Um destino para o romance.*

— Entrevistar pessoas apaixonadas? — perguntou ele.

— Bastante fácil — concordou ela. — Tenho uma lista de potenciais casais, incluindo um que está junto há mais de setenta anos.

— Impressionante. Nos vídeos de turismo, o que você quer que eu faça? Filmar em lugares diversos enquanto falo sobre eles?

— Sim, mas espero que a gente consiga fazer algo mais inspirado. Se os clipes forem interessantes, podemos usá-los para publicidade.

— Ou vendê-los para as emissoras locais.

— Não tenho tanta certeza quanto a isso. As matérias das emissoras locais têm uma média de 41 segundos. E as de emissoras nacionais, dois minutos e 23 segundos. Prefiro despertar o interesse de um programa famoso exibido em todo o país.

— Tem muita gente que quer o mesmo — disse ele. — Vamos ter que ser inovadores.

Maya gostou do fato de ele não ter descartado a ideia no ato. *Como era estranho que estivessem trabalhando juntos assim!* — pensou ela. Até se mudar de volta para Fool's Gold, algumas semanas antes, ela quase nunca havia pensado em Del. Desde que voltou, ele estava em sua cabeça, mas isso era uma questão de proximidade. Era difícil ignorar o único homem que amou retornando à cena da tragédia. Então, do nada — graças à prefeita Marsha —, ele voltou à sua vida.

Ela se perguntou se ele pensava no passado. Antes de encontrá-lo, supôs que os dois teriam que esclarecer as coisas. Mas Del não parecia estar chateado com o que tinha acontecido. E ela também não conseguia encontrar uma boa maneira de tocar no assunto.

Oi, Del, desculpe por ter sido uma babaca quando terminei com você. Não, isso não iria acontecer. Talvez ela devesse esperar para ver se havia alguma maneira mais espontânea de ter aquela conversa.

— Algum contato de celebridade que você possa usar? — perguntou Del.

— Eu fazia trabalho de estúdio em Los Angeles — contou ela. — As celebridades não me conhecem.

— Ficou triste por não ter conhecido Ryan Gosling?

— A dor me faz perder o sono à noite, mas estou superando.

Ele riu e, depois, o clima ficou mais sério.

— Como você se afastou do noticiário?

Uma pergunta que ela fez a si mesma mil vezes.

— Fui tentada pelo diabo e me rendi — admitiu ela, sabendo que era verdade. — Eu estava crescendo no meu emprego no noticiário local, produzindo mais e mais matérias. O programa de fofocas me deu uma chance de estar à frente das câmeras. — Infelizmente, a falta de química deu vida curta àquilo. — Como não deu certo, eles me ofereceram uma promoção para trabalhar nos bastidores. Olhando em retrospecto, tenho bastante certeza de que esse era o plano deles desde o começo. Mas sabiam que eu nunca teria deixado o emprego que eu tinha para aceitar o cargo de produtora.

— Ressentimentos?

— Não. Tomei minhas decisões. Tenho que viver com as consequências.

— E agora você está aqui.

Maya sorriu.

— Tem sido bom até agora.

— Com exceção de Eddie e Gladys — provocou ele.

— Vou descobrir uma maneira de fazê-las andar na linha, mas de um jeito que não destrua quem elas são. Gosto quando elas forçam os limites.

— Está tomando partido delas?

— Estou dizendo que a criatividade sempre deveria ser encorajada.

O bolso da camisa de Del vibrou. Ele tirou o celular e olhou a tela.

— Prefeita Marsha. Ela pediu para perguntar sobre os vídeos que você fez de mim. — As sobrancelhas dele se ergueram. — Passei no seu programa de celebridades?

— Não — respondeu ela, mentindo antes que pudesse se conter.

— Estranho... Não faço ideia do que ela está falando.

Os olhos escuros dele não deixaram nada transparecer.

— Ela deve ter confundido você com outra pessoa.

— Deve ser. — Ela olhou para a pasta aberta. — Pensei em fazermos uma parte com Priscilla, o elefante, e seu pônei, Reno.

— Quem e quem?

Maya não tinha certeza de que a distração tinha funcionado, mas, se ele estava disposto a fingir, então ela também estava. Antes de mostrar os vídeos que tinha feito de Del, precisava que outra pessoa os visse. Alguém em quem ela confiasse para apoiá-la. A última coisa que queria era que seu ex-namorado pensasse que ela tinha passado os últimos dez anos sem esquecê-lo.

Del seguiu na direção da cidade. Ele e Maya tinham planos de começar a trabalhar nos vídeos em alguns dias. Ela ainda tinha que preparar a agenda de pré-produção, incluindo a locação de equipamentos. Apesar de a câmera ser importante, as lentes certas faziam toda a diferença em uma filmagem. Maya alugaria as lentes de que precisavam.

Até lá, Del estava na dele. Já tinha começado a relembrar os velhos tempos com a família; então, podia muito bem continuar. Atravessou a rua e entrou no The Man Cave.

Apesar de a placa na frente avisar que o bar estava fechado, a porta estava escancarada. Ele entrou e olhou em volta.

As luzes do teto estavam acesas, iluminando o espaço grande e amplo. O pé-direito era alto, com um mezanino no segundo pavimento que contornava o salão como uma passarela. Mesas e cadeiras estavam afastadas para limpeza. Havia alvos de dardos, mesas de sinuca e um grande palco em um dos cantos. O balcão comprido dominava o outro canto do salão.

Havia decoração esportiva nas paredes: pôsteres de esportes, com uma camiseta do Tour de France, além de bolas e capacetes de futebol americano autografados.

O irmão de Del saiu de uma sala nos fundos e sorriu.

— Ouvi dizer que você estava morto — comentou Nick, com alegria.

— Só em seus sonhos.

— Não. Gosto de ser o irmão do meio. Dá uma ideia de simetria.

Eles se deram um abraço rápido. Del estudou o irmão. Nick parecia bem. Mais velho e tranquilo naquele lugar. Não importava o que Ceallach dizia sobre a escolha profissional de Nick; ele não estava tão preocupado assim.

— Sente-se — disse Nick, puxando uma mesa do aglomerado perto da parede e pegando duas cadeiras. — Quer uma cerveja?

— Claro.

Nick foi atrás do balcão e pegou uma garrafa da geladeira. Serviu um refrigerante para si. Del quase perguntou o motivo, mas então disse a si mesmo que Nick trabalhava em um bar. Devia ser melhor não ficar provando os produtos no meio da tarde.

O rapaz voltou com as bebidas, e eles se sentaram de frente um para o outro.

O irmão de Del tinha mais ou menos a mesma altura que ele. Todos os irmãos Mitchell tinham poucos centímetros de diferença da altura do pai. Nick era mais musculoso que Aidan e Del. Parte disso era genética e outra parte vinha dos materiais pesados com que trabalhava. *Ou com os quais já trabalhou*, pensou Del, perguntando-se quando o irmão tinha parado de lidar com vidro para gerenciar um bar.

— Como está o bar? — perguntou ele.

— Bem. — Nick sorriu. — Tivemos um começo complicado, mas estamos indo de vento em popa agora. Temos muitos clientes. Uma boa mistura de turistas e moradores locais. O karaokê faz sucesso. — Ele apontou para o palco com a cabeça. — Você deveria vir cantar um dia desses.

Del riu.

— Sem chance. — Ele deu uma olhada em volta. — Há quanto tempo você está trabalhando aqui?

— Desde que abriu. — O humor de Nick se esvaiu. — Não comece você também. Já tenho que aguentar um monte de asneiras do papai. Você não pode falar nada sobre aquilo.

"Aquilo" era o talento de Nick, pensou Del. Enquanto ele e Aidan não tinham a habilidade fenomenal de Ceallach, Nick e os gêmeos eram quase tão talentosos quanto o pai.

Del ergueu as mãos.

— Está bem. Não vou dizer nada.

Nick ficou olhando o irmão por um segundo antes de suspirar.

— Você o viu, não foi?

— Ontem.

— Esse é o mesmo tom de voz que Aidan usa quando fala do papai.

— Não fomos os escolhidos — disse Del baixinho, lembrando que Ceallach sempre fez pouco caso da pequena agência de turismo da mãe deles, não importavam as inúmeras vezes que era ela quem punha comida na mesa. Pelo que ele via até então, Aidan tinha feito a empresa crescer ainda mais. Mas nada disso importava para Ceallach.

— Você está se dando bem mesmo assim — comentou Nick. — Parabéns pela venda da empresa.

Del tomou um gole de cerveja.

— Como soube?

— Leio a seção de negócios do jornal de vez em quando. Você é bastante famoso por aqui. Garoto local bem-sucedido. O que você vai fazer agora?

— Não faço a menor ideia.

— Isso seria parte do motivo pelo qual você veio para casa?

— É. E também por causa do aniversário do papai.

— Ainda faltam algumas semanas. É um tempão para ficar olhando para o próprio umbigo.

Del riu de leve.

— Não faz meu estilo. Vou ajudar Maya Farlow com uns vídeos promocionais da cidade. Para ajudar o turismo.

As sobrancelhas de Nick se ergueram.

— Sério?

— Não é nada de mais.

— Vocês iam se casar e, quando ela o dispensou, você foi embora da cidade. Mamãe ficou histérica por semanas. É essa Maya?

— Sim, e obrigado por me relembrar.

— De nada. — Nick o estudou. — Vai mesmo trabalhar com ela?

— Parece que sim.

Del pensou em ver Maya. Ela havia se tornado uma combinação interessante da menina de que ele se lembrava e uma pessoa completamente diferente. Ainda maravilhosa, mas mulheres bonitas eram fáceis de encontrar. Ela era esperta, e ele gostava disso. O diálogo era tão importante quanto o sexo neste mundo.

— Éramos amigos — disse ele ao irmão. — Não há motivo para isso ter mudado. Além disso, sou grato pelo que aconteceu.

— É uma maneira interessante de enxergar as coisas.

Del pensou na vida que ele tinha planejado. Antes de Maya, estava pronto para assumir a empresa da família e viver o resto da vida em Fool's Gold.

— Por causa dela, pude viajar e ver o mundo. Tem muita coisa interessante rolando por aí. Se eu tivesse ficado, teria sido infeliz.

— Mesmo com Maya?

Uma pergunta que ele não podia responder. E nem queria tentar. Se Maya tivesse se casado com ele...

Por um segundo, permitiu-se imaginar uma casa com quintal e duas crianças. Maya grávida da terceira. Ele teria sido feliz com ela? Com eles?

Dez anos antes, Del juraria que a resposta era "sim". Hoje, apesar de querer ter esposa e filhos, ele não tinha certeza de que conseguiria se acomodar em apenas um lugar.

— Estou feliz — disse ele, com firmeza. Solitário, talvez, mas feliz mesmo assim. — O que ela e eu tínhamos terminou há anos. Podemos trabalhar juntos sem problema algum.

Nick pegou o refrigerante.

— Acho difícil acreditar que você perdoe tão fácil assim, mas tudo bem. Aplaudo sua reação madura, mesmo que levemente confusa, ao fato de ela estar de volta à cidade. — Ele ficou alegre. — Bom... Faça-a se apaixonar por você de novo e, aí, dê um fora nela.

— Quando é que você se tornou vingativo?

Um músculo se contraiu no maxilar de Nick.

— Merdas acontecem.

Del pensou em perguntar o que tinha acontecido, mas concluiu que Nick iria contar quando estivesse pronto.

— Obrigado pela sugestão de vingança, mas não, obrigado. Querer puni-la significa que não a superei, e eu superei. Completamente.

Ele era homem de uma mulher só, ainda em busca da certa. Achou que a tinha encontrado duas vezes. Primeiro, com Maya, e depois, com Hyacinth. Uma das coisas que as duas mulheres lhe haviam ensinado era a importância de ser honesto. Hyacinth e Maya mentiram para ele. De jeitos diferentes, mas esconderam a verdade mesmo assim. Se uma mulher não conseguia ser direta e aberta, ele não estava interessado.

Nick ergueu o copo.

— À superação.

Del ergueu a garrafa. Ele sabia que mulher havia superado, mas se perguntou a quem Nick se referia. Não que fosse descobrir. A família deles era repleta de segredos.

* * *

O Sítio Nicholson pertencia à família Nicholson havia uma eternidade, algo como cinco gerações. Maya não sabia o número exato. O que sabia com certeza era que ficou impressionada quando o viu pela primeira vez, 12 anos antes. Ela era uma adolescente de 16 anos assustada, que só tinha morado em Las Vegas a vida inteira. Mudar-se de um deserto árido com plantações de neon para as árvores de verdade do sítio foi como estar em uma minissérie de TV.

A casa de dois pavimentos parecia impossivelmente enorme. Havia hectares de grama e árvores, cavalos e gado, bem como cabras-da--caxemira.

Sua mãe tinha tirado a sorte grande quando conheceu Rick Nicholson. Eles namoraram por duas semanas e se casaram em uma igreja *drive-thru*. Menos de um mês depois, Maya e a mãe deixaram tudo para trás e se mudaram para a Califórnia. Maya não sabia o que esperar. Mas todas as esperanças e todos os sonhos foram concretizados quando ela viu o sítio pela primeira vez.

Não importava que Rick não fosse particularmente amigável. Ser ignorada pelo novo marido da mãe era bastante preferível à atenção de alguns de seus ex-namorados. Maya tinha o próprio quarto, uma suíte! Além de três refeições por dia e dois irmãos. Apesar de o mais velho, Zane, tratá-la com desprezo, o pequeno Chase era adorável.

Conhecer a cidade foi ainda mais incrível. Fool's Gold era limpa, amistosa e acolhedora. Maya fez amigos e tinha professores que não apenas sabiam seu nome, mas se importavam com o seu desempenho. Pela primeira vez na vida, permitiu-se esperar por um futuro. Ousou sonhar com a possibilidade de ir para a universidade.

Naquele momento, ela entrava no sítio e se dirigia à casa principal. Depois que Rick e sua mãe se divorciaram, Maya manteve contato com Zane e Chase. Apesar de seu relacionamento com Zane ser conturbado, ela não tinha desistido dele. No mês anterior, os dois se reconciliaram, sendo ajudados pelo fato de que Zane tinha se apaixonado louca e perdidamente pela melhor amiga de Maya, Phoebe.

Maya estacionou e pegou sua bolsa gigantesca antes de ir até a casa. Bateu uma vez na porta da frente e, então, entrou.

— Sou eu! — gritou ela.

Phoebe, uma morena *mignon* e curvilínea, saiu da cozinha e sorriu.

— Oba! Adoro quando é você.

Elas se abraçaram e entraram na cozinha, onde Phoebe serviu chá gelado para as duas.

Maya sentou-se à mesa antiga e desgastada e observou a amiga pegar uma salada na geladeira e também pequenos sanduíches.

— Você não precisa me alimentar — disse Maya, sabendo que Phoebe não conseguia se conter. Ela nasceu para cuidar do mundo.

— Pensei que você poderia estar com fome.

Phoebe colocou a comida na mesa e, em seguida, pegou guarda-napos e talheres.

Ela se movia com facilidade, como se sempre tivesse morado na velha casa. Melhor ainda: Phoebe parecia contente. A felicidade irradiava de seus olhos castanhos. Ela estava relaxada. Volta e meia, dava uma olhada para o anel de noivado que brilhava em sua mão direita.

Phoebe sentou-se de frente para a amiga e sorriu.

— Fechei o sítio. Recebi o cheque da comissão.

Maya levou um segundo para fazer a conexão.

Recentemente, Phoebe havia vendido um sítio das redondezas para o astro de filmes de ação Jonny Blaze. Foi a última venda imobiliária de Phoebe antes de ir morar com Zane e, provavelmente, a única na qual ganhou algum dinheiro. Até a venda inesperada para Jonny Blaze, Phoebe tinha se especializado na primeira casa própria das pessoas — um desafio no mercado imobiliário caro de Los Angeles.

— Você está rica — provocou Maya com delicadeza.

— Para mim, estou. — Phoebe parecia entusiasmada. — Não faço ideia do que fazer com o dinheiro. Zane me disse para guardá-lo em uma conta separada. Que eu ganhei antes do casamento. Então, é meu, e não nosso.

Porque Zane sempre vai cuidar dela, pensou Maya, ainda surpresa por ver como a paixão tinha amolecido seu irmão geralmente sisudo.

— Você vai seguir o conselho? — perguntou Maya.

Phoebe mordeu o lábio inferior.

— Acho que deveria ser nosso.

— Zane tem o sítio. Guarde o dinheiro. Você vai se sentir melhor tendo uma poupança.

— Talvez.

— Você vai comprar alguma coisa para ele, não vai?

Phoebe riu.

— Ainda não decidi. Então, e suas novidades?

Maya contou sobre os vídeos planejados para a cidade.

— Vou trabalhar com Del.

Os olhos castanhos de Phoebe se arregalaram.

— Del, o cara que você conheceu depois do colégio? Aquele que queria se casar com você?

Maya se mexeu na cadeira. Quem dera fosse simples assim.

— O próprio — respondeu ela, torcendo para que seu tom de voz parecesse mais suave do que culpado.

— Como tem sido?

— Não sei. Achei que fosse ser constrangedor, mas ele parece tranquilo quanto a trabalharmos juntos no projeto.

— Como você se sente?

— Confusa. — Maya tirou o tablet da bolsa. — Eu contei a você que Del e eu nos apaixonamos loucamente naquele verão.

— Aham. Foi logo depois do ensino médio, certo?

Phoebe sabia o suficiente sobre o passado de Maya para que ela não precisasse explicar sobre a mãe ou sobre como a vida era difícil antes da mudança para Fool's Gold.

— Eu o amava — disse Maya, sentindo a culpa formar um nó no estômago. — Mas eu estava com tanto medo... Medo do que significaria me casar. Medo de ficar estagnada.

— Medo de virar sua mãe.

Maya concordou com a cabeça.

— Eu sempre soube que não haveria um príncipe encantado para me resgatar. Eu sabia que tinha que resgatar a mim mesma. Mas, com Del, eu comecei a acreditar.

— Amá-lo não era suficiente — disse Phoebe, baixinho.

— Não era. Quanto mais se aproximava a data em que íamos fugir, mais eu começava a me descabelar. Enfim, tinha uma oportunidade de me libertar. De fazer algo na vida. Eu ia mesmo abrir mão disso por causa de um homem?

Phoebe se inclinou na direção dela.

— Você falou com ele sobre isso? Sobre fazer faculdade com você ou encontrar algum tipo de meio-termo? Você contou que estava assustada?

— Não. — Maya engoliu seco. — Eu o dispensei. Disse que ele era chato e que esta cidade era chata e que eu não queria nada com ele. Aí, fui embora.

A verdade era que ela tinha fugido. Para longe de Del, para longe de Fool's Gold. Parte dela se perguntava se ainda estava fugindo. O medo era um motivador poderoso.

— Nossa! Você nunca mais falou com ele? — perguntou Phoebe.

— Não até alguns dias atrás, quando ele entrou no escritório da prefeita Marsha.

— Como ele estava?

— Bem. Simpático. Charmoso. Não disse uma palavra.

— Como você se sente?

— Culpada — admitiu Maya. — Como se eu tivesse que me desculpar, mas é complicado saber a hora certa. Não quero que seja esquisito, mas devo a ele um pedido de desculpas e uma explicação. Mesmo que ele tenha me superado, preciso fazer isso por mim mesma.

— Então você sabe o que fazer.

— Sei. Também preciso que você dê uma olhada em um vídeo que eu fiz. É uma história sobre ele. Não faço ideia de como a prefeita Marsha assistiu, mas ela viu e falou para Del. Então vou ter que mostrar a ele. Você pode assistir e me dizer se está bom?

O que ela realmente queria dizer era: existe algum sinal de um amor não correspondido ou qualquer outra coisa remotamente humilhante? Mas não precisaria dizer isso para Phoebe. A amiga iria entender o recado.

— Adoro assistir aos seus vídeos — disse Phoebe. — Vamos ver essa sua obra de arte.

Maya colocou o tablet na mesa e pôs o vídeo para rodar. Enquanto Phoebe assistia, ela foi até a sala de estar e reparou nas mudanças que a amiga tinha feito.

As poltronas de chita e o sofá vermelho-escuro tinham sido trocados por sofás grandes cobertos com um tecido quente e convidativo. As paredes foram pintadas e as peças de decoração, trocadas de lugar. Flores frescas em belos vasos estavam espalhadas pela sala.

Roube meu coração   45

Phoebe era mestre em aprimorar tudo em que tocava, pensou Maya, com um pouco de inveja daquele talento. Phoebe nunca foi muito ambiciosa. Seus sonhos tinham a ver com acolhimento.

Elas se conheceram na faculdade. Phoebe sempre contava a história como se Maya a tivesse resgatado da solidão e da obscuridade, mas Maya sabia que era o contrário. A amiga fora seu porto seguro — um dos poucos relacionamentos estáveis com os quais ela podia contar.

Zane também estava lá, pensou Maya. Com seu jeito rabugento. E Chase. Mas Chase era uma criança, e ela e Zane haviam passado por alguns momentos difíceis. Ser amiga de Phoebe sempre foi muito fácil.

Phoebe ergueu os olhos do tablet.

— Você é tão talentosa! Adorei. Você traz Del à vida. Nunca o conheci e já gosto dele. Adoro como você nos conduz à medida que ele vai de queridinho da mídia de esportes radicais a empresário superdescolado. — Ela olhou o relógio. — Em um vídeo de quê? Três minutos? Não há nada com que se preocupar. É uma história impressionante contada por uma jornalista profissional.

Maya voltou à mesa e pegou o tablet.

— Obrigada. Não mereço os elogios, mas vou aceitar porque estou carente. — Ela fez uma pausa. — Então não tem nada...

Phoebe meneou a cabeça.

— Nenhum apreço não correspondido, muito menos amor. Não se preocupe.

— Obrigada. — Maya guardou o tablet na bolsa. — Chega de falar de mim. Me conte dos planos do casamento. Já está desesperada?

— Não, mas está no meu planejamento de oito dias. — Phoebe sorriu. — Na verdade, não acho que eu precise me desesperar. Dellina Ridge está cuidando de tudo e sabe de todos os detalhes. Ah, por falar nisso... Vamos provar nossos vestidos em breve. Aviso você assim que chegarem à loja.

Phoebe queria só uma madrinha, e seria Maya. Chase seria o padrinho de Zane. *Um evento familiar*, pensou Maya, ainda emocionada pela decisão.

— Mal posso esperar — disse Maya, bastante sincera.

Ela queria estar lá quando Phoebe se casasse com Zane. Queria fazer parte das coisas. Talvez não tivesse conseguido o emprego em rede nacional que queria, mas ter voltado para Fool's Gold ia ser algo bom.

Uma hora depois, Maya despediu-se de Phoebe com um abraço. Antes de voltar ao carro, deu um pulo no celeiro. O escritório de Zane ficava lá. Ela o encontrou trabalhando no computador. Quando ele a viu, deu um sorriso.

— Phoebe disse que você viria. Ela contou que os vestidos vão chegar em breve?

Maya ficou olhando para o homem que ela sempre achara reprovador e taciturno.

— É sério? Você quer conversar sobre vestidos de casamento?

— Se é importante para Phoebe, é importante para mim.

Ela sorriu e sentou-se na cadeira de visitantes.

— É um calafrio isso que estou sentindo vindo das profundezas do inferno?

— Só estou cuidando do que importa.

Maya não acreditava no quanto o velho e cruel Zane tinha mudado. No entanto, a verdade era que ele nunca fora velho ou cruel. Foi ele quem tentou manter a família firme quando o pai morreu e nem ela nem Chase facilitaram o trabalho. O irmão mais novo não era fichinha, e ela gostava de provocar Zane.

Ela o estudou, assimilando os traços bonitos do rosto. Na verdade, eles não eram parentes de sangue e só moraram na mesma casa por dois anos. Poderiam ter se apaixonado um pelo outro. Só que, no segundo em que o conheceu, Maya o enxergou como um irmão. Um irmão irritante sempre de cara amarrada, mas parte da família, mesmo assim. Até onde ela sabia, ele pensava o mesmo dela. Com exceção da cara amarrada.

O que significava que ele estava disponível para se apaixonar por Phoebe. Um fato que deixou Maya muito, muito feliz.

— Ela quer mesmo discutir a cor das amêndoas confeitadas. Lilás, azul-claro ou malva.

Zane fez uma anotação em um bloco de papel.

— Vou conversar sobre isso com ela mais tarde.

Ela piscou.

— Sério? Assim, simplesmente?

— Claro.

Maya sacudiu a cabeça.

— Você é realmente louco por ela. Não existe nenhuma dúvida quanto às amêndoas confeitadas. Eu só estava brincando com você.

A boca dele se curvou em um sorriso.

— Ficarei feliz em ajudá-la a escolher. Depois que eu pesquisar o que são.

— Ainda bem que existe o Google.

— Com certeza. — Ele a observou. — É bom ter você por perto, Maya.

— É bom estar por perto.

Maya pensou em sua conversa com Phoebe. Em como se sentiu segura pela primeira vez quando se mudou para Fool's Gold. Como os professores se importavam com ela e como ela conseguiu uma bolsa para a faculdade.

— Foi você? — perguntou ela. — Que financiou minha bolsa universitária?

Zane meneou a cabeça.

— Lamento, mas não. Eu deveria ter me oferecido para ajudar a pagar, mas não pensei nisso. O dinheiro era curto no época. Então, não acho que meu pai teria concordado.

Ela se lembrava. Mas a concepção deles de "dinheiro curto" era bem melhor que a de sua mãe.

— Só fiquei me perguntando. Alguém deu o dinheiro. A prefeita Marsha nunca me disse quem.

— Talvez a pessoa quisesse permanecer anônima. Melhor deixar para lá.

Maya riu.

— Porque vou começar a seguir seus conselhos, é isso?

— Coisas mais estranhas já aconteceram.

— Talvez, mas essa não é uma delas. — Ela se levantou, deu a volta na mesa e abraçou o irmão. — Você vai pesquisar as amêndoas confeitadas, não vai?

— É claro.

O que fazia Maya amá-lo ainda mais.

Capítulo 4

DEL SENTOU-SE NA ESCADA DA VARANDA da cabana. Era fim de tarde, mas ainda estava longe do pôr do sol. Estava quente, e as crianças da área brincavam ao ar livre. Ele ouvia gritos de risadas, juntamente com insultos amigáveis.

Ficar de pernas para o ar era bom, pensou, lembrando-se de que deveria curtir o momento. Porque logo, logo ficaria agitado e com vontade fazer alguma coisa. Essa era a questão. Ele não era empreendedor por natureza. Acabou abrindo a empresa de pranchas na tentativa de agradar a si mesmo. Apesar das muitas ofertas de colaboração, não estava interessado em tentar repetir o sucesso.

Um conversível cinza elegante estacionou ao lado de sua caminhonete surrada. O carro tinha a maior cara de Los Angeles, e Del sabia de quem era antes mesmo de o ocupante descer.

Nos últimos dez anos, Maya tinha mudado, do jeito que as mulheres mudam quando crescem. Assim como o carro, ela era elegante, com belas curvas e cheia de potência. A analogia o fez rir de leve. Del duvidava de que ela entendesse como um elogio.

Maya usava calça jeans e botas. Uma camiseta simples e larga estava enfiada por dentro da calça. Ela pendurou uma sacola de pano no ombro enquanto caminhava na direção dele. Parecia confiante e sexy. Uma combinação quase imbatível.

Por um segundo, enquanto a observava, ele se lembrou de como era antes. Quando Maya não estava tanto no comando. Quando olhava para ele com os olhos arregalados, a boca tremendo pouco antes que a beijasse.

O primeiro encontro deles foi como ser atingido por um raio — ao menos para Del. Ele a viu e logo a quis. Depois, quando a conheceu melhor, descobriu-se atraído por cada parte dela. Ouvir sua risada alegrava o dia. Ele se apaixonou perdidamente e, durante todo aquele verão, teve certeza de que ela era a mulher para ele.

Quando Maya aceitou o pedido de casamento, Del esperava passar o resto de sua vida com ela. Imaginava filhos e um quintal e tudo a que se tinha direito com o "felizes para sempre". Quando ela o dispensou...

— Oi — cumprimentou Maya quando se aproximou.

Ele afastou a mente do passado e se focou no presente. Maya parou na escada da varanda e lhe mostrou o tablet.

— Trouxe uma cópia do vídeo que a prefeita Marsha mencionou. Achei que daria a você uma ideia de como eu trabalho.

O vídeo do qual ela não fazia ideia? *Curioso*, pensou ele enquanto se levantava. Por que fingiu estar confusa e por que mudou de ideia? Ele pensou em perguntar, mas achou que, provavelmente, era uma dessas coisas de mulher e que era melhor não saber mesmo.

— Vamos dar uma olhada — disse ele, entrando.

A cabana tinha móveis simples e não tinha divisórias. A cozinha e a sala de estar ficavam na frente, com uma meia-parede dividindo a área de dormir do resto da cabana. O único cômodo separado era o pequeno banheiro.

Del foi até a mesa quadrada de jantar perto da janela e se sentou. Maya lhe entregou o tablet, mas, em vez de se sentar ao lado dele, ficou parada bem atrás de seu ombro direito.

— É só tocar no botão — instruiu ela.

— Nervosa? — perguntou ele, sem se virar para olhá-la.

— Um pouco. É meu trabalho.

O que dava a entender que tinha significado para ela. Ele entendia, mas...

— Minha opinião não vai fazer diferença mesmo.

— Você é o tema. É claro que me preocupo com o que pensa.

Bom saber, pensou ele enquanto olhava para a tela.

A imagem congelada mostrava Del pouco depois de ter pulado de um avião. Ele apertou o *play* e o vídeo começou.

Tinha cerca de dois ou três minutos de duração, com Maya fazendo a narração. As cenas eram todas de divulgação, facilmente encontradas na internet. Eram recortes de outras entrevistas que ele tinha dado quando ainda estava envolvido com o esporte e, depois, quando se tornou empresário.

Quando o vídeo terminou, Del se virou para olhá-la.

— Isso aqui não foi feito para seu programa de TV.

Ela deu um sorriso nervoso.

— Não. Você era famoso, mas nem tanto. — Maya ergueu o ombro e logo o abaixou. — A não ser que fôssemos falar da sua vida amorosa. Aí você entrava.

— No fim das contas... — disse ele, distante, lembrando-se de que seu relacionamento com Hyacinth, uma campeã mundial de patinação, tinha capturado a atenção da mídia, ao menos superficialmente.

— Fiz alguns trabalhos como *freelancer* — continuou ela. — Peças como essa que podiam ser usadas em programas matinais.

Del se voltou para o tablet e tocou na tela para assistir de novo. Dessa vez, desligou o som e analisou as imagens. Maya havia escolhido trechos aleatórios e os combinado de modo a criar algo melhor que os clipes individuais.

Ela era uma boa editora — mais que boa. Ele já tinha feito algumas filmagens e tentado editar, mas os resultados foram desanimadores.

— Legal — comentou, apontando para a tela. — Gosto do que você fez aqui. Você *cropou* a imagem de um jeito diferente. Ou algo assim.

Ela puxou uma cadeira e sentou-se ao lado de Del.

— Você tem razão. A cena era ótima, mas você não estava no centro do quadro. Mexi você o melhor que pude. A linha de interesse visual também está melhor.

Maya continuou falando e apontando para o vídeo que rodava no tablet, mas ele não estava prestando atenção. Não mais. Não quando podia inalar o aroma do que achava ser o xampu dela, ou talvez o hidratante. Maya nunca foi do tipo de usar perfume. Embora ele achasse que isso poderia ter mudado.

Maya não tinha mudado muito, apenas a ponto de se tornar intrigante, pensou ele. A linha do maxilar estava mais definida. O andar era mais determinado. Del não sabia o que ela havia vivenciado nos últimos dez anos, mas a experiência a tinha aprimorado.

Ela também devia ver diferenças nele, mas Del as achava menos interessantes. Ele sabia o que tinha acontecido consigo mesmo. Nada era especialmente atraente.

Del se virou e olhou bem nos olhos verdes dela. Dez anos atrás, teria jurado que nunca a perdoaria pelo que disse. Pelo jeito que o rejeitou.

Por mentir. Naquele momento, ele procurou algum restinho de raiva ou ressentimento, mas não havia nada. Os dois se distanciaram por tempo suficiente para que aquilo não importasse.

Maya era uma mulher linda. Em outras circunstâncias, talvez ele tivesse ficado tentado. Mas, embora conseguisse perdoar e seguir em frente, Del não ia lhe dar uma segunda chance. Não quando sabia que ela não tinha dito a verdade. Ela disse que o amava e que queria se casar com ele, mas era tudo mentira. Mesmo assim, os dois iam trabalhar juntos. Fazia sentido que fossem amigos.

— Quer jantar? — perguntou ele.

Maya piscou.

— Que mudança de assunto. Agora?

— Claro. Podemos ir ao mercado e comprar carne. Fazemos um churrasco aqui. Tem uma churrasqueira comunitária perto do lago. Está dentro?

Ela deu a ele um sorriso lento e sexy, que o atingiu como um soco no estômago.

— Estou.

Eles se levantaram e foram até a porta.

— Espere — disse ela, correndo de volta para pegar o tablet e enfiando-o na sacola. — Não posso deixar minha tecnologia fora do meu alcance.

Del assentiu com a cabeça porque era difícil demais respirar, quanto mais falar.

Sabia o que aquele soco no estômago significava e planejava ignorar a mensagem. Estava disposto a esquecer o passado, trabalhar com Maya e até mesmo ser seu amigo. Mas nunca iria se permitir ser tentado por ela. Nem naquele momento nem nunca.

Gato escaldado tem medo de água fria. Ele era um cara que olhava para a frente. Para algo novo. E isso não a incluía. Uma vez que a decisão estava tomada, Del se recusava a mudar de ideia. Não iria deixar Maya influenciá-lo.

Maya colocou a salada verde na mesa que Del tinha levado da cozinha até a área gramada ao lado da cabana. Dali, tinham uma vista livre para o lago. Por conta da distância entre as cabanas, o espaço em que estavam era relativamente privado. Eles ouviam as outras famílias, mas não as viam nem eram vistos.

Em outras circunstâncias, Maya teria achado aquilo romântico, mas sabia que era melhor não. Iria trabalhar com Del. Aquele era um relacionamento profissional, o que ela achava ótimo. Os dois eram profissionais. Respeitavam as habilidades um do outro. Se ela o achava bonito e atraente, bem, isso era legal, mas não ajudava em nada. Amizade era muito melhor. Ou, no mínimo, mais seguro.

Voltou à cozinha para buscar a garrafa de vinho tinto que eles tinham comprado, junto com a salada de batatas. Pegou duas taças e voltou para fora quando Del gritou que a carne estava pronta.

Eles se encontraram à mesa, e cada um sentou-se em uma cadeira. Del usou um pegador enorme para colocar a carne no prato de Maya enquanto ela servia o vinho. De outra cabana, uma música chegava até eles e, perto da água, algumas crianças gritavam e riam.

— Há um clima bom por aqui — disse ela, enquanto lhe passava a salada verde.

— Eu gosto. Estar perto de crianças é divertido. Elas sempre têm as perguntas mais interessantes e muita curiosidade sobre como é a vida em tudo quanto é lugar. Era o que mais me perguntavam quando eu estava viajando. Os Estados Unidos são como nos filmes? — Ele sorriu. — Isso e se o Wolverine era real.

— O que você dizia?

— Que ele era um dos mocinhos.

Ela riu.

— Eu não sabia que vocês eram próximos.

— Não gosto de conversar sobre isso.

— Fool's Gold deve parecer pequena… — murmurou ela, cortando a carne. — Como você consegue ficar longe do seu namoradinho?

— Ele me manda mensagens o tempo todo. Às vezes, é um pouco irritante.

Ela concordou com a cabeça.

— Posso imaginar. Por falar em pessoas famosas, já se encontrou com seu pai?

— Estraga-prazeres!

— Devo entender isso como um "sim"?

Del se recostou na cadeira.

— Dei um pulo lá em casa e vi meu pai e minha mãe. Meu pai queria conversar sobre Nick e seu desperdício de talento.

Maya se lembrava de que Ceallach sempre preferiu os três filhos mais novos. Os que se pareciam com ele.

— Imagino que haja algum conforto na consistência.

— É seu lado otimista. Prefiro pensar em meu pai como... — Ele pegou sua taça. — Não tem por que falarmos disso. — Ele tomou um gole. — Sim, vi meu pai e ele parece bem. — Olhou para ela. — Você vai ajudar minha mãe com os preparativos da festa dele?

— Me ofereci. Por quê?

— Porque é muita coisa para ela fazer sozinha.

— Você podia se responsabilizar por algumas coisas.

— Vou fazer meu melhor, mas você sabe que, no meio do caminho, ela vai tirar tudo de mim e depois dizer que ela mesma poderia fazer melhor.

Maya suspirou.

— Sim, é verdade. Elaine gosta mesmo de ter controle sobre qualquer situação.

— Assim como você.

— Quem me dera. Desisti de controlar há muito tempo. Uma consequência do trabalho. Há um milhão de coisas que podem dar errado em qualquer matéria e eu tive que lidar com todas elas.

— Foi por isso que saiu da TV?

— Em parte. Saí porque estava cansada de dar com a cabeça em uma parede que nunca iria ceder. — Ela franziu a testa. — É isso que deve acontecer? A parede deve ceder? Sua grande chance. Nossa! Odeio quando não percebo um clichê!

Del sorriu para ela.

— Bom saber que você não é perfeita.

— Longe disso.

Quilômetros, pensou ela. *Quilômetros e quilômetros*. Mas estar com Del era legal. Mais confortável do que imaginou. Del sempre foi bonito, mas Maya achava que talvez houvesse uma tensão entre eles por causa de como as coisas terminaram.

Aparentemente, não. Lá estavam eles, jantando como se fossem velhos amigos. Ela comeu um pedaço de carne. Talvez fossem mesmo. Talvez estivessem tão bem um em relação ao outro que o passado não importava.

— Não tem nenhum sr. Farlow? — perguntou ele, de repente.

— Hum, não. E você?

— Nenhum sr. Mitchell — respondeu ele, com os olhos brilhando de divertimento.

Ela resmungou.

— Você entendeu o que eu quis dizer.

— Ei, minha vida romântica era de conhecimento público!

Era, pensou ela.

— Isso meio que acontece quando você é semifamoso e namora uma patinadora bonita — disse ela, com delicadeza.

— Semifamoso. — Ele encostou a mão no peito. — Que tiro fatal.

Ela revirou os olhos.

— Ah, por favor. Sabe o que quero dizer. Você era conhecido, mas não saía todo dia nos tabloides. Além do mais, você não está interessado em ser famoso.

— Tem certeza?

Maya o analisou por um segundo e confirmou com a cabeça.

— Absoluta.

Del pegou o vinho.

— Tem razão. Nunca gostei dessa parte de namorar Hyacinth. Algumas decisões foram tomadas para nos deixar ainda mais visíveis para o público. Eu também não gostei nada delas. — Ele deu de ombros. — Relacionamentos se resumem a concessões.

Havia algo no tom de voz dele.

— Você fala isso como se não fosse algo bom.

— Ah, pode ser. Até um precisar que o outro vá longe demais.

Interessante, pensou Maya. Não que fizesse alguma ideia do que ele estava falando. Ela ouviu dizer que Del e Hyacinth tinham terminado e voltado por um curto período de tempo antes de terminarem havia mais ou menos um ano. O que não sabia era por quê.

Havia uma especulação de que um dos dois tinha traído o outro. Ela botaria a mão no fogo para defender a fidelidade de Del. Apesar de seu estilo de vida itinerante, ele era conservador. Ela não tinha certeza de como sabia disso, mas acreditava piamente.

— E você? — perguntou ele. — Você teve o luxo de uma vida com privacidade. De quem quer falar mal durante o jantar?

— Ninguém — respondeu ela, com um sorriso. — Tive relacionamentos e não deram certo.

— Ou haveria um sr. Farlow?

— Exatamente.

Ela já havia namorado, mas nunca ficou sério com ninguém. Não desde Del. Sabia o motivo. Tinha aprendido cedo que não podia confiar que ninguém a resgataria. Ela ia ter que cuidar de si mesma. Embora isso não fosse uma coisa totalmente ruim, era algo que a fazia manter uma distância emocional dos homens de sua vida. Aqueles que quiseram algo mais sério ficaram frustrados com sua relutância em arriscar se envolver mais.

Infelizmente, saber do problema não parecia torná-lo mais fácil. Enquanto não estivesse disposta a se arriscar, ela nunca teria aquele "felizes para sempre". Parte dela genuinamente achava que não era capaz de amar alguém. Então por que tentar? Porém, sem tentar, nunca conseguiria. Um paradoxo emocional.

— Então, qual evento você está aguardando mais ansiosamente, agora que voltou para cá? — perguntou Del.

— Que mudança de assunto, hein?! Isso é para garantir que não vou sondar seus motivos para não ter se casado?

— Algo assim.

Ela riu.

— Um homem sincero.

— Eu tento.

Maya pensou por um segundo.

— Acho que a Feira do Livro é o meu evento preferido.

— Não imaginava. Eu teria chutado algo relacionado às festas de fim de ano.

— Não. A Feira do Livro.

Porque naquele verão que passaram juntos, Del disse que a amava pela primeira vez durante a Feira do Livro. Os dois fizeram amor no quarto dela. Maya era virgem, e ele foi extremamente gentil e cauteloso. Sem mencionar silencioso, visto que toda a família dela estava dormindo no mesmo andar.

Eles eram tão jovens, pensou ela com saudosismo. Tão confiantes de seus sentimentos um pelo outro. Tão certos do futuro. Mesmo que ela soubesse exatamente o que tinha acontecido e por quê, mesmo sem querer desejava que tivesse sido diferente. Que *ela* tivesse sido diferente.

Não que se arrependesse de ter ido para a faculdade. Aquela tinha sido a escolha certa. E Del, obviamente, precisava sair de Fool's Gold.

De repente, ela ofereceu um incentivo. Mas, se pudesse retirar o que tinha dito, ela o faria.

— Eu gosto mais do Festival das Tulipas — disse ele.

Ela ficou encarando-o.

— Sério?

— Claro. São lindas. É um sinal de que a primavera está chegando. A mudança de estação.

— Tulipas?

— O quê? Você está dizendo que um homem de verdade não gosta de flores?

— Estou dizendo que você me surpreende.

— Esse sou eu. Um mistério constante. As garotas adoram caras misteriosos.

— Quem dera você tivesse uma cicatriz bacana.

— Pois é. Sempre esperei por algum machucado que deixasse cicatriz, mas nunca aconteceu. Eu sou bom demais mesmo.

Ela riu, e a oportunidade para discutir o passado e, talvez se desculpar, passou. Mas ela chegaria lá, disse a si mesma. Talvez essa nova versão de Del não precisasse ouvir aquilo, porém precisava ser dito.

— Ação!

Del olhou para a câmera, ciente de que, embora talvez se sentisse desconfortável olhando diretamente para a lente, desviar para outro lugar não pegaria bem. Seu trabalho era se conectar com o espectador, e isso significava fazer contato visual.

— Em Fool's Gold, você pode degustar vinho — disse ele, erguendo uma taça de Merlot local.

Apesar de o sol ter nascido apenas alguns minutos antes, ele fingiu tomar um gole. Quando aquilo terminasse, ele com certeza iria tomar mais café.

O primeiro dia de filmagens tinha começado em um horário desumano e iria durar até o pôr do sol. Eles começaram com os vídeos de turismo — mostrando todos os lados da cidade. A agenda de filmagens era massacrante e os levaria a praticamente todos os cantos de Fool's Gold. Naquela manhã, eles estavam focados em adegas. Depois, fariam algumas imagens no centro da cidade. Passariam a tarde, com a luz mais forte do dia, nas turbinas eólicas nos arredores da cidade.

Se o pôr do sol colaborasse, terminariam com uma imagem do sol se pondo atrás da cidade.

— De novo — disse Maya. — Espere um segundo.

Ela saiu de trás da câmera e pegou uma das caixas de equipamentos, e então a arrastou na direção de Del. Quando ele fez menção de ajudar, ela ergueu a mão.

— Fique onde está. Você está enquadrado perfeitamente. Não quero ter que começar de novo. — Ela empurrou o tronco na frente dele e o fitou. — Certo, coloque o pé direito em cima do tronco, dobrando o joelho. Quero você inclinado para a frente. O vinho fica na mão direita.

Del fez o que ela pediu.

— Isso parece esquisito.

— Ninguém liga — disse ela, quando voltou para trás do tripé. — Está ótimo. Realmente ótimo. A câmera ama você. Ame-a de volta.

Ela se virou e ajustou uma das luzes. Depois, voltou para trás da câmera.

— Certo, incline-se para a frente. Você adora vinho. Vai transar com Scarlett Johansson mais tarde.

Del meneou a cabeça.

— Não sou muito fã da Scarlett.

Maya o fitou.

— Del, ainda é muito cedo, mas eu posso ser obrigada a matar você. Só para deixar claro.

— Você está de mau humor.

— Sim. É bom você se lembrar disso. Vinho, sexo e ação.

Ela pegou a claquete, trocou o *"take* um" por *"take* dois"; então a colocou na frente da câmera e a fechou.

— Som rodando — disse ela. — E ação. — Apontou para ele.

Del hesitou por um segundo, sentindo-se ridículo, e, prestativamente, pensou no vinho seguido pelo sexo. Só que, em vez da bela sra. Johansson, ele se lembrou de como era beijar Maya.

Sua boca era macia. O tipo de maciez que apaziguava o parceiro, independentemente do quanto ele queria a mulher em questão. Porque uma boca macia como aquela merecia atenção. Atenção lenta e dedicação cuidadosa.

Embora ele e Maya tivessem ido para a cama naquele verão, Del se certificou de passar bastante tempo beijando-a. Porque aquela era sua recompensa. E, se soubesse como aquela boca era rara, ele a teria beijado ainda mais.

— Del?

Ele xingou em silêncio e afastou as lembranças.

— Em Fool's Gold, você pode degustar vinho.

Maya gesticulou para que ele fizesse de novo.

Del repetiu a fala mais três vezes, usando entonações diferentes; às vezes, sorrindo; às vezes, não. Quando terminaram, ele olhou para o sol nascente.

— Deveríamos fazer uma com o sol por cima do meu ombro — sugeriu. — Seria uma imagem linda.

Ela olhou para onde ele apontava. Então, meneou a cabeça.

— Luz demais. Não consigo controlar com o equipamento que tenho aqui. Além disso, o ângulo do sol vai obrigar a mudar o enquadramento, e a linha de interesse visual vai ficar fora do lugar.

— É uma imagem linda — repetiu Del. — Deveríamos tentar. — Como ela não respondeu, ele acrescentou: — Já fiz algumas filmagens, Maya. Sei do que estou falando.

Ele esperou que ela dissesse algo sobre não dar para comparar os vídeos amadores dele com a experiência profissional dela. Tinha a sensação de que, no lugar dela, era isso que ele diria.

— Está bem — disse Maya, por fim. — Vamos fazer do meu jeito e, depois, fazemos do seu. Quando estivermos de volta no estúdio, vemos o que é o quê. Tudo bem?

Del concordou com a cabeça.

Mudaram o equipamento de lugar para que o sol ficasse acima do ombro de Del. Então, ele colocou o pé em cima do tronco e ergueu a taça de vinho.

— Vou pensar em café desta vez — disse ele, enquanto ela pegava a claquete. — Litros e litros de café.

Ela riu e gritou:

— Ação!

Maya ainda estava cansada quando entrou no The Fox and Hound para almoçar com Elaine. A sessão do dia anterior havia durado até o pôr do sol. Eles conseguiram umas filmagens ótimas, mas ela estava exausta. Tinha certeza de que Del estava igualmente cansado. Posar na frente de uma câmera não parecia ser muito trabalhoso, mas requeria foco total, sem contar passar um tempão em pé. No fim do dia, o cérebro dela estava nebuloso, as costas doíam e ela tinha certeza de que Del também se sentia assim. Maya estava se recuperando, e o dia seguinte seria todo dedicado à edição. Ela estava curiosa para ver como o estilo de filmagem deles ficaria na tela.

Maya queria dizer que sabia que suas imagens seriam melhores, mas estava no ramo havia tempo suficiente para saber que nem sempre é possível julgar. Às vezes, o inesperado saltava aos olhos do espectador. Não sempre, é claro, mas às vezes. Del poderia surpreendê-la.

Maya sorriu quando viu a amiga já acomodada a uma mesa.

— Oi — disse ela, enquanto se sentava de frente para Elaine. — Como estão as coisas?

Antes que Elaine respondesse, a garçonete se aproximou. Maya analisou a mulher de sessenta e poucos anos e tentou conter um sorriso. Parecia que, nos últimos dez anos, Wilma não tinha mudado nadinha.

Ainda tinha cabelos curtos e óculos empoleirados no nariz. Mascava chiclete e parecia pronta para dominar o mundo.

— Você voltou — disse ela a Maya, acenando com a cabeça para Elaine em seguida. — Estamos fazendo um sanduíche de rosbife com creme de raiz-forte. O pão é da padaria. Confie em mim, peça isso, ou você vai se arrepender. O que vocês gostariam de beber?

As duas pediram chá gelado.

— Vou dar um minutinho para vocês olharem o cardápio — disse Wilma, suspirando. — Nem todo mundo me dá ouvidos.

Quando ela se afastou, Maya se debruçou na direção da amiga.

— Acho que vou pedir o sanduíche de rosbife.

— Eu também. Como foi a filmagem ontem?

— Boa. Longa. — Maya sacudiu a cabeça. — Seu filho pode ser teimoso. Parece que ele esquece que eu sou do ramo. Ele teve ideias para todas as locações.

— Ideias boas?

— Vamos ver quando começarmos a editar.

Elaine sorriu.

— Posso dizer pelo seu tom de voz que você acha que ele fez umas escolhas ruins.

— As escolhas são dele. Como eu disse, vamos ver. Talvez ele seja secretamente brilhante.

— Se for, não manteria isso em segredo. Confie em mim: nenhum dos meus meninos manteria.

Wilma voltou com os chás. Enquanto Elaine pedia o sanduíche, Maya reparou que ela estava com olheiras. Analisou a amiga de perto e só conseguiu pensar que ela parecia cansada. Não, cansada não. Mas havia algo errado.

Maya esperou a garçonete lhes dar a opção de fruta, batata chips ou batata frita e se afastar. Ela pegou o chá, o colocou de volta na mesa e, então, decidiu simplesmente pôr as cartas na mesa.

— Você está bem? — perguntou, esforçando-se ao máximo para que sua voz soasse suave. — Pode dizer que estou maluca, mas sinto que algo não está bem.

Os olhos de Elaine se arregalaram.

— Por que está dizendo isso?

— Não faço ideia. Estou errada?

Elaine hesitou tempo suficiente para que Maya percebesse que tinha tropeçado na verdade. Mesmo que não soubesse o que era.

— Me conte — pediu ela, com delicadeza. — Por favor.

Elaine concordou com a cabeça.

— Eu tinha planejado não dizer nada a ninguém. Não era para você ter adivinhado.

Normalmente, Maya teria feito uma piada com relação a ser perceptiva, mas, de alguma forma, aquele não parecia o momento certo.

— Preciso que me prometa que não vai dizer nada a ninguém — continuou a amiga. — Estou falando sério, Maya. Você precisa jurar.

Maya sabia bem dos perigos de fazer promessas sem conhecer todos os fatos. Mesmo assim, não hesitou.

— Prometo guardar seu segredo pelo tempo que você mandar. Não importa o que seja.

— Obrigada. — Elaine deu um sorriso trêmulo, que logo desapareceu. — Tenho câncer de mama. O tumor é pequeno e foi descoberto cedo, mas mesmo assim: câncer.

O estômago de Maya se revirou, e ela fez o melhor que pôde para não expressar nenhuma reação. O medo por sua amiga a rasgava por dentro. Ela esticou o braço em cima da mesa e pegou a mão de Elaine.

Roube meu coração 61

— Sério? Não pode ser. Desculpe. O que posso fazer para ajudar? Como posso tornar as coisas melhores?

— Guardando meu segredo.

Maya inspirou.

— Você não vai contar a Ceallach? — perguntou, em um sussurro.

— Não. Nem aos meninos. Não quero que saibam. Eles não vão reagir bem. Você sabe. A última coisa de que preciso é ter que melhorar o astral deles. Só quero superar isso.

Maya assentiu com a cabeça, apesar de não concordar com a decisão. Elaine precisaria do apoio de mais pessoas. Ela estava encarando um diagnóstico assustador e o tratamento que viria em seguida.

Elaine explicou que uma mamografia de rotina tinha detectado um pequeno nódulo. Foi feita uma biópsia e veio o diagnóstico. Ela fez uma pausa quando Wilma voltou com os pratos.

— Comam — ordenou a senhora antes de sair.

Maya olhou para o sanduíche e soube que precisaria levá-lo para casa.

— Temos que comer — disse Elaine. — Não apenas porque Wilma vai brigar com a gente se não comermos, mas também porque não comer não vai me ajudar. Nós duas vamos precisar de força.

— Está bem. — Maya deu uma mordida relutante. — Então, qual o plano de tratamento?

— Uma lumpectomia seguida de seis semanas de radioterapia.

— Você precisa contar a eles — disse Maya, baixinho. — Precisam saber.

— Não precisam, não. Maya, fico grata pelo que você está dizendo, mas a decisão é minha. Vou superar isso. Depois lido com minha família. — Os olhos dela se estreitaram. — Você me deu sua palavra.

— Eu sei. E vou mantê-la.

Mas sabia que a amiga estava errada. Ceallach e os filhos iriam querer saber. Iriam querer apoiá-la.

— Aluguei um pequeno apartamento no mesmo prédio da livraria Morgan's — contou Elaine. — Um lugar para descansar depois da radioterapia. Ouvi dizer que o tratamento pode me deixar cansada. Posso ir e voltar da clínica, ou seja lá como se chama o lugar para isso, mas vou precisar de ajuda depois da lumpectomia.

Maya se forçou a mastigar o pedaço que tinha mordido, mas o sanduíche não tinha gosto e ela sabia que não conseguiria engolir muito mais.

— É claro. O que posso fazer?

— Me levar até lá de carro e depois de volta ao seu apartamento. Eu gostaria de passar a noite lá.

Porque ela terá feito a cirurgia, pensou Maya.

— Você consegue marcar para sexta de manhã? Podemos dizer que vamos fazer um fim de semana das meninas. Você não vai precisar ir para casa até domingo. Até lá, provavelmente vai estar se sentindo melhor.

Elaine deu a ela um sorriso grato.

— Obrigada. Dizem que o procedimento não deve levar muito tempo.

— Não importa quanto tempo leve, estarei lá.

Maya estava mais que feliz por cuidar da amiga, mas se arrependeu da promessa de guardar segredo. Elaine estava cometendo um erro. Mas, por ora, não parecia que ela podia ser convencida do contrário.

Capítulo 5

DEL ESTUDOU A TELA À FRENTE.

— Você tinha razão — disse ele, de um jeito seco. — O nascer do sol não deu nada certo.

Maya mal ergueu os olhos.

— Tem luz demais e está no lugar errado. Era impossível fazer a filmagem e manter você centralizado. Então fica esquisito.

Ele viu que ela tinha identificado o problema. Embora não tivesse definido o que estava errado, havia sentido. Del conseguia ver que não estava centralizado na tela. Apesar de em tese ser o ponto de interesse da imagem, ele estava deslocado, com o sol fazendo uma aparição ofuscante.

Ele esperou um segundo e, então, perguntou:

— Vai dizer "eu avisei"?

Maya continuou olhando para o monitor à frente.

— Você disse por mim. — Por fim, ela o olhou. — Está tudo bem, Del. É isso que faço da vida. O programa no qual eu trabalhava era pequeno o suficiente para que eu precisasse fazer mais coisas do que só produzir as matérias. Eu editava, escrevia textos publicitários e, às vezes, manuseava a câmera.

— Isso quer dizer que é para eu calar a boca e sair do seu caminho?

— Não. — Ela lhe deu um sorriso fraco. — Quer dizer que há mais coisas envolvidas na produção de um bom material do que só apontar a câmera e apertar o botão. Olhe isto.

Ela digitou no teclado e, depois, mais imagens dele apareceram e começaram a rodar. Não havia som algum, mas ele se lembrava da filmagem. Foi feita perto das turbinas eólicas.

Del estava caminhando no quadro, apontando e falando. Tudo estava em foco, mas ele sabia, instintivamente, que algo estava estranho.

— É a linha de interesse visual — observou ela, usando a caneta para apontar para a tela. — A rigor, a tela é dividida em três partes, horizontalmente. O olho do objeto deve estar em consonância com esta linha. — Ela desenhou uma linha imaginária na tela. — Você está muito embaixo na imagem. Não há nada na linha de interesse. Nem você nem as turbinas eólicas.

Maya digitou mais uma vez, e a filmagem dela da mesma cena apareceu. A câmera se focou nele e, dessa vez, o rosto estava exatamente onde ela disse que deveria estar. Enquanto Del assistia, a câmera fez uma panorâmica e as turbinas eólicas apareceram. Em seguida, o meio das pás das turbinas se posicionou bem na linha de interesse visual.

— Exatamente assim — disse ele, sacudindo a cabeça.

— Tem algumas outras coisas — disse Maya. — Você mudou as configurações da câmera na mesma cena. Filmou metade do material em SD e metade em HD. Apesar de podermos transformar o HD em SD, não há como fazer o contrário. Como parte desse material pode virar um comercial de TV, precisamos filmar em HD. Seria diferente se fôssemos apenas colocar em um site.

HD, alta definição, em vez de SD, definição padrão, pensou ele, lembrando-se de que quis ter confirmado as configurações, mas deveria tê-las mudado.

— Por que você não disse nada? — perguntou Del.

Maya se virou para ele. Os dois estavam sentados perto um do outro. Perto o suficiente para que ele reparasse na curva da bochecha dela e no formato de sua boca. Cílios escuros emolduravam os olhos verdes e grandes.

O desejo começou lento, quase como pano de fundo. Era mais como um sussurro, uma pitada, algo que crescia com o tempo. Ele pensou em qual seria a sensação da pele dela sob os dedos se a tocasse. Na maneira como os lábios dela se encaixavam nos dele. Se a envolvesse nos braços, será que ela seria como ele se lembrava ou será que houve mudanças?

Del poderia pensar que estaria furioso com ela, ou desinteressado. Mas não estava nem um nem outro. Estar com Maya era fácil. Ela o desafiava. Os dois se davam bem. Talvez o desejo fosse um problema, mas ele era crescidinho. Conseguia se controlar.

Roube meu coração   65

— Você estava determinado — disse ela, trazendo-o de volta à conversa. — Concluí que seria mais fácil deixar você fazer o que queria e ver o que iria acontecer. Talvez você tivesse um talento natural.

Ele riu.

— Está dizendo que não tenho?

— Estou dizendo o que disse antes. É mais difícil do que parece.

Ela se virou novamente para a tela e soltou sua filmagem. Ele a observou editar os poucos segundos de vídeo. Então, Maya deu o *play* no clipe finalizado.

— Legal — comentou Del, quando terminou. — A prefeita Marsha vai ficar contente.

— Espero que sim.

Ele olhou para Maya.

— Você está bem?

Ela ficou rígida, mas depois relaxou.

— Claro. Por quê?

— Não sei. — Algo estava estranho. Mas ele não conseguia descobrir o quê. As mulheres eram mesmo misteriosas. — Está se sentindo bem?

Maya sorriu.

— Estou perfeitamente bem. Agora me deixe voltar a trabalhar. Filmar, às vezes, é a parte mais fácil do serviço.

— Finja que não estou aqui — disse ele, recostando-se na cadeira e observando-a fazer seu trabalho.

Ela era boa, pensou ele. Mais que boa.

Por um segundo, debateu consigo mesmo se deveria contar a ela sobre seu projeto. Aquele que ele queria que tivesse sido seu próximo passo, só que não conseguiu fazer dar certo. Olhando para o material bruto dela, Del sabia que o problema tinha sido ele mesmo. Será que o que tinha podia ser consertado?

Analisou o perfil de Maya e, então, a observou manusear o mouse com rapidez. Tinha a sensação de que, se o projeto pudesse ser salvo, seria ela quem o faria. Então, sacudiu a cabeça. Não, disse a si mesmo. Gostava de Maya. Ele a respeitava, mas não estava, de jeito nenhum, disposto a confiar algo assim a ela.

Após alguns minutos, Maya olhou para ele.

— Você vai ficar sentado aí, me olhando trabalhar?

— Basicamente.

Ela sorriu.

— Acho que não. Digo isso do jeito mais amigável possível, mas pode ir embora.

— Assim, simplesmente?

— Aham.

Del se levantou e se espreguiçou.

— Você vai sentir minha falta.

Algo brilhou nos olhos dela por um instante. Uma emoção que se foi com tanta rapidez que ele não conseguiu decifrá-la. Será que ela já tinha sentido falta dele? Antes? Quando deu um fim a tudo de forma tão repentina? Será que ela havia se arrependido de ter terminado o relacionamento?

Não que isso importasse, disse a si mesmo. O passado estava no passado. Ele não acreditava em voltar para casa, e todas as evidências apontavam para o contrário. Porque ele tinha voltado só para o aniversário do pai. Nos últimos dez anos, aprendeu várias coisas. E uma das mais importantes era que ele não voltava atrás. Nunca.

Depois que Maya o expulsou, Del ficou vagueando por Fool's Gold. De alguma forma, viu-se caminhando na direção dos escritórios da Mitchell Adventure Tour. Apesar de a cidade ser pequena, ele ainda não tinha topado com Aidan desde que tinha chegado.

Enquanto atravessava a rua, pensou na ocasião em que Aidan mudou o nome da agência — acrescentando a palavra *adventure*. E em quando a mãe deles tinha parado de trabalhar. Supondo que ela tivesse parado. Del achava que ela poderia estar cuidando de coisas dos bastidores ou das finanças.

Quando se aproximou da vitrine de cores vibrantes, viu o irmão sair na calçada. Estava com uma morena alta de shortinho e blusinha. A mulher — bonita, bronzeada e obviamente turista — deu um beijo rápido na boca de Aidan e, depois, murmurou algo em seu ouvido. Ela acenou e foi embora.

— Então é assim? — disse Del, quando se aproximou. — Turistas inocentes são suas vítimas agora?

Aidan se virou e o viu. Em vez de responder com humor, o irmão simplesmente o observou se aproximar. Quando Del parou na frente dele, houve um momento constrangedor de silêncio. Ao menos Del achou constrangedor.

Roube meu coração 67

— Então, hum, como estão as coisas? — perguntou ele.

— Bem.

Aidan tinha sua altura — pouco mais de 1,80 m —, bem como os mesmos olhos e cabelos escuros. Ser um irmão Mitchell era bastante fácil naquela cidade. Todos tinham cabelos e olhos escuros. Todos os cinco irmãos eram bem-apessoados e atléticos o bastante para se enturmarem. Os esportes eram fáceis, e as tarefas escolares não eram tão difíceis assim. Del e Aidan não tinham a genialidade de Deallach. Mas, na maioria dos dias, Del considerava isso mais uma bênção do que uma maldição.

— Tem tempo para um café? — perguntou Del ao irmão.

— Claro.

Aidan se virou, e eles começaram a caminhar na direção do Brew-haha.

— Quem era a menina? — perguntou Del.

— Santana.

— Esse é o nome dela? Santana?

— Aham. Ela vai ficar na cidade por umas semanas.

Del sorriu.

— Então você está mesmo caçando as turistas.

— Ofereço diversão em curto prazo. Além da garantia de lembranças felizes sem ninguém se machucar. O que há de errado com isso?

— Uma espécie de férias com serviço completo?

A boca de Aidan se contraiu.

— Algo assim.

Del entendia por que aquilo era atraente. Sempre teria alguém novo no horizonte, não haveria comprometimento e, quando tudo terminava, a geografia dava conta de impedir que as coisas se complicassem. Era engraçado perceber que era exatamente disso que Hyacinth gostava em um relacionamento. Ficar com a mesma pessoa o tempo todo seria entediante, certo?

A raiva deu um nó na base de sua espinha e começou a irradiar para fora. Ele respirou para apaziguar as sensações. Hyacinth era passado. Nunca mais iria ter que lidar com ela de novo.

— A agência parece bem — elogiou Del. — Gostei do que você fez com o estabelecimento. Ficou visualmente atraente.

Aidan parou na calçada. Estavam a algumas quadras das ruas principais em um dia de semana e não havia muitas pessoas em volta. Aidan encarou Del.

— Você não consegue evitar, né? Sempre tem que fazer um comentário. O que há com você? Você voltou para o aniversário do nosso pai. Que legal. Mas, se está querendo algo de mim, pode esquecer. Não vou ficar na fila para assistir ao seu desfile de herói conquistador.

Del não poderia ter ficado mais surpreso nem se Sophie, a amada *beagle* de sua mãe, tivesse de repente se transformado em um vampiro.

— Do que você está falando? — quis saber. — Eu disse que parece que você está indo bem. A que está se referindo?

O olhar de Aidan escureceu à medida que a raiva e a hostilidade emanavam dele.

— Você não tem que aprovar nada. Não tem participação nenhuma na empresa, no que eu fiz com ela. Você abriu mão desse direito quando desapareceu.

Del não sabia se dava um soco no irmão ou se ia embora.

— Vou perguntar de novo: do que você está falando?

— De você. Da empresa. De tudo. Já faz dez anos, Del. Dez malditos anos desde que você foi embora. Pegou suas coisas e se mandou, me deixando com tudo. Não deu nenhum aviso. Um dia, você estava cuidando de tudo e, no outro, tinha ido embora. Eu era uma criança, e você jogou tudo em cima de mim sem dizer nada. Eu estava no primeiro ano de faculdade. Eu tinha desejos, sonhos. Mas, quando você foi embora, tudo foi parar em cima de mim. Tive que cuidar da mamãe e da família. Tive que garantir que houvesse comida na mesa quando papai saía para encher a cara.

Aidan deu um passo ameaçador à frente.

— Naquele primeiro ano, você nunca ligou, seu babaca egoísta. Você nunca se deu ao trabalho de ver se estávamos bem. Você era meu irmão mais velho. Eu confiava em você. E você acabou sendo tão imbecil quanto nosso pai.

Del assimilou as agressões verbais sem retrucar nada. Não se deu ao trabalho de ponderar que era apenas um ano mais velho que Aidan e que administrar a empresa da família também não era escolha sua. Porque isso não importava. Ele tinha desaparecido sem avisar, como reação ao término com Maya.

— Aidan... — começou ele. Depois, fez uma pausa.

O irmão se virou.

— Nem tente — disse Aidan. — Vá ser famoso. Tenho um negócio para tocar.

Maya se levantou quando o sol nasceu, observando o céu ansiosa. A previsão do tempo dissera que o céu estaria nublado — perfeito para filmar. Era bem mais fácil trabalhar com a luz difusa. Tinha dito a Del que, no primeiro dia nublado, filmariam a grande abertura, com ele apresentando a cidade. Desde então, ela monitorava os relatórios climáticos.

Olhou as nuvens espessas que escondiam o sol. *Perfeito*, pensou com alegria. Mandou uma mensagem para Del, confirmando a hora e o lugar da filmagem. Então, foi tomar banho.

Quase duas horas depois, estava carregando o equipamento do estacionamento da beira da estrada para um campo a algumas centenas de metros dali. Dera uma olhada na região na semana anterior e queria usá-la na abertura. Tinha a impressão de que o bonitão Del iria ficar bem em um campo de flores silvestres, com árvores no fundo.

Ela lhe disse para usar jeans e uma camisa azul-clara. Esperava ser o tipo de artista que ouvia o produtor.

Maya tinha montado duas câmeras, bem como as luzes. Ela e Del já tinham repassado o roteiro e ela definiu como seria a cena. Se tudo desse certo, eles terminariam antes da hora mais clara do dia. Caso contrário, precisariam fazer um intervalo e voltar mais tarde. A não ser que o sol saísse.

Mas, apesar de ser possível que aquelas complicações tivessem feito outra pessoa arrancar os cabelos, Maya estava muito contente com a incerteza. Era melhor assim do que ficar se preocupando com qual celebridade tinha traído seu amado ou sua amada. Em Los Angeles, sua vida era definida por fofocas e celebridades. Apesar de não estar curando nenhuma doença, ao menos seu trabalho atual beneficiaria a cidade.

Pensar na cidade fez sua mente viajar até Elaine. A notícia do câncer ainda era uma bomba. Ela fez contato com a amiga algumas vezes e, até então, a mulher parecia bem. Tinha um diagnóstico e um plano. Segundo o médico, o prognóstico era bom. Maya iria cuidar da amiga do melhor jeito possível, apesar de ainda discordar veementemente da decisão de Elaine de guardar segredo da família.

Um problema de cada vez, disse a si mesma, voltando a configurar o equipamento.

Bem no horário combinado, Del apareceu no campo. Caminhou na direção dela.

— Mas que diabos! — O olhar dele era severo. — Por que não me pediu para vir mais cedo? Pensei que eu iria ajudar com a montagem. Você carregou tudo isso sozinha? Isso é ridículo. Não sou um ator qualquer que você contratou. Caramba, Maya! Dá um tempo. Eu podia ter ajudado a descarregar.

Ele estava realmente furioso, pensou ela, olhando para Del. Talvez até tivesse razão. Era meio difícil ter certeza, porque ela não conseguia pensar direito.

Ele tinha feito a barba. Os pelos de dias, que ficavam tão bem, tinham ido embora. A pele estava lisa; os traços, definidos com clareza. O estilo combinava com ele, mesmo que talvez fosse péssimo para a continuidade do vídeo.

O Del de barba por fazer era perigoso e talvez um pouco perverso. O Del sem barba era mais parecido com o cara de quem ela se lembrava. Parecia um pouco mais jovem e mais acessível, mas igualmente sexy.

Com o olhar fixo na boca dele, ela se perguntou qual seria a diferença entre os dois Del com relação ao beijo. Será que a barba por fazer coçaria ou seria deliciosamente abrasiva? Será que a maciez seria mais ou menos atraente? Era errado querer descobrir?

Instintivamente, ela olhou para a câmera e viu que ele estava perfeitamente enquadrado. Apertou o botão para fazer uma filmagem de teste.

— Maya?

A voz impaciente a trouxe de volta ao presente.

— O quê? Ah! — Ela soltou a câmera, já no tripé. — Nunca me passou pela cabeça.

— Pedir ajuda? Você realmente acha que eu sou tão babaca assim? — Ele xingou. — Quando foi que eu me tornei o vilão?

— Não, você não é. É só porque estou acostumada a lidar com essas coisas sozinha. Faz parte do meu trabalho. — Ela o analisou. — Del, por que você está tão bravo com isso?

Ele acenou para o equipamento.

— Isso indica que você acha que estou aqui para fazer minha parte e nada mais.

Maya foi até Del, que estava vestido como ela havia pedido e a camisa azul ficava tão bem quanto ela pretendia. A cor era perfeita nele, e a câmera iria ter um minidesmaio com todo aquele *sex appeal*. Pior: talvez a câmera não fosse ter essa reação sozinha.

Mas primeiro ela precisava descobrir o que estava acontecendo. Parou bem na frente dele e colocou as mãos nos quadris.

— Não acho — disse ela, baixinho. — Você não está bravo comigo. Você tem razão. Eu deveria ter mencionado a que horas chegaria aqui. Eu realmente não pensei nisso. Da próxima vez, vou pedir que você pegue e carregue as coisas. Prometo. Então, quer me contar o que aconteceu?

Ela sabia que ele não tinha descoberto nada sobre a mãe. Isso o teria deixado assustado, não furioso.

Del passou a mão pelos cabelos, bagunçando-os de um jeito delicioso. Ela certamente não iria penteá-lo de novo antes de filmar.

Del suspirou.

— Você tem razão. Isto é só parte do que há de errado.

Ela baixou os braços e esperou-o continuar.

Ele suspirou.

— É Aidan. Ele está furioso. Furioso de verdade.

— Com você?

Del assentiu com a cabeça.

— Por ter ido embora dez anos atrás. Juro por Deus que nunca pensei nas coisas sob a perspectiva dele, mas tem razão. Eu me mandei e tudo caiu no colo dele. A empresa, a família. Não avisei ninguém. Ele ficou preso porque eu fui embora.

— E você estava preso antes dele.

Ele meneou a cabeça.

— Não, não estava.

— Estava, sim. Você cresceu sabendo que tinha que cuidar de tudo. Estar lá por sua mãe e seus irmãos. Ninguém perguntou se era isso que você queria. Não houve uma discussão.

— Por que você está tomando meu partido?

Maya deu um pequeno sorriso.

— Você é o irmão Mitchell de que mais gosto. Sabe que estou certa. Esperava-se que você cuidasse de tudo. E se você quisesse algo diferente? Ninguém perguntou.

— E eu fui embora, deixando Aidan sozinho para catar os cacos. — Ele se xingou de novo. — Sou um filho da mãe egoísta.

Algo formigou na pele dela. Apesar de a atração ainda estar ali, Maya tinha a sensação de que esse não era mais o motivo. Levou um segundo para reconhecer o que era. Culpa.

— Não é culpa sua — disse a ele, perguntando-se quanto ele a odiaria quando percebesse a verdade. — É minha.

— Como você chegou a essa conclusão?

— Foi por minha causa que você foi embora.

O olhar sombrio dele se fixou no rosto dela.

— Estava me perguntando se tocaríamos nesse assunto.

— Tínhamos que tocar — sussurrou ela. — Era inevitável.

Um canto da boca dele se curvou para cima.

— Adoraria despejar tudo em cima de você, mas eu era crescidinho. Tomei minhas próprias decisões.

— Não, você reagiu à minha. Ao fato de eu ter terminado com você. — Ela se aproximou e colocou a mão no braço dele. — Del, eu prometi me casar com você. Íamos fugir juntos.

— Pois é. Eu ia embora de qualquer forma. Como eu não tinha visto isso antes?

Ela sacudiu o braço dele.

— Não é essa a questão. Estou tentando me desculpar. Será que dá para você ouvir?

— Não precisa pedir desculpas. Você mudou de ideia. Tinha esse direito. Só gostaria que tivesse sido sincera comigo… Você podia ter me dito que tinha dúvidas. Mas não disse. Não é como se eu fosse o amor da sua vida.

Maya procurou amargura, mas só ouviu resignação — o que a fez se sentir péssima. Por que ele tinha que ser tão compreensivo? A raiva e o ressentimento teriam sido muito mais fáceis de aguentar.

Então ali estava. Era a hora de pôr as cartas na mesa.

— Me desculpe — disse a ele. — Pelo que aconteceu. Pelo que eu disse. Sei que é tarde demais e que ouvir isso agora não muda nada, mas quero que você saiba que eu menti.

O olhar dele ficou mais severo.

— Sobre o quê?

Ela fitou a grama e as flores no chão. Então, forçou-se a olhar diretamente nos olhos escuros dele.

— Eu não tinha dúvidas. Não no sentido que você pensa. Era... Eu estava apavorada. Amava você mais do que achava que poderia amar qualquer pessoa. Você era meu mundo. Mas eu não podia confiar em você.

Ele começou a se afastar, mas ela continuou segurando seu braço.

— Não é pessoal — disse ela. — Ver minha mãe e como ela era com os homens. As coisas que dizia. Eu tinha medo de que ninguém me amasse. Ao mesmo tempo, acreditava que você amava, e isso era mais do que eu podia suportar. Acho que a verdade não é que eu não confiava em você. Eu não confiava em mim mesma.

Maya largou o braço dele e quis sumir dali. Mas o pedido de desculpas tinha levado dez anos para acontecer. Ela precisava ir até o fim.

— Além de ter sido meu primeiro amor, minha primeira vez foi com você, e, quando você me pediu em casamento, fiquei eufórica. E muito assustada. E se não desse certo? Eu sabia que, se você me deixasse, isso iria me destruir. Além disso, eu queria fazer faculdade e ter uma carreira. E se eu pedisse isso e você dissesse que não? Então, na minha lógica de 18 anos de idade, decidi que precisava terminar tudo de um jeito que você não tentaria me convencer a ficar.

Ela engoliu as emoções que apertavam sua garganta.

— Foi por isso que eu disse que você era chato demais. Para machucá-lo e fazer você me odiar. Nunca foi verdade. Eu o amava e queria ficar com você. Mas não sabia como. Me desculpe. Fui cruel e me arrependi do que fiz no mesmo instante. Eu sabia que o resultado era o certo, mas a maneira como fiz foi horrível. E peço desculpas.

A expressão de Del ficou mais dura. Ela se preparou para a explosão muito merecida, mas não veio. Ele esticou o braço e acariciou seu rosto com delicadeza.

— Caramba... — disse ele, baixinho. — Eu não teria imaginado que ouvir tudo isso importaria, mas importa. Eu entendo. O que nós tivemos foi intenso.

— É uma maneira de descrever.

Ele sorriu.

— Minha primeira vez foi com você também.

Os olhos dela se arregalaram.

— O quê? De jeito nenhum. Houve outras meninas.

— Não como você. Não daquele jeito. Eu estava tremendo, Maya. Você não percebeu?

— Eu estava nervosa demais. E se eu fosse péssima na cama?

— Impossível. — O sorriso retornou. — Gozei em oito segundos. Ela riu.

— Eu era virgem. Não fazia ideia de nada. Além disso, você compensou depois. Mais de uma vez.

— Ah, se pudéssemos ser jovens de novo...

O tom de voz dos dois era leve, mas Maya sentia que havia muitas entrelinhas. Talvez fosse só ela, mas parecia que a manhã nublada tinha ficado um pouco mais quente. Del parecia estar perto. Mais perto do que antes.

Dentro de sua cabeça, sirenes de perigo dispararam, mas ela ignorou todas elas. Porque aquele era Del e talvez as mulheres sempre devam ter um lugarzinho especial no coração para o primeiro homem.

— Eu amava você de verdade — acrescentou ela. — Espero que saiba disso.

— Eu também amava você. — O sorriso sexy voltou. — Quantas confissões para esta hora da manhã...

Com isso, ele se aproximou e a beijou.

Maya teve uns dois segundos para se preparar, mas, em vez de recuar, ela se entregou. *Talvez fosse o fechamento do ciclo*, pensou, enquanto os lábios dele roçavam nos seus. Talvez fosse algo que tinha que acontecer para que seguissem em frente. Talvez fosse a luz perfeita de uma manhã nublada.

Os lábios dele eram quentes e macios, com uma pitada de firmeza. O beijo era perfeito. Nem agressivo demais, nem doce demais. Havia um choque de calor e muita promessa.

Maya colocou a mão no ombro dele. Del repousou os dedos em sua cintura. Nada de mãos exploradoras, nada de língua. Apenas o beijo perfeito e maravilhoso de *eu amava você*.

Eles se afastaram ao mesmo tempo e ficaram olhando nos olhos um do outro.

O desejo estava ali, junto com o arrependimento, pensou ela. Mas também uma sensação de que aquilo parecia certo.

— Suponho que isto signifique que você aceitou meu pedido de desculpas — disse ela.

Ele riu de leve.

— Claro. Porque sou um dos mocinhos.

— Pronto para voltar ao trabalho?

Del concordou com a cabeça.

Maya voltou para trás da câmera. A luz vermelha estava acesa, o que significava que ela havia gravado todo o beijo. Que baita evidência incriminadora...

Ela esticou o dedo para clicar em deletar, mas só *resetou* a câmera para gravar o que iam fazer. Tinha memória suficiente para armazenar toda a filmagem. Lidaria com a gravação traiçoeira depois.

Capítulo 6

O CASAL SENTADO À FRENTE DE **D**EL deveria ser o mais velho que ele já tinha visto na vida. Albert tinha 95 anos, e a esposa, Elizabeth, 92. Estavam casados havia 76 anos. Juntos, pareciam aqueles maracujás de gaveta, com rostos enrugados e olhinhos pequenos como uvas-passas. Eram pequenos, recurvados e andavam tão devagar que Del se perguntou como é que eles chegavam a qualquer lugar. Mas, apesar da fragilidade exterior, eles ainda eram bem lúcidos e eloquentes.

Del se sentou no alpendre da casa deles naquela tarde quente. O beiral provia sombra suficiente para Maya. As girafas para os três pontos de luz que ela exigiu mal cabiam na varanda, mas suavizavam os rostos do casal idoso.

Ele e Maya já tinham discutido a melhor maneira de fazer a entrevista. Concordaram que toda aquela tecnologia poderia ser intimidadora e distrativa. Então, optaram por montar duas câmeras e fazer o que pudessem em apenas um único e longo plano.

— Bem, me digam como é ser casados por 76 anos — começou Del.

Albert meneou a cabeça.

— Eu sei o que você realmente quer saber, filho. Se nós fazemos aquilo. Quer saber? Fazemos. Chupe essa manga.

Elizabeth suspirou.

— Albert, ele é nosso convidado... Seja educado.

— Fazemos — repetiu Albert. — Um pouco mais devagar, por causa dos ossos, mas a façanha é completa.

Del segurou a risada. Lembrou que estava sendo filmado e manteve a atenção no casal.

— Obrigado pela inspiração — respondeu ele. — Qual o segredo para um casamento longo e bem-sucedido?

Elizabeth olhou para ele.

— O que faz você pensar que nosso casamento é bem-sucedido?

— Você ainda não o matou.

Elizabeth riu.

— Tem razão. Não matei.

— Ela ameaçou várias vezes — disse Albert. — Mas eu sabia que ela não estava falando sério.

O casal estava sentado lado a lado em um banco acolchoado. De mãos dadas, com os dedos entrelaçados. Del se perguntou quantas horas de suas vidas eles tinham passado de mãos dadas. Será que isso podia ser medido em semanas? Meses?

— Não ache que o amor é algo garantido — disse Elizabeth. — Não presuma que ele está irritando você de propósito.

— Vá dar uma volta — acrescentou Albert. — Esfrie a cabeça. E não faça questão de estar sempre certo.

Embora estivessem ali para falar de relacionamentos amorosos, o último comentário o fez pensar em Aidan. Del não estava tentando ter razão, mas também não sabia ao certo se estava prestando atenção. Apesar de a explosão de Aidan ter aparentemente surgido do nada, Del sabia que tinha ouvido as mesmas reclamações de um jeito ou de outro durante todos aqueles anos.

Então, finalizaram a entrevista. Del agradeceu o casal por deixá-lo conversar com eles e, em seguida, ajudou Maya a levar os equipamentos embora. Ao meio-dia, já estavam no caminho de volta para Fool's Gold. Ele tinha ido de caminhonete até a montanha, e ela aproveitou para relaxar no banco do passageiro.

— Eles foram impressionantes — comentou Maya, recostando a cabeça, de olhos fechados. — Casados há 76 anos. Como conseguiram?

— Eles se casaram jovens.

— Era normal naquela época. Hoje, todo mundo quer estabelecer uma carreira primeiro. — Ela abriu os olhos e olhou para ele. — O sucesso feminino na economia está mudando a estrutura social do país.

Del sorriu.

— Eu ouvi isso?

— O quê?

— O tom de desafio na sua voz. Como se você quisesse que eu caísse na armadilha. Não vou me envolver em uma discussão sobre direitos iguais para as mulheres, Maya. Ainda tenho outra entrevista a fazer e não vou chegar lá ensanguentado e cheio de hematomas.

Ela riu.

— Desde que você admita que eu superaria você.

— Você se sairia bem.

Ela relaxou no banco de novo.

— Eu ganharia.

Provavelmente era verdade, mas ele não iria admitir. Maya era durona quando precisava ser. Apesar de ter sido bom para a cidade que ela não tivesse conseguido o emprego em rede nacional, Del pensou que quem tivesse tomado a decisão de não contratá-la era um idiota. Ela era obviamente brilhante e trabalhava duro.

Havia muitas coisas em Maya que ele adorava e admirava. O que significava que, mesmo quando era mais novo, tinha bom gosto.

Ele sorriu enquanto dirigia, pensando que, embora o relacionamento com sua família estivesse todo ferrado, passar um tempo com Maya estava se tornando uma das melhores partes de ter voltado para a cidade. Os dois tinham colocado os pingos nos "is". Isso era bom.

As coisas poderiam ter ficado esquisitas depois daquele beijo, mas não ficaram. Disseram o que precisava ser dito e podiam seguir em frente. O fato de que queria mais que um beijo rápido era problema dele e não era algo que iria compartilhar com ela.

Mas, desde que sua boca tocou a de Maya, Del não conseguia esquecer o calor dela, o som de sua respiração. Ele queria fazer aquilo de novo, só que, dessa vez, beijá-la intensamente. Queria sentir o sabor dela, tocá-la. Queria fazer amor com ela até os dois ficarem satisfeitos.

Não vai acontecer, lembrou a si mesmo. Porque eram amigos. Nada mais.

Maya olhou pela lente da câmera para o casal sentado no banco. A locação da segunda entrevista do dia foi sugestão de Del, e Maya tinha que admitir que era bonita. De todos os apetrechos que trouxeram na caçamba da caminhonete de Del, escolheram uma cadeira antiga para ele se sentar. Ele parecia deliciosamente másculo no pequeno assento com pernas finas e longas.

Ele era obviamente mais velho que os adolescentes que estava entrevistando, mas no melhor sentido possível. *Isso que é um homem atraente*, pensou ela, com a mente voando até o beijo rápido que haviam trocado. Teve que lembrar a si mesma de que estava ali para fazer um trabalho, e não para ficar sonhando acordada com o encontro íntimo que teve com uma deliciosa boca masculina.

— Muito bem, vamos começar — disse ela. — Estão prontos?

Melissa, uma bela ruiva, se apoiou no namorado.

— Está pronto?

— Nasci pronto.

O jovem casal formava um belo par. Percy tinha a pele morena e cabelos escuros curtos. Os ombros largos contrastavam com a silhueta mais delicada de Melissa. Os dois estavam obviamente confortáveis um com o outro, o que fazia parte do charme deles. Às vezes, quando olhava para um casal, Maya tinha a impressão de que não havia nada além de tensão sexual. Mas, com Percy e Melissa, tinha a sensação de que realmente se davam bem.

— Como vocês se conheceram? — perguntou Del.

— Ele veio falar comigo em um festival — contou Melissa, dando risada. — Foi no verão passado. Eu estava de férias da faculdade. Ele era um menininho magricela que se achava o máximo.

Percy olhou-a.

— Eu não era um menininho.

— Você é mais novo que eu.

— Só em idade, gata. Só em idade.

Eles ficaram se olhando por um segundo. Houve um lampejo de comunicação silenciosa, de algo significativo compartilhado. Aquele momento era tão pessoal que Maya sentiu que deveria desviar o olhar, mas sabia que não importava. A câmera iria capturar o momento e o transformaria em ouro visual.

Duas horas depois, terminaram a entrevista. O jovem casal tinha explicado como se conheceram e que os dois acreditavam que, sem a magia de Fool's Gold, nunca teriam se apaixonado. Enquanto Melissa foi para outra cidade fazer faculdade, Percy ficou em Fool's Gold para terminar o ensino médio. Depois ele se matriculou em um curso profissionalizante. Apesar da distância, permaneceram unidos.

Os dois eram charmosos, articulados, sensíveis e completamente apaixonados.

— Eles foram perfeitos — comentou Maya, suspirando, enquanto ela e Del juntavam as coisas depois da entrevista. — Eu realmente gostei deles. Sabem o que querem e estão fazendo acontecer. Sou uma década mais velha e nem de longe tão bem-resolvida. É intimidador.

— Você está bastante bem — disse Del.

— Eu gostaria, mas não. Você viu como eles olham um para o outro?

— Sim. Eles vão longe.

— Então daqui a 75 anos, serão Elizabeth e Albert, morando na montanha.

Ele sorriu enquanto fechava a caçamba da caminhonete.

— Não vejo esses dois morando no meio do mato, mas, fora isso, serão iguais.

O olhar de Del se demorou em Maya, que se perguntou no que ele estaria pensando. Caso tivessem ficado juntos, poderiam ter se tornado aquele casalzinho idoso?

Ela queria dizer que sim, mas não tinha certeza. Quando era adolescente, Maya não estava disposta a confiar em Del. Lições aprendidas cedo eram difíceis de superar. Ela cresceu com a sensação de estar atrapalhando. De nunca ter sido amada ou mesmo vagamente importante para qualquer pessoa. Teria jurado que nunca esperaria ser resgatada, que cuidaria de si mesma. Uma promessa que tinha tornado difícil a decisão de dar seu coração a um jovem que ela conhecia havia dois meses.

— Eles vão render um belo vídeo — disse ela.

— Concordo.

Del deu a volta na caminhonete até o banco do passageiro e abriu a porta. Quando ela foi entrar, ele colocou a mão em seu braço.

— Não tem problema que a gente não tenha dado certo.

O comentário inesperado a pegou de surpresa. Ela sentiu uma rápida pontada de dor. Ou talvez apenas perda.

— Eu nunca nos dei uma chance. Não temos como saber o que teria acontecido, embora eu admita que nossas chances eram ótimas.

— Porque você não me amava o suficiente.

— Não. Você nunca foi o problema. Era eu. Até me mudar para Fool's Gold, eu nunca tinha visto um casamento bem-sucedido. Só na TV. Mas não eram reais.

Ele meneou a cabeça.

— Não entendo. O que está querendo dizer?

É claro que ele teria perguntas, pensou Maya. Como era adolescente, ela nunca tinha contado a verdade a ninguém. Ser honesta custava caro. Então maquiou os detalhes sórdidos, mencionando apenas que o pai tinha ido embora e a mãe gostava de ter uma filha.

— Meu pai foi embora antes de eu nascer. Minha mãe teve um monte de namorados, mas nenhum deles durou. Ela não tinha amigas para passar o tempo. — A boca de Maya se contraiu. — Eu tinha amigos no colégio, mas não era exatamente o tipo de menina que você convidava para dormir na sua casa. Acho que eu deixava os outros pais nervosos. Por isso não tive a oportunidade de ver o que era normal até nos mudarmos para cá.

Ela endireitou os ombros enquanto falava, preparada para se defender, se necessário. Porque nunca se sabe.

Em vez de falar, Del a puxou em um abraço rápido. Quando a soltou, murmurou:

— Então você tem sorte de eu ter aparecido, hein? Aprenda com o melhor.

Ela grunhiu.

— Você tem um ego enorme.

Del piscou.

— É assim que chamamos? E obrigado.

Rápido assim, o equilíbrio foi restaurado. *Um presente impressionante*, pensou Maya enquanto se sentava no banco do passageiro e ele fechava a porta. Apenas um dos muitos.

Dois dias depois, Maya estava sentada em uma grande mesa no Jo's Bar, curtindo um almoço com as meninas. Ela não se lembrava da última vez que tinha feito algo assim. É claro que ela e Phoebe almoçavam ou jantavam juntas. Mas eram só elas duas. Em seu mundo, Maya não se encaixava muito nos planos de grupos de amigas.

Enquanto ouvia a conversa que se desenrolava com facilidade na mesa, perguntou-se o porquê disso. Ela supunha que muitas de suas amigas em Los Angeles também eram concorrentes. Ninguém tinha tempo para se reunir. Ou vontade de se aproximar demais de alguém que poderia roubar seu emprego. Ou talvez isso fosse uma coisa de Fool's Gold.

Havia sete meninas em torno da mesa. Madeline, uma loira bonita que era sócia-proprietária do Paper Moon — a butique de vestidos de noiva da cidade. Destiny, uma compositora que se mudara havia pouco tempo para a cidade; Bailey, a assistente da prefeita; Patience, proprietária do Brew-haha e de quem Maya se lembrava dos tempos de adolescente; Phoebe; e Dellina, a cerimonialista do casamento de Phoebe.

— Juro que era ele — disse Madeline. — Em carne e osso. Achei que fosse morrer.

— Parece que você tem 15 anos — comentou Patience com um sorriso. — Digo isso com amor, sem julgamentos. Jonny Blaze, aqui na cidade? Muitos desmaios vão acontecer.

— Ele é *tão* lindo! — derreteu-se Madeline. — E aquele corpo... Aqueles músculos...

— E você quer passar a mão em cada centímetro deles? — perguntou Maya, pegando uma *tortilla* do prato grande de nachos que tinha sido entregue.

— Duas vezes!

Todas riram.

Phoebe sorriu para Madeline.

— Ele é muito legal. Solteiro, acho. Quer que eu apresente você?

Madeline balançou a cabeça.

— Isso estragaria a fantasia. E se não for tão incrível quanto eu acho que ele é?

— E se for melhor? — perguntou Maya.

— É possível? Acho que não.

Todas riram.

A conversa fluía com facilidade. Maya observou Phoebe conversando com as outras mulheres e gostou das mudanças que via na amiga. A tensão não estava mais lá. Ao contrário, ela estava relaxada e feliz. Fool's Gold tinha lhe feito bem. Ou talvez fosse o amor por Zane. Porque o amor certamente acrescentava um brilho a Phoebe.

Será que ela era assim quando Del era seu mundo? Maya esperava que sim. Apesar de estar apavorada, ela o amava tanto quanto podia. Certamente mais do que jamais tinha amado qualquer outro homem.

Trabalhar com ele era bom, pensou. Mais fácil do que teria imaginado. Ele era um bom homem. Engraçado, charmoso, beijava fantasticamente bem.

Pensar no beijo lhe trazia um sorriso ao rosto. Se ela era incapaz de esquecer o breve encontro de lábios, então deveria estar grata por ele não ter levado as coisas adiante. Se tivessem feito mais, ela estaria tão distraída que não conseguiria fazer mais nada.

Não era ele, disse a si mesma com firmeza. Fazia muito tempo que ela não ganhava um bom beijo, só isso. Assim que se ajeitasse e encontrasse um namorado, ficaria bem. Ou assim esperava. Porque seria estupidez ainda sentir alguma coisa por Del. Ele havia superado tanto os sentimentos que tinha por Maya a ponto de pensar nela como uma irmã mais nova. Ao menos era assim que agia. O que era uma coisa boa, certo?

Ela afastou os pensamentos sobre Del e voltou a atenção para a conversa do almoço.

— ...superocupada — dizia Dellina. — Somos uma cidade festeira.

— O que faz de você a pessoa certa para ligar — falou Phoebe. — Fico feliz por ter conseguido fechar com você enquanto você ainda tinha tempo.

— Eu também — replicou Dellina com um sorriso. — Os casamentos são meus preferidos.

— Você tem muitos eventos neste outono? — perguntou Maya.

— Não mais que o de costume, mas tenho um monte no fim de ano. A família Hendrix está planejando um festão de Natal que está ficando cada vez mais complicado. Score está fazendo seu trabalho de relações públicas de sempre e vai dar um evento enorme para os clientes no meio de dezembro.

Patience riu.

— Peça para seu marido bonitão ajudar você dessa vez.

— Vou pedir. Pode acreditar.

— Quando você vai comemorar as festas de fim de ano? — perguntou Maya. — Deve ser difícil para você, com tantas coisas acontecendo.

— É, sim — concordou Dellina. — Sam e eu vamos para algum lugar quente e praiano no meio de novembro. Antes que a loucura comece. Nada de celulares, nada de internet. Mal posso esperar.

Madeline suspirou.

— Parece maravilhoso.

Maya se inclinou na direção dela.

— Quais as chances de você estar imaginando Jonny Blaze em uma praia neste exato momento?

Madeline ergueu as sobrancelhas.

— Enormes, para falar a verdade. O homem mexe comigo. Sei que pareço superficial, mas posso conviver com esse defeito.

— Eu realmente posso apresentar você — sugeriu Phoebe. — Acho que Jonny precisa de uma namorada legal. Ele não namora muito.

Patience sorriu.

— Não tenho certeza de que Madeline esteja interessada em namorá-lo.

Destiny se virou para Maya.

— Ouvi dizer que você morava aqui. Quando fazia ensino médio. É isso mesmo?

— Aham. Morei aqui por dois anos. Minha mãe e eu viemos de Las Vegas. Senti um certo choque cultural, com certeza.

— Imagino. Está gostando de ter voltado?

— Muito. Gosto do clima de cidade pequena.

— Eu também. Me mudei há pouco tempo. Há algo especial nesta cidade.

Patience se inclinou na direção de Maya.

— Ouvi dizer que Eddie e Gladys não podem mais fazer o desafio das bundas. Por favor, diga que não é verdade. Adoro o desafio das bundas.

— Não diga isso a elas... — murmurou Maya. — Estou tentando controlá-las.

— Boa sorte — retrucou Dellina.

— Eu também as adoro — confessou Phoebe. — Elas são tão aventureiras! Lembram-se do dia em que elas tocaram o gado? Mandaram muito bem. Não ficaram com medo de nada.

— Você diz isso como se fosse uma coisa boa — disse Maya, suspirando. Tinha a sensação de que não havia como vencer na questão de Eddie e Gladys. Elas eram como o mau tempo. Mais fácil se proteger e encarar do que tentar lutar contra o inevitável.

— Ah, ouvi dizer que você vai ajudar com as Mudas — falou Patience. — Isso é tão legal!

Maya levou um segundo para entender do que ela estava falando. Porque não tinha plano algum de ajudar a plantar árvores.

— Está falando das menininhas que vão participar do Guerreiros do Futuro no Máa-zib? — indagou Maya. — Sim, fui convidada para falar sobre como manusear uma câmera.

Roube meu coração   85

Patience sorriu.

— Eu sei. Minha filha é uma Muda e você vai falar para o bosque dela. No primeiro ano, elas começam como Bolotas. No segundo, são Brotos; depois, Mudas, e por aí vai. Estamos todos bem animados para o dia. Vai ser divertido.

— Espero que sim — murmurou Maya, pensando que não tinha certeza de que era qualificada para ensinar várias crianças de oito anos a fazer qualquer coisa, mas que iria fazer o melhor.

Del analisou os dois caminhos que cortavam a floresta. O da esquerda subia pelo morro e parecia bem menos usado. Como ele não estava esperando companhia, escolheu aquele.

A tarde estava limpa e quente. Apesar de ainda ser tecnicamente verão, ele viu que várias folhas já tinham começado a mudar de cor. Dentro de um ou dois meses, toda a encosta da montanha estaria vermelha e dourada com as folhas do outono. Uma bela visão que ele não estaria por perto para ver.

Embora estivesse feliz por ter decidido ir para casa ver a família, não podia dizer que lamentaria a hora de ir embora. Já estava se sentindo inquieto. Havia todo um mundo lá fora, onde ele precisava estar. A única pergunta era o que fazer consigo mesmo quando chegasse lá.

Mesmo ao rever as possibilidades, ele sentia que deveria conversar com Maya. Ela teria uma solução razoável. E, se não tivesse, estaria disposta a debater as ideias. Ela era esperta e criativa o suficiente para manter-se interessante.

Pensar em Maya significava relembrar a última conversa que tiveram. Quando ela admitiu nunca ter visto um relacionamento romântico bem-sucedido até se mudar para Fool's Gold.

Ele cresceu com pais que eram vergonhosamente apaixonados um pelo outro. Mesmo quando não entendia por que a mãe tolerava a bebedeira e a instabilidade do pai, ele nunca questionara a devoção dela por ele ou vice-versa. Eles eram uma unidade composta por duas metades. Como uma moeda. Sem um lado, não podia haver o outro.

Talvez ele não estivesse interessado em um relacionamento tradicional para si mesmo, mas...

Del circundou uma árvore e parou para pegar a garrafa d'água. Não havia motivo para mentir para si mesmo. Ele queria, *sim*, algo tradicional. Talvez não exatamente o que os pais tinham — ele queria um relacionamento igualitário —, mas, mesmo assim, o "juntos para sempre" o atraía.

Ele imaginou que, no caso dele e de Maya, ambos eram jovens demais. Ela lidava com coisas que ele sequer poderia compreender. Ela agiu conforme os próprios sentimentos, e ele foi atingido pela explosão. Com Hyacinth, bem, ele escolheu mal.

O que o deixava com um problema. Sabia que não era o tipo de homem que ficaria confortável em apenas um lugar por muito tempo. Não se importaria em ter uma base fixa, desde que não tivesse que passar tempo demais lá. Mas como é que iria encontrar alguém que compartilhasse esse sonho com ele? Pô, ele sequer conseguia decidir o que fazer com a própria vida, muito menos encontrar sua alma gêmea!

Largou a garrafa d'água na mochila e continuou subindo a trilha. O caminho era cheio de pedras, íngreme e desafiador na medida certa para ser interessante. Talvez a caminhada fosse levar mais tempo do que tinha planejado, mas ele tinha tempo de sobra. Sem mencionar que contava com um GPS; então, não se perderia. Uma das vantagens do novo programa de busca e resgate eram as torres de celular por todas as montanhas. Com um smartphone, até mesmo os turistas mais inexperientes conseguiriam encontrar o caminho de volta à civilização.

Ou não, pensou, achando graça, considerando quantas ligações de resgate tinham sido feitas naquele verão.

Refletiu se ele e Maya deveriam conversar sobre entrevistar o pessoal de busca e resgate para os vídeos. Se bem que falar sobre se perder na mata talvez não fosse bom para o turismo. Mas ele sabia que Maya acharia graça. Ela sempre achava.

Pensou no que ela disse. Apesar de acreditar nela, tinha dificuldades em imaginar como deve ter sido nunca ter visto dois adultos em um relacionamento feliz. Não era de se espantar que Maya não tivesse conseguido lidar com o fato de terem se apaixonado. O passado dela também explicava sua relação próxima com a mãe de Del.

Depois que terminaram, ele achava estranho que ela tivesse mantido contato com Elaine. Naquele momento, Del sabia que tinha algo a ver com sua criação. Elaine teria oferecido estabilidade e cuidado — duas coisas de que Maya precisava. Ela teria sido a mãe atenciosa que Maya nunca teve.

Maya podia ter contado a verdade, pensou. Podia ter sido honesta, ele teria entendido. Mas tinha guardado isso para si mesma, e eles nunca tiveram uma chance. Irônico como a primeira mulher pela qual se apaixonou tivesse tantos segredos quanto sua própria família. Será que alguém neste mundo contava a verdade? Ele achava, contudo, que estava sendo duro com Maya. Ela era jovem e estava assustada.

Como as coisas teriam sido diferentes se ele soubesse que ela estava com medo? Se pudesse ter enxergado o término como o medo de Maya falando, em vez de seu coração? Será que teria conseguido lhe explicar isso? Será que ela teria ouvido? Contado a ele o que estava pensando e sentindo? E para quê? Será que teriam resistido, como aquele velho casal que vivia na montanha?

Perguntas que nunca teriam uma resposta, disse a si mesmo. O que estava feito estava feito.

Ele continuou subindo a montanha. Mais ou menos meia hora depois, fez uma pausa quando ouviu um barulho incomum. Era um som provocado por um ser humano. Uma motosserra? Del jurava que deveria ser isso. Será que algum idiota estava derrubando árvores ilegalmente?

Virou-se na direção do barulho. Segui-lo era fácil. Quinze minutos depois, entrou em uma clareira e tropeçou até parar. De fato, o rangido mordaz vinha de uma motosserra, mas a pessoa que a estava manuseando não estava derrubando árvores. E não era um estranho. Del ficou olhando para seu irmão Nick enquanto ele usava a máquina para fazer cortes inacreditavelmente delicados em um tronco que tinha, pelo menos, três metros de altura.

Nick usava óculos e luvas para proteger os olhos, as mãos e os antebraços. Estava parado em um ninho de serragem. Apesar de ser cedo demais para Del perceber o resultado da escultura, já sabia que ela seria enorme.

Atrás do irmão, havia um galpão alto. Portas duplas largas estavam abertas, e dentro havia dezenas de esculturas completas. Ursos e veados — cada um tão verossímil que parecia que poderia dar um passo à frente e ganhar vida. Ele viu uma menina dançando na ponta dos pés, as mãos acima da cabeça. Uma mulher segurando um bebê nos braços.

O trabalho era genial e muito impressionante, considerando a técnica e a maneira como as esculturas eram feitas.

Del pensou nas críticas do pai quanto a Nick estar ignorando seu talento e soube que o velho estava errado. O que significava que Nick não tinha contado o que estava fazendo. Com base na localização da oficina, Del se perguntou se alguém sabia o que estava acontecendo ali.

Lenta e cautelosamente, recuou até ficar em meio aos arbustos de novo. Então, virou-se na direção da floresta e continuou a caminhada. Ainda não sabia se ia confrontar o irmão com relação ao que tinha visto ou se iria deixar para lá. Porque não contar a ninguém era meio que uma tradição dos Mitchell.

Maya nunca havia tido um jardim antes. Seu apartamento em Los Angeles tinha uma sacada pequena que ela não tinha usado uma única vez. No escritório havia janelas e uma vista, mas ela não ficou lá tempo suficiente para cultivar nenhum tipo de planta. Mas, uma vez que tinha uma casa, estava decidida a fazer a ideia das plantas dar certo.

Sua casa alugada tinha um quintal ótimo. Era gramado, tinha cercas vivas e outras plantas verdes, mas nenhuma flor. Então, em sua primeira semana na cidade, ela foi à Plants for the Planet, uma floricultura. Comprou três vasos grandes e flores para plantar. A mulher da floricultura prometeu que gerânios não morriam. Por isso, Maya os escolheu.

No silêncio da noite, ela regou as plantas com cuidado. Estava quente, e Maya não queria que morressem por causa do calor.

Até então, a semana tinha sido boa, pensou. Ela e Del fizeram progressos com relação aos vídeos, ela colocou os outros trabalhos em dia e a casa estava preparada para Elaine passar dois dias lá com ela depois da cirurgia na manhã seguinte.

Assim que pensou em Elaine, Maya sentiu a tensão no corpo. Não apenas preocupação por causa do câncer, mas uma sensação de agouro por causa do segredo. Apesar de respeitar as razões de Elaine, sabia, lá no fundo, que a amiga estava errada em não contar à família. Eles a amavam. Ceallach podia ser difícil, é verdade, mas, assim como era um artista, sua esposa era seu mundo. Ele ficaria arrasado quando descobrisse o que ela escondeu dele.

Maya também sabia que podia dar conselhos, mas a decisão final era de Elaine. Maya seria sua amiga, ajudaria no que pudesse e faria o possível para ficar de bico calado com relação a todo o resto.

Era isso que amigos faziam, lembrou a si mesma. Foi por isso que ela voltou para a cidade. Plantas para regar, amigos para encontrar. O ritmo era bem menos frenético do que em Los Angeles.

Ela terminou e voltou para dentro de casa. Tinha seus programas favoritos gravados e um livro que queria ler. Mas, em vez de escolher um dos dois, caminhou até a pequena estante embutida e pegou um *scrapbook* surrado. Acomodou-se no sofá, sentou-se de pernas cruzadas e o abriu.

Ela tinha sete ou oito anos quando começou o *scrapbook* e achava que tinha colado as últimas fotos quando tinha vinte e poucos anos. Provavelmente logo depois da faculdade.

As páginas eram simples. Estavam cobertas por fotos de lugares do mundo aonde queria ir. As primeiras escolhas eram óbvias. Paris era representada pela Torre Eiffel. Londres, pelo Palácio de Buckingham. Mas, à medida que ela foi ficando mais velha, seus destinos dos sonhos foram ficando um pouco mais inusitados. Havia uma fotografia de um café em uma vila montanhosa no Peru. A orla de Galápagos. Ela sempre planejou ir para lá.

Mas trabalhar em uma emissora de TV não combinava muito com viagens exóticas. Planos de férias eram frequentemente interrompidos por eventos inesperados. Ela não costumava se importar muito quando se tratava de notícias de verdade, mas uma vez teve que encurtar uma viagem porque Jennifer Aniston tinha ficado noiva.

Chega de cancelar viagens, pensou. Ela podia tirar umas férias de verdade. Ir a algum lugar interessante. Não que uma viagem de duas semanas fosse o mesmo que realmente se integrar a um local, mas era um começo.

O celular tocou. O rosto de Phoebe apareceu na tela.

Maya sorriu quando atendeu.

— E aí? — disse ela, quando apertou o botão verde. — Alguma crise quanto à festa de casamento?

Phoebe riu.

— Certo, então você não está assistindo ao programa de Eddie e Gladys.

Maya tentou se conter. Pegou o controle remoto e ligou a TV.

— O que elas estão fazendo? Me diga que não é nu frontal.

— Não é. Você vai ver. E aí vai ter umas explicações a dar. Como é que eu não sabia?

— Sabia do quê?

A TV ligou. Maya colocou o canal de TV a cabo de Fool's Gold. Eddie preencheu a tela.

— Eu sei — dizia a senhorinha. — Vocês querem ver de novo. Aqui vai.

Enquanto Maya assistia, um vídeo começou a rodar. Estava embaçado no começo, mas depois entrou em foco.

Seu queixo caiu quando viu Del e a si mesma parados em um campo. O campo. Onde filmaram a apresentação. Onde se beijaram. Onde ela deixou a câmera ligada por acidente e não se deu ao trabalho de deletar a filmagem.

— Não — resmungou ela. — Não, não, não.

— Pois é — disse Phoebe, alegremente. — Primeiro vocês dizem um ao outro que estavam apaixonados e depois se beijam. É bem excitante.

De fato, era exatamente isso que acontecia. Ela assistiu a si mesma no vídeo dizendo *Eu amava você de verdade*.

Eu também amava você. Quantas confissões para esta hora da manhã.

E, então, aconteceu. Na frente de Deus e de toda a cidade. Del se aproximou e a beijou.

Maya afundou a cabeça na mão que estava livre.

— Me mate agora... — murmurou ela.

— Acho que é tarde demais para isso. Ao menos não é nu frontal. Já é alguma coisa, não é?

Maya se encolheu até ficar como uma bola e se perguntou se era possível ser engolida pela Terra.

— Você acha que mais alguém viu isso?

— Só, tipo, a cidade inteira.

Capítulo 7

MAYA DISSE A SI MESMA QUE foi bom um momento de sua vida ter se tornado um vídeo viral. Isso a distraía de suas preocupações com Elaine.

A sala de espera do centro cirúrgico era bastante agradável. Várias poltronas confortáveis, um aquário enorme cheio de peixes serenos, wi-fi liberado e uma TV enorme ligada em um programa matinal. Os apresentadores já tinham passado um trechinho do vídeo que, ao que parecia, bombou nas redes sociais durante a noite.

Maya estava acumulando mensagens de texto e também recebendo ligações, apesar de não atendê-las. Ela não queria sair do centro cirúrgico até que soubesse que Elaine estava bem. Não iria conversar ao telefone na frente de outras pessoas.

Ergueu os olhos para a tela bem a tempo de ver o vídeo. Pessoalmente, tudo aquilo era extremamente vergonhoso. Ela não gostava que um momento particular fosse exibido para o mundo. Sentia-se vulnerável e exposta — não que alguém ali estivesse prestando atenção ao programa ou a ela. Sem dúvida, todos estavam tão preocupados com seus amados quanto ela estava com Elaine.

Mas, profissionalmente, tinha de admitir que o vídeo estava enquadrado com perfeição. As flores silvestres, as árvores — era lindo. Além disso, era ela beijando Del.

Por um segundo, pôde sentir a boca dele na sua. A pressão carinhosa, o calor. O desejo tomou conta de Maya. Em parte por quem eles tinham sido naquela época e em parte pelo que nunca poderiam ser no presente. Não importava o tipo de amizade que desenvolveram, o romance tinha se perdido. Calor e formigamentos à parte, eles não iam voltar. Só restava seguir em frente, e aquele caminho parecia desembocar na terra da amizade, apesar daqueles beijos doces.

Ela ainda não havia tido notícias de Del. Então, não tinha certeza de que ele sabia do acontecido. Maya também não o tinha procurado e sabia que ele não ficaria muito feliz, mas se perguntou quanto ele se importava.

— Maya? — A enfermeira sorriu para ela. — Pode entrar.

Maya a seguiu até a sala de recuperação e encontrou Elaine sentada. A amiga estava pálida, mas, fora isso, parecia bem.

Maya pegou a mão dela e a apertou.

— Oi. Como está se sentindo?

— Não tão mal. — Elaine sorriu. — O médico disse que o tumor era bem delimitado. Então podemos manter o plano original. Alguns dias para me recuperar. Depois, seis semanas de radioterapia.

Maya apertou os dedos dela, pensando que um abraço não seria a melhor opção.

— Era exatamente isso que queríamos ouvir.

— Eu sei. Estou tão agradecida...

A enfermeira se virou para Maya.

— Elaine me disse que é você quem vai cuidar dela hoje.

— Sim, ela vai ficar lá em casa.

— Ótimo. As instruções pós-cirúrgicas são bastante simples. Vou repassá-las com você. Eu as entreguei para Elaine antes do procedimento, mas é sempre bom ter outra pessoa por dentro. Além disso, vamos entregar instruções por escrito para ela seguir.

— Vou garantir que ela siga todas as recomendações.

Ao meio-dia, Elaine já estava acomodada no quarto de visitas de Maya. Ela havia tomado sopa com biscoitos e o remédio para dor. Sophie pulou na cama e se aconchegou ao lado de Elaine, como se compreendesse que era hora de ficar quietinha.

— Estou bem — disse Elaine com firmeza à amiga, enquanto acariciava a cachorra. — Exausta, mas bem. Não dormi nada noite passada. Na verdade, não durmo há duas noites. Então, vou ficar aqui e descansar. Quero que você saia.

Elas estavam tendo a mesma conversa havia 15 minutos. Elaine queria que ela fosse para o trabalho por algumas horas e Maya não queria deixar a amiga.

— Foi uma incisão pequena — continuou Elaine. — Sequer estou com um dreno. Não há nada a ser feito. Posso tomar banho de manhã e continuar com minha vida normal. Nada de exercícios pesados por uma semana. Depois, estarei em perfeito estado.

Só que ela ainda tinha de lidar com a radioterapia e o câncer, pensou Maya.

— Estou aqui para cuidar de você — insistiu Maya.

— Você está me deixando nervosa. Fica em cima de mim. Vá e me deixe dormir. Volte em duas horas e solte Sophie. É só o que peço.

— Vou esperar uma hora. Depois, vou passear com Sophie. Se você ainda estiver bem, aí eu vou.

— Você é muito teimosa... — murmurou Elaine, com os olhos já se fechando.

— É uma das minhas melhores qualidades.

Elaine pegou no sono quase no mesmo instante. Ela mal tinha se mexido quando Maya levou Sophie para dar uma volta rápida. A cachorra não se demorou em seus afazeres, como se quisesse voltar para o lado da dona. Elaine sequer notou quando Maya tocou em sua testa e suas bochechas para ver se ela estava com febre.

Depois de escrever um bilhete dizendo onde estaria e garantir que o celular de Elaine e um copo de água fresca estivessem na mesa de cabeceira, Maya saiu e caminhou até o escritório.

Então, ela configurou o alarme do celular para não se deixar levar pelo trabalho. Passaria em casa em noventa minutos para dar uma olhada na amiga.

Maya deu a volta na sala de edição para ir até o escritório. A porta da sala de edição estava aberta, e Eddie Carberry estava sentada ao computador. Ainda mais surpreendente era o fato de que ela estava vendo os vídeos de Maya de uma gravação anterior.

— Meu Deus! Foi você.

Eddie ergueu os olhos, com uma expressão mais triunfante do que arrependida.

— Não faço ideia do que você está falando.

A entrevista estava rodando no fundo. Considerando que o vídeo passou no programa de Eddie, o fato de ter sido ela quem o tinha encontrado não deveria ser uma surpresa, mas meio que era.

— Você tem visto minhas filmagens.

Eddie voltou a olhar para a tela.

— São boas. Você tem um bom olho. Aquele beijo foi um achado.

— Você o roubou.

— Copiei. Você ainda tem o original. Então não foi roubado. Além disso, agora você é famosa.

Por ter beijado Del. Algo que teria sacudido seu mundo um pouco mais se ela não estivesse lidando com a cirurgia de Elaine.

— Não faça isso de novo — disse Maya, com firmeza.

— Por que não? Você deveria me agradecer.

Como é que aquela senhora de cachos curtos e olhos brilhantes podia ser tão autoconfiante? Será que era algo da idade? De personalidade?

— Não vou agradecer por você roubar minhas coisas.

— Você apareceu em rede nacional. Isso não é fácil de conseguir. E foi uma boa propaganda para a cidade, o que é, afinal, seu trabalho. Sim, acho que mereço umas flores. Quem sabe uma caixa de chocolates. Os da See's são meus favoritos. Gladys também gosta.

Maya sentiu-se como se tivesse adentrado um mundo totalmente novo.

— Não vou mandar flores ou chocolates para você.

Eddie bufou e, então, se levantou.

— Se você vai ser assim...

— Vou.

— Você deveria ser mais agradecida pelo que as pessoas fazem por você.

Maya a observou ir embora, depois foi até o computador e ativou o programa de segurança. Assim que abriu, ela colocou uma senha nos arquivos e foi até o escritório.

Ainda estava tentando entender tudo o que tinha acontecido nas últimas 18 horas quando Del entrou. No segundo em que o viu, teve uma vontade avassaladora de pular nos braços dele e fazê-lo abraçá-la até que ela tivesse certeza de que tudo ficaria bem. Junto com isso, veio a necessidade de contar que a mãe estava bem. Que ele não deveria se preocupar. Só que ele não sabia que havia algo de errado com a mãe e Maya não podia lhe contar.

— Certo, essa não é uma cara feliz — disse ele, apoiando-se no caixilho da porta. — Você está chateada. — Del se moveu na direção

Roube meu coração 95

dela. — Não é o que eu teria escolhido também, mas não é nada demais. De certa forma, é engraçado.

— O beijo... — sussurrou Maya, sabendo que ele não podia estar falando do câncer, mesmo que fosse nisso que ela estava pensando.

Del entrou no escritório e fechou a porta.

— Alguém vai ficar bravo?

— Alguém? Tipo, algum homem?

O canto da boca dele se ergueu.

— Se não for um homem, posso assistir?

Ela começou a rir. Depois, teve de lutar contra lágrimas inesperadas. *Eram por causa da mãe dele*, pensou Maya. A cirurgia, o fato de que o médico estava otimista. Mais uma vez, ela quis se deixar envolver pelos braços de Del e ser abraçada. Também queria que ele soubesse o que estava acontecendo, mas ela havia prometido não contar. Uma promessa que estava alojada como uma pedra em seu estômago — e em sua consciência.

— Não tem nenhuma mulher nem homem — disse ela, torcendo para que seu tom de voz fosse leve o suficiente. — Fiquei surpresa pelo vídeo. Tenho certeza de que você ficou também.

— Sem dúvida. Tenho ouvido muitas piadas dos amigos.

— Posso imaginar. Você também vai receber muitos contatos de fãs. Você ficou bem na tela.

— Você também.

Beijando. Eles estavam se beijando.

— Foi Eddie Carberry — contou ela para se distrair. — Eu a encontrei fuçando meu material.

— Não me surpreendo. Ela é impressionante.

— Coloquei senha nos arquivos.

Ele riu.

— Bom para você. Dificulte as coisas para ela.

— Meu plano é que ela não tenha mais acesso a nada.

Maya foi até a mesa. Del sentou-se na cadeira de visitas. Estudou-a.

— Tem certeza de que está bem?

— Só cansada. Fiquei em choque noite passada. Eu não acreditei. Como foi que você ficou sabendo?

— Ryder Stevens viu na internet e me mandou por e-mail. Sabia que o programa de Eddie e Gladys tem seguidores virtuais?

Maya massageou as têmporas.

— Não, e nem precisava saber. Ao menos a internet é um sistema aberto e não vamos ter que nos preocupar com a CCI.

— Você não está brava com elas, está?

— Não. Surpresa. Atordoada.

— Elas são incontroláveis.

— Você não se importa com o fato de o beijo ter viralizado?

Del desviou o olhar. Por um segundo, Maya poderia ter jurado que ele estava olhando para sua boca. Ela sentiu uma onda de calor, seguida por desejo.

Eles poderiam fazer aquilo de novo, pensou ela. Um beijo de verdade dessa vez. Com corpos se pressionando e línguas… Bom, ela ficaria feliz com um pouco de língua na vida, para variar.

Mas isso não iria acontecer. Ela e Del eram amigos. Trabalhavam juntos. Ele gostava dela, os dois se davam bem, mas Maya tinha bastante certeza de que ele não guardava nenhum interesse sexual. Quanto aos sentimentos de Maya, eles eram, ah, nostálgicos. Só isso. Ela estava reagindo ao passado.

— Em um primeiro momento, fiquei um pouco desconfortável, mas que se dane. Essas coisas acontecem.

Ela sorriu.

— Você gosta da atenção.

— Um pouco. Assim como você gosta de trabalhar nos bastidores.

— Verdade — disse ela devagar, imediatamente pensando em seus sonhos de alcançar a rede nacional.

— Em que você está pensando?

— Que me esforcei tanto para conseguir um emprego em rede nacional. Eu queria estar à frente das câmeras. Ser a estrela. Mas você tem razão. Depois de ver o vídeo, não gostei da atenção, mas realmente curti como a gravação ficou boa.

Isso não podia estar certo, podia? Será que ela estava correndo atrás do sonho errado o tempo todo?

— Arrependendo-se da decisão de ter voltado para cá? — perguntou ele.

— Não. Eu estava muito cansada do programa de fofocas. Não podia ter continuado. Aqui é legal.

Roube meu coração   97

Mas talvez não seja permanente, sussurrou uma vozinha em sua cabeça.

— É bom ser feliz no trabalho — disse ele.

— É, sim. O que você vai fazer este fim de semana?

— Ficar de boa. E você? Ah, é verdade. Você tem o fim de semana das meninas com minha mãe. Qual a programação? Fazer as mãos e os pés?

— Fico impressionada por você saber o que é "fazer as mãos e os pés" — disse ela, ignorando a pergunta. O fim de semana das meninas dela consistiria em garantir a recuperação da amiga.

— Sou bem viajado — respondeu ele, levantando-se. — Tem certeza de que você está bem?

— Sim. Agora somos beijadores famosos no mundo todo. Tenho certeza de que nós dois podemos usar isso a nosso favor.

Ele sorriu.

— Eu certamente vou.

Del saiu do prédio dos estúdios e seguiu rumo ao The Man Cave para ver Nick. Quem sabe um papo com o irmão do meio lhe daria uma resposta quanto ao porquê de Nick achar que precisava esconder o que estava fazendo. Del certamente não entendia. Talvez Ceallach não aprovasse a matéria-prima, mas ficaria feliz em ver arte sendo produzida. Então, por que não deixar o velho saber?

Ele atravessou a rua e dobrou a esquina. *Todo mundo tinha seus motivos*, ponderou. Pouquíssimas atitudes eram aleatórias. Como o fato de ter vindo para casa. Foi uma escolha deliberada, e ele tinha a sensação de que a tinha feito por motivos que não eram os que havia pensado em um primeiro momento.

Ele entrou no bar e viu que Nick não estava sozinho — Aidan estava junto. *Dois pelo preço de um*, pensou Del enquanto se aproximava dos irmãos, perguntando-se se Aidan iria embora assim que o visse. Sua última conversa não tinha terminado bem.

— É o mais novo astro de reality shows — disse Nick, de trás do balcão. — De volta há apenas duas semanas e já curtindo a vida com Maya. Tudo que era velho agora é novo mais uma vez.

Del aceitou a gozação.

— Não foi bem assim.

— Mas foi o que pareceu — disse Aidan, pegando um punhado de amendoins da tigela no balcão. — Foi exatamente o que pareceu.

Foi um bom beijo, pensou Del. Quando viu o vídeo pela primeira vez, ficou chocado e um pouco embaraçado. Mas, apesar de ser um momento pessoal, não estava com vergonha. Pô, ele e Maya ficavam bem juntos. Seu único arrependimento era que não tinham feito nada mais. Não na frente das câmeras, é claro. Mas mais tarde. Em particular. A sós. Pelados.

Maya sempre fora linda nua, e Del tinha a impressão de que o tempo tinha sido especialmente gentil com ela. Ambos contavam alguns anos a mais, o que significava mais experiência. Fazer amor com ela era fantástico antes. Ele achava que seria ainda melhor.

— O que você vai querer? — perguntou Nick.

Del apontou para a garrafa de Aidan e sentou-se ao bar.

— O que ele está tomando.

Aidan olhou para ele.

— Você descobriu o que aconteceu com o vídeo? Como caiu na rede?

— Eddie Carberry invadiu os arquivos de Maya.

Aidan meneou a cabeça.

— Temos que tirar o chapéu para ela e Gladys. Elas são antenadas.

— Foi o que eu disse. Deveríamos ser todos tão determinados assim quando tivermos a idade delas. — Del se viu observando Nick, pensando no segredo do irmão. Não que fosse tocar no assunto. Em vez disso, voltou-se novamente para Aidan. — Como vão os negócios?

A expressão de Aidan ficou severa no mesmo instante. Ele largou a cerveja.

— Vá pro inferno — disse, e foi embora.

Del observou-o partir. Então, voltou-se para Nick.

— O que foi que eu disse?

— Você precisa perguntar?

— Preciso, sim. Sei que ele está furioso. Então, vamos conversar sobre isso. Dar as costas não vai levar a lugar nenhum.

— E você? O cara que fugiu da cidade?

Não era como Del teria descrito sua partida, mas entendia que poderia ter passado essa impressão.

— Talvez eu tenha aprendido com meus erros.

— Não é comigo que você está brigando. Não tem por que me dizer isso.

Del ficou olhando a cerveja abandonada de Aidan, sem saber ao certo como lidar com a situação.

— Suponho que ele não seja assim com todo mundo.

— Não. Só com você.

— Que ótimo. Acho que vou ter que conversar com ele.

— Você acabou de tentar. Não foi bom.

— O que você sugere?

— Não faço ideia. — Nick se apoiou no bar. — Você se arrepende de ter vindo para casa?

— Às vezes. Tem um mundo inteiro lá fora com o qual é muito mais fácil de lidar do que com a família. — Ele tomou um gole de cerveja. — Sabe, se Aidan está tão infeliz, por que não vende a agência e vai embora? Papai não está mais bebendo; então ele não vai cair na gandaia e destruir todo o trabalho de um ano inteiro. Ninguém precisa da renda para pôr comida na mesa.

Nick se endireitou.

— Seria mais fácil ainda. Aidan comprou a parte da mamãe alguns anos atrás. A agência é só dele agora.

— Então, por que ele não vai embora, se é tão horrível assim? Ou gosta de passar os dias pensando em como eu arruinei a vida dele?

— Você vai ter que perguntar a ele.

— Ele não está aqui.

— Engraçado como as coisas são.

Del olhou para Nick.

— Algo que você queira compartilhar?

— Minha vida é um livro aberto.

— Escrito em tinta invisível.

Nick riu de leve.

— Viu o que você perdeu enquanto esteve fora? Por falar em estar fora, para onde você vai depois daqui?

— Não faço a menor ideia.

— Nenhuma grande aventura em vista?

Del balançou a cabeça.

— Algumas pessoas têm entrado em contato, querendo que eu desenvolva o próximo equipamento de ponta, mas não sou o cara para isso. A prancha que eu desenhei foi só uma casualidade. Eu não gostava do que havia no mercado. Mas não acordo no meio da noite com ideias para invenções.

— Você precisa seguir sua paixão — disse Nick.

Se Del estivesse bebendo, teria engasgado. É sério? Vindo de um cara que tinha uma vida secreta?

— Não sou empreendedor — disse Del, por fim. — Não tenho desejo algum de descobrir uma maneira melhor de reinventar a roda.

— Já pensou em se acomodar em um lugar?

— Às vezes. Não tenho certeza de que quero isso.

— O que faria se tivesse que parar em um lugar?

— Seria professor.

Nick ergueu as sobrancelhas.

— Por essa eu não esperava.

Del apoiou os cotovelos no bar.

— Gosto de crianças. Gosto de compartilhar o mundo com elas. Essa era uma das melhores partes das minhas viagens. Entrar em salas de aula em todos os lugares do mundo e falar sobre o que eu tinha visto. Mostrar a elas.

— Fotos?

— Às vezes. Vídeos. Ou contar histórias. Crianças querem saber como são os outros lugares. Elas são curiosas. Abertas.

Del pensou nos vídeos que tinha feito. Eram um começo, mas não muito bom. Ele tinha a visão, mas não a habilidade para concluí-los. Ao vender a empresa, levantou capital. Talvez devesse contratar alguém. Começar algum tipo de empresa de turismo.

Ele pegou a cerveja e soube que essa não era a resposta. Mesmo que talvez o levasse aonde queria ir, não parecia certo.

Por um segundo, pensou em Maya. Ela era brilhante. Dedicada. Mas também estava comprometida com Fool's Gold. E trabalhar juntos por algumas semanas não era a mesma coisa que firmar uma parceria duradoura de negócios. Por causa do passado, não sabia se podia confiar nela. Não completamente.

— Professor — disse Nick. — Eu nunca teria imaginado.

— Não estou planejando me acomodar. Então, não acho que vá acontecer. — Ele terminou a cerveja e entregou a garrafa a Nick. — Você gosta de trabalhar aqui? — perguntou, gesticulando para o bar.

Roube meu coração 101

— Claro. Os horários são bons, o pagamento é decente e passo meu tempo com pessoas de que gosto.

Del se perguntou sobre o que seria mais importante. Com base no que tinha visto das esculturas do irmão, chutaria que os horários do expediente deixavam Nick com as manhãs e o início das tardes livres. Nessas horas ele podia estar lá fora, criando. Porque, para muitos artistas, tudo se tratava da luz.

— Você tem notícias dos gêmeos? — perguntou Del.

— Não muitas — respondeu Nick, entregando-lhe outra cerveja.

— A mamãe disse que vão vir para o aniversário do papai. Vamos ver se vai rolar.

— Quando eles foram embora? Três anos atrás?

Nick confirmou com a cabeça.

— Logo depois do ataque cardíaco do papai. Um dia eles estavam aqui; no outro, tinham ido embora. Tipo você.

Del suspirou.

— Vocês nunca vão deixar isso para lá, vão?

Nick sorriu.

— Enquanto incomodar você, todos nós vamos continuar cutucando a ferida. Você sabe disso, irmão.

— Sei, sim.

Era a lei da selva Mitchell. Só os fortes sobreviviam. Ou iam embora. É claro que ele presumia que abandonar o barco era um sinal de força. Dez anos antes, sabia que não tinha escolha. Porém, as coisas estavam diferentes. Ele era um homem crescido e de muito sucesso. Era mais seguro de si. Tinha dinheiro no banco e opções. Também tinha perguntas e, por ora, não poderia conseguir respostas.

Capítulo 8

MAYA ABRIU A PORTA DE TRÁS do carro e Sophie pulou para fora.

— Você iria com qualquer um para dar um passeio de carro, não iria?

A *beagle* balançou o rabo com animação antes de entrar na casa. Elaine se virou para Maya.

— Obrigada por tudo. Sou muito grata pela sua ajuda.

— Não há de quê. Tem certeza de que está bem?

— Estou. Não estou sentindo dor. Você é uma boa amiga.

Maya a abraçou, tomando cuidado para evitar o lado com os pontos.

— Estou aqui por você. Se precisar de qualquer coisa, me ligue.

— Pode deixar. — Elaine se endireitou. Deu um sorriso maroto. — Vou dizer a Ceallach que estou de ressaca da nossa noite das meninas. Assim posso descansar o resto do dia e ele vai ficar agitado. Vai ser bom para nós dois.

Maya concordou com a cabeça, mesmo pensando que seria melhor para a família se Elaine contasse a verdade. Mas não era problema seu, e era bom se lembrar disso. Ela estava ajudando a amiga, mesmo que não gostasse de guardar segredo.

Maya voltou para casa. No caminho, considerou o que iria fazer durante o resto do dia. Tinha seus afazeres comuns de fim de semana — roupas para lavar, um banheiro para limpar. Nada daquilo parecia especialmente inspirador ou interessante.

Entrou na garagem e reparou nas plantas da varanda da frente. Já estavam meio pálidas havia alguns dias, mas no momento estavam murchas como se tivessem morrido durante a noite.

— Mas o que aconteceu?

Ela nunca tivera plantas antes; então, não sabia o que estava fazendo de errado. Analisou-as, pensando que pareciam desesperadamente tristes. Regava-as religiosamente. Será que precisavam de comida ou algo assim? Será que ela havia feito as plantas passarem fome?

— Essas aí não parecem muito bem.

Ela ergueu os olhos e viu Del parado na calçada. Ao vê-lo, todo o seu corpo pareceu ficar um pouco mais leve. Formigamentos leves queimaram seu estômago e as pontas dos dedos. Ela torceu para não transparecer a felicidade que sentiu ao vê-lo.

— Não sei o que fiz de errado — admitiu ela. — Já teve experiência com jardinagem?

— Não, desculpe.

— Eu também não.

— Acabou o fim de semana das meninas? — perguntou ele.

— Sim. Acabei de levar sua mãe e Sophie para casa. Agora ia comprar umas plantas novas.

— Quer companhia?

A pergunta inesperada a fez concordar com a cabeça.

— Sim, por favor. Você pode carregar as plantas na volta.

— E cadê a igualdade entre os sexos? — perguntou ele, com voz provocadora.

— E que tal você ir se danar?

Del riu.

— Vamos.

Maya se juntou a ele na calçada, e os dois rumaram para o norte pela Brian Lane. A vizinhança era silenciosa, com casas térreas menores e quintais amplos.

— Há um clima tão interiorano nesta parte da cidade... — disse ela. — Como você está sobrevivendo?

— Gosto do clima de cidade pequena.

— Não, não gosta. Você é um viajante. Deve estar contando os dias para ir embora.

— Estarei pronto quando a hora chegar, mas é bom estar de volta. De certa forma.

— Como assim?

— Aidan não está falando comigo. Sei que está bravo por eu ter ido embora dez anos atrás. Isso eu entendo. Mas Nick me disse que ele comprou a parte da nossa mãe da agência. A empresa é toda dele agora. Então, se está tão infeliz, por que fica aqui? Ele poderia vendê--la e ir para outro lugar.

— Você perguntou a ele?

— Ele não fica no mesmo lugar que eu por tempo suficiente para termos uma conversa.

— Você se esforçou?

Del ficou quieto. Maya balançou a cabeça.

— Você é um homem típico. Talvez ele precise ver você se esforçar um pouco. Não estou supondo que entendo toda a dinâmica da sua família, mas o que posso dizer é que as pessoas querem sentir que estão sendo ouvidas de verdade. Talvez ele precise saber que você está interessado em saber o lado dele das coisas.

Del concordou com a cabeça.

— Talvez. — Ele a olhou. — Eu errei em ir embora?

Não era uma pergunta que a deixasse confortável, principalmente porque ela se sentia responsável pelo que tinha acontecido.

— Você era jovem, estava magoado e se sentindo preso. Ir embora fazia sentido.

— Eu não acho que teria sido feliz aqui. Era fácil demais estar em outro lugar.

— Qualquer outro lugar — corrigiu ela. — Não é como se você tivesse se acomodado em algum momento. Algumas pessoas gostam de estar em movimento. Você é uma delas. — Ela parou de repente. — Não é culpa minha. Você ter ido embora. Você iria de qualquer forma.

Ele a encarou.

— Maya, nunca foi culpa sua. Você achava que era?

— Eu me sentia culpada.

— Não deveria. Você não quis se casar comigo. Tudo bem. Você tem o direito de escolher.

Eles já tinham conversado sobre o que tinha acontecido. Maya se desculpou e ele aceitou. Então, ela não iria começar tudo de novo. No entanto, aquela era uma reviravolta interessante em relação ao que tinham conversado.

— Você não teria sido feliz casado comigo — disse ela. — Não se isso significasse ter que ficar aqui. Caramba, teria sido interessante.

— Eu enchendo seu saco para irmos embora da cidade? Você teria ido?

— Não sei.

Os dois começaram a andar de novo.

— Porque você quer ficar em um único lugar — disse ele.

— Por que acha isso?

— Você se mudou para Los Angeles e nunca saiu de lá. Agora está aqui.

— Isso se deu muito por causa do trabalho.

— Não estou dizendo que é ruim. — Ele apontou para as casas pelas quais estavam passando. — Se acomodar é normal. Estou ponderando que você nunca teve um desejo ardente de conhecer o mundo.

Ela pensou em seu *scrapbook*. Será que aqueles recortes e fotografias eram realmente sonhos ou apenas desejos inúteis?

— Viajar parece divertido — admitiu Maya. — Sempre conhecer lugares novos. Qual sua parte preferida de ir a algum lugar diferente?

— Conhecer as crianças. Elas são curiosas com relação a tudo. Especialmente quanto aos Estados Unidos.

— Claro. Elas têm uma ideia do país pelo que veem nos programas de TV e nos filmes, mas aquilo não é real. É uma pena que não haja uma maneira de compartilhar como as coisas realmente são. Tipo aqueles documentários sobre o cotidiano, mas voltados para crianças em idade escolar. Assim é o dia em uma escola para uma criança em Baltimore. Assim é o dia em uma escola para uma criança em Melbourne. Se os programas tivessem o mesmo formato, os estudantes entrariam no ritmo na mesma hora. Sabendo que haveria um trecho sobre esportes ou sobre o recreio. Crianças gostam de repetição. É um dos motivos pelos quais gostam de ouvir a mesma história todas as noites, assistir ao mesmo...

Maya percebeu que Del não estava mais ao lado. Ela se virou e viu que ele estava alguns metros atrás, parecendo perplexo.

— O que foi? — quis saber ela.

— É uma boa ideia — disse ele, caminhando em sua direção. — A ideia de usar um formato consistente. Você tem razão sobre a repetição. Eu nunca tinha pensado nisso. Poderia ser uma série.

— Claro. Focando-se em crianças comuns em um primeiro momento e, depois, expandindo. Como é ser a filha do presidente? O filho de um astro do cinema ou de um herói dos esportes? Viver nas ruas da Índia? É ver para crer.

Ele se juntou a Maya.

— Você é boa.

Maya sorriu.

— Posso fazer um *brainstorming* com os melhores. Acredite, quando o assunto é fofocas de celebridades, você encontra maneiras de tornar interessantes as coisas mais prosaicas.

Os dois recomeçaram a andar. Ela pensou no potencial do projeto. Havia tantas maneiras de torná-lo atraente sem necessidade de um orçamento alto. Não que Del fosse precisar de sua ajuda.

— Nunca foi minha intenção ficar presa em Los Angeles — disse ela, ciente de que aquilo não importava, mas precisando que ele soubesse. — Sempre pensei que acabaria em outro lugar.

O que talvez tenha sido o problema, admitiu, mesmo que só para si mesma. Acabar em algum lugar não era a mesma coisa que executar um plano. Ainda era ser jogada de um lado para outro pelas circunstâncias.

— Agora você está aqui — disse ele. — É outro lugar.

Ela concordou com a cabeça, pensando se deveria ser grata por isso. Os dois pegaram a esquerda na rua Second. Esse trabalho meio que tinha acontecido, contudo. Ela não estava em busca, foi a prefeita Marsha quem a procurou. Como é que isso aconteceu? Maya sempre se orgulhou de ter certeza dos detalhes de suas matérias, mas não dos de sua própria vida.

— No que está pensando? — perguntou Del. — Você parece brava.

— Só estava pensando em não tomar decisões. A inatividade traça seu próprio plano. Não um plano bom, mas sempre tem um resultado.

— Está se perguntando se deveria ter planejado mais?

— Talvez. Ou ao menos pensado no que eu queria. — Ela inspirou. — Um emprego em rede nacional, que não vai rolar. E agora sou uma garota dos bastidores.

— Uma das melhores.

Maya sorriu.

— Obrigada. Vou aceitar o elogio, mesmo considerando que você não tem parâmetro de comparação.

— Você é melhor que eu.

Ela apertou os lábios.

— Ei — disse Del, fingindo estar irritado. — Não sou tão ruim assim.

— Você dá para o gasto. Melhor que a maioria com seu nível de treinamento.

Ele colocou o braço em torno dela e a puxou para perto de si.

— Pare de tentar poupar meus sentimentos — provocou ele. — Diga na minha cara e pronto.

Maya sorriu para ele.

— Você é um trapalhão. Um trabalhão fofo, mas um trapalhão mesmo assim.

Del estava perto o suficiente para beijá-la, pensou ela, ciente do corpo dele pressionando o seu e de sua boca tentadoramente próxima. Apesar de estarem no meio da cidade, em uma calçada pública às duas da tarde de um domingo, ela iria curtir um beijo. Os beijos de Del eram especiais.

Mas, em vez de puxá-la mais para perto, ele a soltou e apontou para a placa.

— Chegamos. Vamos descobrir por que você está matando suas plantas.

Melhor manter as coisas numa boa, disse a si mesma, embora soubesse que estava mentindo. Será que Del não queria beijá-la? Será que não se sentia atraído por ela? Engraçado como dez anos antes havia tanta paixão entre eles que era difícil enxergar qualquer outra coisa. No momento, apesar de ainda estremecer sempre que ele estava por perto, ela estava igualmente intrigada pela conexão emocional. Em alguns sentidos, era ainda mais forte. E potencialmente perigosa. Ainda mais se aquele fosse um sentimento unilateral.

Del não tirava a ideia de Maya da cabeça. Ele só ouviu pela metade a conversa dela sobre o homicídio recente de suas plantas com um dos funcionários da Plants for the Planet. Estava ocupado demais pensando em possibilidades.

A sugestão dela sobre uma série de vídeos colocou muitas de suas ideias díspares em foco. Ele gostava do conceito de um formato consistente, usando crianças diferentes de todo o mundo. Havia elementos universais — escola, família, esportes. Quando as crianças vissem a conexão, poderiam vivenciar o que outros estudantes viviam. Com a descrição dos pontos comuns, vinha a habilidade de empatia. Era fácil odiar ou temer o estranho, mas, se a pessoa for exatamente como você, forma-se um laço.

Del se perguntou se haveria mercado para esse tipo de material. Ele sabia que os orçamentos das escolas eram apertados. Se tivesse o financiamento certo, além de seu próprio investimento, poderia oferecer o programa de maneira gratuita. Porque o que importava para ele era a mensagem.

Algo para pensar, disse a si mesmo.

Maya estava parada ao lado do caixa. Ele foi até ela e pegou a caixa de plantas à frente. Ela parecia mais preocupada que feliz.

— Eles vão substituir as plantas mortas por novas para mim — contou ela. — É a garantia da floricultura. Não quero tirar vantagem deles. Quer dizer, e se eu fiz algo errado?

— São quatro plantas — disse ele. — Leve. Se elas ficarem bem, o problema eram as plantas. Se morrerem, então era você, e você pode pagar estas aqui para eles, além de comprar plantas novas.

— Se estas aqui morrerem, eu devo desistir de plantar coisas — comentou ela, seguindo-o para fora da floricultura. — Eu sabia que não era muito boa em relacionamentos, mas odiaria ter esse conceito refletido em mortes constantes de vegetais.

— Por que você diz que não é boa em relacionamentos?

Pelo que Del tinha visto, ela era amigável e bem-quista. Ele gostava da companhia dela.

— Os motivos de sempre. Vou fazer 32 anos e não me casei. Não tenho um namorado duradouro há… um tempo. — Ela olhou para ele, então desviou o olhar. — Zane.

— Zane, filho de Rick? O que ele tem a ver com tudo isso?

— Você não é o único com relacionamentos familiares complicados. Zane e eu rondamos um ao outro numa disputa velada por anos. Sempre falei que ele tinha a cara amarrada. Eu achava que ele era duro demais com o irmão mais novo e um cara rabugento que precisava viver a vida um pouco.

— E?

— Pode ser que eu tenha me enganado.

— Você?

Maya sorriu para Del.

— Gosto como você sempre finge estar surpreso, mesmo que nós dois saibamos que não está. Sim, eu. Chase sempre foi difícil. Apesar de saber disso, eu sempre tomava o partido dele. Alguns meses atrás,

Chase foi longe demais. Não vou entrar em detalhes, mas a moral da história é que ele precisava aprender uma lição e Zane estava decidido a ensiná-lo. Iam tocar o gado numa cena de mentira e...

— Você disse "tocar o gado numa cena de mentira"?

Maya riu.

— Sim. Chase pegou dinheiro de uns turistas depois de prometer tocar o rebanho para eles verem. Ele ia devolver os depósitos, mas não conseguiu, então Zane decidiu criar uma cena falsa e fazer Chase lidar com todo o trabalho nojento. Foi uma boa solução.

— Menos para os turistas.

— Eles puderam passar alguns dias cuidando do gado. Na verdade, foi bem legal. Com exceção da enchente no fim.

Del olhou-a.

— Você está inventando.

— Não estou, não. Saiu um artigo no jornal. Enfim, a questão é que Chase ferrou bonito com tudo. Ele é adolescente; então isso é meio que esperado. Era o que eu teria dito a Zane. Para falar a verdade, foi o que falei. Mas Zane tinha razão. Chase precisava aprender uma lição. Aquilo me fez pensar que eu talvez estivesse demais do lado de Chase e não apoiasse Zane o suficiente. Esse seria um exemplo de como arruíno um relacionamento.

— Não é um exemplo muito bom — disse Del quando se aproximaram da casa dela. — Em uma escala de transgressões, não é impressionante.

— E por que você pode julgar? — perguntou ela.

— Porque sou eu.

Maya riu. O som era feliz e, estranhamente, ele gostou de ouvi-lo.

— Como estão as coisas com Zane agora? — perguntou ele.

— Melhores. Eu julgo menos, e ele é menos ranzinza. Phoebe é a razão pela qual ele está diferente. Os dois estão perdidamente apaixonados e vão se casar em algumas semanas.

A voz dela parecia melancólica. Del supôs que aquilo não fosse surpreendente. A maioria das pessoas queria um relacionamento com o qual pudesse contar. Alguém para cuidar delas. Ele também queria. Só não tinha certeza de como encontrar.

Eles colocaram as plantas novas na varanda.

— Você tem ferramentas de jardinagem? — perguntou Del.

— Claro.

— Vá pegá-las. Eu ajudo a trocar as plantas mortas pelas novas.

— Obrigada.

Ela entrou em casa. Por um segundo, ele pensou em segui-la. Pensou em pará-la na cozinha ou no corredor e puxá-la para perto. Abraçá-la seria bom. Ele sempre gostara da sensação de Maya nos braços. Então poderia beijá-la. Beijá-la de verdade. Não como antes, mas um beijo que virasse os mundos dos dois de cabeça para baixo e os deixasse sem fôlego. Porque Maya sem fôlego sempre foi um de seus sons preferidos.

Só que ele não fez nada disso, porque sexo iria complicar as coisas. Del sacudiu a cabeça. Ele era o único ali — não havia motivo para mentir. Sexo só iria pôr em risco o que tinham. O sexo levaria embora o que era fácil e tornaria o relacionamento constrangedor. Ele gostava do que estava rolando com Maya. Gostava de trabalhar e passar o tempo com ela. Gostava de tê-la como amiga de novo. Por mais que vislumbrasse deixá-la nua, era melhor assim.

Ela voltou à varanda com uma ferramenta em cada mão.

— Pazinha pequena ou garra esquisita? — perguntou ela. — Você é visita; então, pode escolher primeiro.

Porque Maya era extremamente justa, pensou ele, pegando a pá.

— Isto é uma ferramenta de homens — disse ele.

Ela piscou os olhos.

— E eu aqui achando que seria maior.

A Paper Moon tinha começado como uma butique de noivas. Nos últimos dois anos, a loja tinha expandido e passado a incluir uma marca de roupas especializada em peças exclusivas de estilistas pouco conhecidos. Maya planejava dar um pulo lá para renovar o guarda-roupa, ou ao menos encontrar algumas coisas um pouco mais coloridas. Seu uniforme de trabalho era preto demais. E, apesar de isso funcionar bem em uma produtora de TV em Los Angeles, não combinava muito com Fool's Gold.

Ela estava no lado das noivas do Paper Moon, esperando para provar seu vestido de madrinha.

— Sei que você não faria isso para qualquer uma — disse Phoebe.

— Não mesmo, mas faria por você em um piscar de olhos. — Maya sorriu. — Você vai se casar e me pediu para fazer parte do casamento. Isso é tão legal!

— Você acha mesmo? — Phoebe parecia ansiosa. — Não quero que pense que é bobo.

Maya a abraçou.

— Nunca. Estou tão feliz por você e Zane. O casamento vai ser lindo, e você vai ser a noiva mais perfeita do mundo.

Phoebe ficou vermelha.

— Duvido.

— Podemos fazer uma votação.

Madeline entrou no enorme provador.

— O que estamos votando?

— Se Phoebe vai ser a noiva mais linda de todas.

— Claro que vai. — Madeline pendurou o vestido azul-claro. — Todas as noivas são. Levo meu trabalho muito a sério.

A preocupação de Phoebe se esvaiu quando sua expressão assumiu um tom de travessura.

— Apesar de estar perseguindo Jonny Blaze.

Madeline sorriu.

— Em primeiro lugar, não estou perseguindo. Em segundo lugar, posso fazer várias tarefas ao mesmo tempo. Sou ótima em multitarefas. — Ela abriu a boca e logo a fechou. — Meu Deus, você o convidou para o casamento?

Maya riu.

— Não consigo decifrar se seu pânico é porque ele vai estar lá ou porque não vai estar lá.

— Também não sei — admitiu Madeline.

— Desculpe decepcioná-la — disse Phoebe. — Eu o convidei, sim, mas ele não vai estar na cidade. Vai estar gravando um filme em outro lugar.

Madeline sacudiu a mão na frente do rosto.

— Ótimo. Eu iria odiar fazer papel de boba. Além disso, é seu casamento. O dia deve ser seu e de Zane, e não meu e de meu amor platônico astro de cinema.

— Vocês poderiam ser o entretenimento da festa — disse Maya.

— Hum, não. — Madeline apontou para o vestido. — Experimente aquele. Se ficar tão lindo quanto acho, vocês duas vão adorar.

Phoebe e Madeline saíram do enorme provador. Maya ficou só de calcinha e sutiã e logo percebeu que não dava para usar sutiã com aquele vestido.

O corte era simples. Um corpete sem alças transpassado com uma saia longa e justa. As costas tinham faixas cruzadas e um laço fluido. O tecido era macio e um pouco brilhoso.

Maya colocou o vestido e fechou o zíper lateral. Havia pouco suporte na parte da frente. Ela era pequena na região dos seios; então o estilo funcionava bem. Calçou o scarpin bege que tinha levado para a prova e saiu do provador.

Phoebe suspirou e juntou as mãos.

— Amei. Você amou?

— É lindo — disse Maya. — Mas é você quem tem que decidir. É seu dia.

Apesar de Zane e Phoebe quererem um casamento tradicional com todos os amigos e boa parte da cidade como convidados, a festa seria simples.

— O vestido está ótimo — disse Phoebe. — Madeline?

— Eu amei — elogiou a amiga. — Fica ótimo com seu vestido de noiva. O estilo transpassado é parecido, mas as saias são bem diferentes. Eles se complementam sem competirem um com o outro.

Maya subiu na plataforma elevada na frente do meio-círculo de espelhos que iam até o pé. Ao se virar de um lado para outro, ela se via de todos os ângulos.

— Preciso começar a malhar... — murmurou ela, olhando o próprio bumbum.

— Pare — disse Phoebe com uma risada. — Você é alta e magra e, se não fosse minha melhor amiga, eu poderia facilmente odiá-la.

— Você está completamente apaixonada — ponderou Maya. — Posso me preocupar com meu bumbum se eu quiser.

Madeline as ignorou e subiu na plataforma. Entregou a Maya uma cesta cheia de alfinetes; então, puxou e apertou aqui e ali, mostrando como o vestido ficaria depois que fosse ajustado.

Maya ficou impressionada. O vestido passou de bonito a deslumbrante em menos de um minuto.

— Ficou ótimo. Phoebe?

Phoebe concordou com a cabeça.

— Eu gostei. Sim, é este.

— Concordo — disse Madeline, assentindo com a cabeça, satisfeita.

— Muito bem, Maya, espere aí um segundo que eu vou colocar o vestido em Phoebe e vamos ver como vocês duas ficam juntas.

Roube meu coração   113

Maya desceu da plataforma e voltou ao provador. Pegou o celular para checar os e-mails e viu que tinha uma mensagem de Del.

Por que você não está no trabalho?

Ela sorriu e respondeu.

Estou provando o vestido de madrinha para o casamento de Phoebe. Eu o convidaria para se juntar a nós, mas toda essa renda pode transformar você em uma mulher.

Alguns segundos depois, ele respondeu.

Nenhum de nós quer isso. E se eu ficar mais bonita que você?

Ela riu.

Não acho que esse seja o maior problema.

Ela pausou por um segundo, então perguntou, impulsivamente:

Quer ser meu acompanhante no casamento?

Vou gostar do vestido?

Ela riu de novo.

Tenho bastante certeza de que vai.

Então estou dentro.

Ela ouviu Madeline passar por ali e largou o celular na bolsa, voltando à porta do provador para esperar por Phoebe.

A amiga apareceu apenas alguns segundos depois. Maya suspirou.

— Uau — disse ela. — Você gostou?

— Amei.

O vestido era simples, com um corpete transpassado, como o do vestido de Maya. Mas, em vez de uma saia justa, a de Phoebe se expandia como um vestido de baile tradicional. Havia bordados nas alças e na cintura, além de uma camada brilhosa que cobria toda a saia cheia.

— Vestidos-sereia são o que está em alta agora, mas eu sou baixinha demais. Acho que este estilo cai melhor em mim.

Maya concordou com a cabeça.

— Fica perfeito em você.

Phoebe subiu na plataforma e se virou para os espelhos. Maya a observou, encantada com o vestido e a evidente felicidade da amiga.

Madeline tinha prendido os cabelos castanhos de Phoebe com uns grampos. Ela entrou com vários véus no braço.

— Não é lindo? — perguntou ela, enquanto entregava os véus a Maya. Então, subiu na plataforma e alisou a saia. — A cauda longa é perfeita. Você é uma combinação sexy de *mignon* com curvilínea. O vestido acentua todos os seus atributos. Você parece uma princesa.

Maya concordou com a cabeça.

— Zane vai ficar maravilhado.

— Tomara — disse Phoebe, de um jeito tímido. — Ele me fascina o tempo todo.

Madeline fez uma mágica com os alfinetes, fazendo o belo vestido ficar ainda mais ajustado. Então, escolheu um dos véus.

— É meu preferido — disse ela, segurando-o no lugar. — Você usa por baixo. Não tem um pedaço para cobrir o rosto, mas é o modelo mais popular hoje em dia. Os bordados combinam com os do vestido, o que vai ficar bem bonito.

Ela afofou o véu e, depois, se afastou.

Maya sorriu.

— É lindo.

— Adorei — disse Phoebe.

Madeline não pareceu convencida.

— Hum, não era esse look que eu estava buscando. Aliás, tenho outro lá nos fundos. Foi um pedido especial, mas a noiva acabou escolhendo outra coisa porque não era o que ela queria. Eu o estava guardando para o vestido certo e a noiva certa. Acho que pode ser você. Aguente aí. Vou levar um tempinho para encontrar.

Madeline correu para os fundos da loja e entrou no depósito. Maya caminhou na direção do espelho.

— Você está deslumbrante — disse à amiga.

Phoebe concordou com a cabeça. Então a surpreendeu secando as lágrimas.

Maya se aproximou dela.

— O que foi?

Phoebe engoliu seco.

— Sinto falta da minha mãe. Sei que é bobo. Já faz anos, né? Eu sequer me lembro muito bem dela. Então é a ideia, não a pessoa. Mas eu gostaria que ela estivesse aqui para me ajudar a comprar o vestido e me ver casando.

Maya abraçou a amiga.

— Não é bobo. É claro que você sente falta dela.

Phoebe tremeu de leve enquanto lutava contra as lágrimas.

— Acho que é toda a emoção.

— Claro, e a tradição do que você está fazendo. Você ama seus pais. Só porque eles se foram não quer dizer que você parou de amá-los.

Phoebe concordou com a cabeça.

— Obrigada. Sei que vou ter uma nova família agora. Com você e Zane e Chase. E vou ter filhos. Então não é como se ela tivesse ido embora para sempre. Ela vai ser parte dos netos.

— Vai, sim — prometeu Maya, compadecendo-se da dor de Phoebe, ainda que não a sentisse na pele.

Sua mãe também tinha morrido, e Maya não conseguia sequer imaginar o que seria sentir falta dela. Mas seu relacionamento com a mãe era diferente do relacionamento de Phoebe com a mãe dela.

Era como o que Maya sentia com relação à cidade. Fool's Gold a tinha acolhido e encorajado. Sem o apoio dos amigos e dos professores, ela não tinha certeza de que teria encontrado coragem suficiente para correr atrás de seus sonhos. Ir para a faculdade, sem contar ter como pagar por ela. Ela ainda não sabia quem tinha financiado sua bolsa, mas essa não era a questão. Tinham cuidado dela ali e, quando ela foi embora, sentiu falta do apoio. Phoebe foi amada pela mãe. Por isso, ao se casar, sentia saudades dela.

— Você é tão boa comigo... — disse Phoebe, se endireitando. — Obrigada.

— Você é minha melhor amiga. Não conseguiria escapar de mim nem se tentasse.

Capítulo 9

— **O**BRIGADO — DISSE AIDAN, DE MÁ vontade. — Te devo uma.

Del o dispensou com um gesto.

— Fico feliz em ajudar.

Aidan enfiou as mãos nos bolsos frontais da calça jeans.

— Dois dos meus funcionários estão com alguma virose que está rolando por aí, e Rick ainda está se recuperando da queda na montanha. Mamãe geralmente substitui alguém quando precisa, mas também não está se sentindo bem.

— Como eu disse, não é nada de mais.

— Você não tem nenhuma filmagem, nem nada assim?

— Não, sou todo seu.

Del estudou o irmão. Eles eram muito parecidos. Quando crianças, era fácil reconhecer os irmãos Mitchell. Na época, os meninos achavam que as semelhanças eram engraçadas. Hoje, elas simplesmente existiam. Mas, mesmo que Del e Aidan tivessem características parecidas por fora, ele não tinha tanta certeza de que tinham muito mais em comum.

Del ficou contente quando o irmão ligou pedindo ajuda com um tour. Ele não apenas estava feliz por ajudar, mas também torcia para que, ao se prontificar quando o irmão precisava, pudesse quebrar o gelo entre os dois.

Aidan lhe entregou uma pilha de mapas.

— É um tour a pé bastante simples. Você vai visitar os pontos turísticos mais famosos, falar sobre a história. Temos uma parceria com o Brew-haha. Patience vai servir comida e bebida para todos lá. Depois de comerem, você entrega os mapas das lojas e os deixa no centro para fazerem compras. Ah, e fale para os homens da loja de artigos esportivos na The Christmas Attic. Depois de uma hora, Ana

Raquel vai servir o almoço. Ela tem aquele *food truck* perto do parque. Depois que eles almoçarem, você estará livre.

Del estudou o mapa. Era parecido com o que costumava usar quando era responsável pela agência. Houve algumas modificações, mas nada que ele não pudesse assimilar.

— Beleza — disse ele. — Eu até me lembro da história da minha cidade.

Aidan não pareceu convencido.

— É só porque eu tenho um passeio de *rafting* de três dias no rio que começa em duas horas. Vou levar um grupo para acampar e observar pássaros por dois dias.

Del fitou o irmão.

— Você vai observar pássaros?

— Nada. Vou acampar. Um cara, professor universitário, vai junto para fazer a observação de pássaros. — Aidan suspirou pesadamente. — Temos muitos pássaros na região e agora eu sei tudo sobre eles.

— Que saco!

— Nem me fale.

Ele olhou para as duas mulheres na casa dos vinte anos que estavam na sala de espera da agência de turismo. As duas usavam shorts e botas de caminhada, com mochilas ao lado.

Bonitas o bastante, pensou Del enquanto o irmão secava as mulheres.

— Uma compensação por ter que ter aulas sobre pássaros? — perguntou ele.

Aidan ergueu um ombro.

— Muito possivelmente.

Uma escolha interessante de vida, pensou Del, ciente de que aquele tipo de ficadas sequenciais não era para ele. Ao contrário do irmão, ele não curtia a emoção da caçada. Era, no coração, um homem de uma mulher só. O difícil parecia ser encontrar a mulher certa.

Aidan pegou um pedaço de papel na mesa.

— Certo. Este aqui é seu grupo. Eles vão chegar aqui às nove e meia. São dez pessoas, ao todo.

Del analisou o papel. Ali estavam os nomes, junto com o roteiro que Aidan queria que ele fizesse. Não tinha mudado muito nos últimos dez anos. O tour começava no lago, passava pelo parque, em seguida pela prefeitura e pelo Brew-haha e terminava na The Christmas Attic.

— É bastante fácil — disse ao irmão. — Deixe comigo. Não se preocupe.

— Está bem, obrigado. Fico muito agradecido.

— Imagine.

Ele sabia que Aidan esperava que ele dissesse mais. Talvez mencionasse que não estavam passando nenhum tempo juntos. Mas uma manhã agitada com grupos prestes a sair não era o momento certo. Conversaria com Aidan depois.

— Vou pegar um café e volto às nove — disse ele.

— Já vou ter ido. Millie vai dar o OK para você começar.

Millie era a mulher de cinquenta e poucos anos que trabalhava no balcão. Del já a conhecia.

Ele acenou uma vez com a mão e saiu. Deixou um recado para Maya, explicando por que não poderia participar da sessão de edição que tinham programado. Depois, passou alguns minutos mexendo no smartphone, relembrando a história da cidade. Tinha a sensação de que, quando começasse a caminhar, tudo voltaria à sua cabeça.

Ele queria fazer um bom trabalho para Aidan — para que o irmão parasse de sentir raiva dele. Desde que voltou para casa, Del começou a perceber quanta falta sentiu da família. A culpa era dele — era ele quem não tinha mantido contato. Seu objetivo inicial era evitar o lugar onde seu mundo tinha entrado em colapso. Mas ele via que tinha levado isso longe demais.

Às 8h45, estava de volta à agência. Conversou com Millie e se apresentou aos turistas que estariam no tour. Um pouco antes das nove, Maya apareceu.

Ela usava um vestido de verão cor-de-rosa e sandálias rasteiras. Seus longos cabelos loiros estavam presos em uma trança. Ela estava bonita e apesar de, tecnicamente, o vestido não mostrar nada que não devia e estar longe de ser curto, ela estava incrivelmente sexy.

— O que você está fazendo aqui? — perguntou ele, torcendo para que o prazer que sentiu ao vê-la não ficasse óbvio para todos.

— Recebi seu recado. Você não faz isso há dez anos — disse ela.

— Achei que seria bom ter uma ajuda.

— Como se você soubesse mais sobre a cidade do que eu.

Maya sorriu.

— Sempre fui melhor nos passeios com os grupos de tour urbano e você sabe disso.

Verdade. E ele também não ia recusar a companhia dela.

Roube meu coração 119

Às nove, estavam com todo o grupo e saíram da agência para começar o tour. A manhã estava quente; o céu, azul. Nas montanhas, as folhas começavam a mudar de cor, mas não na cidade. Ainda. Já seria outono em breve.

Maya fez um relato breve sobre a tribo Máa-zib — seu local de origem e por que os estudiosos acreditavam que eles habitaram a região.

— Mas, para mim, a *verdadeira* história da cidade começa depois disso. Em 1849, uma jovem de 18 anos chamada Ciara O'Farrell estava a caminho de seu casamento arranjado com um homem muito mais velho que ela nunca tinha visto antes. Ela escapou do navio em São Francisco e seguiu para o leste. Usando o pouco dinheiro que tinha, ela comprou direitos de uso da terra nos vales de Sierra Nevada.

— Ah, eu sei onde isso vai dar... — disse uma mulher, suspirando.

— Sei que vai ter um final feliz. Tenho certeza.

Maya riu.

— Tem razão. O capitão do navio, Ronan McGee, foi atrás dela. Ele tinha prometido ao pai dela levá-la em segurança até o casamento. Quando finalmente a encontrou, Ciara se recusou a ir com ele. A moça tinha um sonho. Ronan disse que o sonho era loucura completa e, então, se apaixonou instantaneamente por ela. Eles vieram morar aqui, em Fool's Gold.

Maya apontou para o lago.

— O lago Ciara tem esse nome por causa dela, é claro. Alguns de vocês estão hospedados no Ronan's Lodge, que é onde eles moravam. Uma grande e linda mansão que as pessoas chamavam de Loucura de Ronan. Muitas das ruas da cidade levam os nomes de seus dez filhos. Ronan e Ciara tiveram uma vida longa e feliz aqui.

Del ouviu a história da cidade e se perguntou como ela se lembrava de tudo com tanta facilidade. Ele podia falar sobre os artefatos Máa-zib do museu, mas tinha se esquecido de Ciara e de sua determinação em traçar seu próprio caminho no mundo.

Ele tinha a sensação de que teria gostado daquela jovem. Ou ao menos teria admirado sua força de vontade em se libertar em uma época em que se esperava que as mulheres fizessem o que os pais e irmãos mais velhos mandavam.

— Eles ainda têm parentes aqui na cidade? — perguntou uma mulher a Del.

— Todas as netas eram mulheres — disse ele. — Então o sobrenome morreu. Mas muitos dos descendentes ainda moram na região. Minha família tem alguns McGee em nossa linhagem, bem como a família Hendrix.

— Que legal! — disse a mulher, suspirando. — História e tradições familiares.

Maya sorriu para ele e, depois, começou a contar que, quando o terremoto de 1906 atingiu São Francisco, um desmoronamento subsequente revelou uma caverna cheia de artefatos Máa-zib, incluindo estátuas de ouro e joias.

Quando pararam para tomar café e comer uns quitutes no Brew-haha, Del se aproximou de Maya.

— Mandou bem — disse a ela.

— Isso é divertido. Eu não bancava a guia turística desde aquele verão. Não fazia ideia de que me lembraria de tudo, mas aparentemente está armazenado bem ao lado das músicas que costumavam me deixar louca.

O celular de Del tocou. Ele olhou para a tela e viu que era seu advogado.

— Você pode tomar conta desse povo por um segundo? — perguntou ele.

Ela apontou para a porta.

— Vá atender sua ligação. Vou me certificar de que todo mundo pegou um café.

Ele saiu e atendeu.

— Alô?

— Você está me evitando — disse Russell. — Sabe que isso me deixa nervoso.

— Você é advogado. Tudo deixa você nervoso.

— Isso faz de mim um bom advogado. Já decidiu?

Pouco antes de voltar a Fool's Gold, Del teve mais uma oferta para fazer parte de uma *startup*. As ideias eram boas, e ele gostou dos caras envolvidos.

— Acho que eles vão ter muito sucesso — começou Del.

Russell resmungou.

— Isso é um "não". Qual seu problema?

— Não sou empreendedor.

— Já entendi. Del, você é jovem demais para se aposentar. Precisa fazer alguma coisa e, francamente, não consigo vê-lo num emprego fixo em algum lugar. Não faz seu estilo.

— Eu sei. Vou pensar em alguma coisa.

— E vou dizer a eles que você agradeceu, mas não está interessado.

Del desligou.

Ele se virou e viu Maya observando-o da entrada do Brew-haha.

— Quer conversar sobre isso? — perguntou ela, quando ele se juntou ao grupo.

— Não há muito o que dizer. Recebi uma proposta para fazer parte de uma empresa *startup* e recusei.

— Isso eu já tinha deduzido. Algum motivo em especial?

— Não é o que eu quero fazer. Tive sorte. Não preciso aceitar qualquer coisa. Posso escolher.

Del esperou que Maya perguntasse o que aquilo seria, mas ela não perguntou. Em vez disso, entregou-lhe um copo de café com leite.

— Patience mandou dizer que está do jeito que você gosta.

— Ela é uma boa mulher.

— Pois é. Você vai poder retribuir o favor em alguns dias, quando formos falar sobre câmeras para a filha dela e seu bosque de Mudas.

— Achei que você fosse fazer isso.

Ela sorriu.

— Eu vou, e você vai comigo.

Ele riu de leve.

— Então foi por isso que decidiu me ajudar hoje. Para que eu devesse uma a você.

— É bem possível.

Dois dias depois, Maya estava extremamente grata por ter chamado Del para acompanhá-la. Em teoria, encarar oito meninas não deveria ser muito difícil. E não era. Era aterrorizante. Maya ficou olhando para seus rostinhos bonitos, vendo-as observá-la, e soube que, se estivesse sozinha, gaguejaria sem parar. Era ridículo, mas era verdade. Falar sobre a cidade era uma coisa. Ela supunha que era porque a história era impessoal. Explicar como usar uma câmera parecia mais pessoal, de alguma forma. Ou talvez fosse algo relacionado com a paixão. Apesar de a história ser interessante, ela não ligava para isso.

Mas, com Del ali para fazer piadas e desviar um pouco da atenção, ela percebeu que não estava tão nervosa assim. Não se estivesse focada no que estava fazendo.

— Filtros são uma ótima maneira de manipular a imagem — disse ela. — Existem muitos aplicativos gratuitos para smartphone que podem transformar uma fotografia normal em algo mais divertido. — Ela fez uma pausa. — Não se esqueçam de confirmar com seus pais antes de baixar qualquer aplicativo, tá?

Uma das Mudas ergueu a mão.

— Nem todos os aplicativos são adequados para crianças — disse ela, com firmeza.

— Isso mesmo. Agora, com a câmera digital, vocês fazem a edição no computador. Com o mouse e alguns programas bons, vocês podem fazer mágica.

Ela ligou o laptop ao telão. A sala de reuniões onde as Mudas se encontravam era supreendentemente agradável. Havia mesas e cadeiras, uma área onde as meninas podiam se sentar em um carpete confortável, além de um espaço para artesanato.

Maya clicou o botão do mouse e girou a fotografia na tela. Ela a havia tirado logo que chegara e a usava para demonstrar diferentes maneiras de deixar uma imagem mais interessante.

Ela mudou a foto para preto e branco, aumentou o brilho, adicionou uns efeitos especiais e deixou as meninas tomarem conta do computador.

Ela e Del estavam com seus smartphones. Cada um ficou com algumas meninas e usou fotos já tiradas no celular para demonstrar aplicativos diferentes.

— Que divertido! — exclamou uma delas. — A gente estava preocupada porque faz tempo que Taryn não aparece.

Maya sabia que Taryn era uma das coordenadoras do bosque. Seu marido, Angel, era o outro coordenador.

— Taryn teve bebê, não teve? — perguntou Maya.

— Aham. Um menino. Bryce. Ele é muito fofo. Ela vai voltar logo. Legal que eles tiveram filho.

A menina, Chloe, olhou para o homem ao lado de Angel.

Kenny, pensou Maya, lembrando que ele tinha se apresentado quando ela e Del chegaram. Padrasto de Chloe.

A menina de oito anos estreitou os olhos.

Roube meu coração   123

— *Eu* queria ter um irmãozinho ou uma irmãzinha — disse ela, bem alto.

Kenny grunhiu.

— Estou trabalhando nisso. Estou trabalhando nisso.

— Trabalhe mais rápido.

Angel abafou uma risada.

Maya apontou depressa para o celular de Del.

— Ah, vejam só! Ele tem fotos de suas viagens! Del, mostre as fotos para a gente.

Del não tinha ouvido a conversa sobre o bebê. Então, pareceu um pouco confuso, mas concordou com a cabeça mesmo assim.

— Claro. Vou conectar o celular ao computador.

Ele pegou um cabo da sacola de Maya e plugou o celular. Todas as meninas contemplaram fotos de montanhas com picos cobertos de neve. Elas riram quando viram um iaque enorme.

— Onde é isso? — perguntou uma das meninas.

— No Tibete. Quem sabe onde fica?

Del mostrou umas cem fotos. Explicou sobre a vida no vilarejo e falou sobre as diferentes crianças que conheceu. As meninas ficaram encantadas — a sessão de edição de fotografias foi esquecida.

Maya assistiu e ouviu. Ela sabia que um vídeo teria sido ainda mais atraente do que fotografias imóveis. Del estava no caminho certo com sua ideia de criar vídeos para crianças.

Maya se viu pensando se isso era algo do qual gostaria de fazer parte. Não que ele fosse pedir. Ou que ela fosse oferecer. Fool's Gold era sua casa, mas certamente seria legal...

Del estava digitando no laptop, na varanda de sua cabana. Podem chamá-lo de maluco, mas ele não tirava a China do pensamento. O país era imenso e diverso, e sua economia estava mudando. Vilas rurais estavam dando lugar a indústrias. Será que era como o pós-guerra nos Estados Unidos nos anos 1950 ou completamente diferente? Como as mudanças rápidas afetaram as crianças do país?

China, pensou ele mais uma vez, digitando o documento. Era lá que queria começar sua série de vídeos.

Viajar poderia ser um desafio. Muitas áreas eram abertas à visitação de ocidentais, mas havia partes que não seriam. Ele fez uma lista de pessoas que conhecia no Departamento de Estado. Talvez Maya tivesse alguns contatos. Era comum as celebridades viajarem para lugares inusitados.

Ele iria precisar da ajuda dela com o equipamento. Qual era o mínimo que precisaria levar? Provavelmente algum tipo de ligação por satélite seria melhor, a fim de mandar as gravações para um local seguro, caso algum oficial local reclamasse do que ele estava fazendo e confiscasse as câmeras.

A equipe teria de ser pequena. Em um mundo perfeito, seria ele, Maya e...

Del fez uma pausa e ficou olhando para o lago. Ele e Maya? Não. Isso não iria acontecer. Os dois não estavam juntos, nem sequer eram parceiros de negócios. Ele a estava ajudando com os vídeos da cidade porque a prefeita tinha pedido. O fato de ter se envolvido mais do que planejara era apenas uma dessas coisas da vida. Trabalhar com Maya era divertido. Eles se davam bem. Mas Del não iria levá-la para a China.

Mesmo assim, os dois tinham se saído bem com as crianças aquele dia, pensou ele. E no tour. Trabalhavam bem juntos. Eles se entendiam e se respeitavam. *Por causa de seu passado*, lembrou.

Mais uma vez se perguntou como as coisas teriam sido se ele tivesse percebido que ela terminou o relacionamento por medo, e não porque não se importava. Se tivesse enxergado isso, teria ponderado com ela. Será que teriam ficado juntos? Ele poderia ter pedido transferência para a faculdade dela. E depois? Ele não teria curtido ficar em Los Angeles por mais tempo do que conseguiria ficar em Fool's Gold. Então, chegaria uma hora em que teria que ir embora.

Será que ela teria ido com ele? *Uma pergunta sem resposta*, pensou ele. Porque o passado estava consumado e não havia como mudar.

Del ergueu os olhos quando ouviu o barulho de um carro vindo na direção de sua cabana. Ele reconheceu o veículo surrado e salvou seu trabalho antes de fechar o laptop. O que queria era escapar pela porta dos fundos sem ser visto. Só que a cabana não tinha uma porta dos fundos, e ele estava velho demais para se esconder do pai.

Então, ele esperou e ficou observando até Ceallach subir os degraus da varanda e se sentar de frente para ele.

— Então é aqui que você está hospedado.

— É.

Ceallach olhou em volta.

— Gente demais.

— O que posso fazer por você, pai?

— Há algo de errado com sua mãe.

Isso capturou a atenção de Del.

— Como assim?

— Não sei. Ela é mulher. Um mistério. Mas tem alguma coisa. Elaine não é a mesma.

Ele hesitou, como se fosse falar mais.

— Você acha que ela está doente?

Ceallach meneou a cabeça.

— Está mais quieta que de costume. Fica fora de casa muito tempo. Na cidade. Já perguntei o que está acontecendo, mas ela diz que está bem. Preciso fazer alguma coisa.

— Certo — disse Del, devagar. — Tipo, levá-la para umas férias longe daqui?

— Não seja ridículo. Tenho que trabalhar. Ela não disse nada a você?

— Não.

— Ela sabe que estou trabalhando em várias encomendas. Trabalhos grandes. Não é do perfil dela me distrair.

Porque tudo se resumia à arte, pensou Del, melancólico. Tudo se resumia a Ceallach. Ele era o centro do universo e a vida girava ao seu redor.

— São encomendas importantes — acrescentou Ceallach, na defensiva, como se soubesse o que Del estava pensando.

— Não duvido.

— Uma é para o governo da França. Tenho que me dedicar ao trabalho. Elaine entende.

Após 35 anos, ela não tinha muita escolha.

Del volta e meia se perguntava sobre o que no pai tinha atraído a mãe quando se conheceram. Elaine era uma menina de uma cidade pequena. Ele tinha certeza de que havia pessoas que pensavam que ela tinha ficado fascinada pela fama de Ceallach. Mesmo aos vinte e poucos anos, ele já era famoso e bem-sucedido.

Del suspeitava que não era isso o que a tinha impressionado. Ela devia ter se sentido atraída por outra coisa. Talvez a paixão de Ceallach? Não que Del quisesse pensar muito nisso. Mas, qualquer que fosse o atrativo, a mãe permaneceu leal e amorosa durante todos os momentos difíceis. Mesmo quando a arte bagunçava a cabeça do pai e a bebida piorava tudo, ela sempre esteve lá.

Quando criança, Del se perguntava quanto do pai havia nele. Tinha certeza de que os irmãos alimentavam a mesma preocupação, apesar de nunca terem discutido o assunto. Será que ficariam como ele quando crescessem?

Nick e os gêmeos herdaram a habilidade artística de Ceallach. Del e Aidan eram mais parecidos com a mãe. Del via um pouco de Ceallach em si mesmo. Os vídeos provavelmente eram uma ramificação do talento do pai. A inquietude que Ceallach canalizava nas esculturas tinha se manifestado de outras maneiras em Del.

Ele torcia para que não tivesse o traço egoísta do pai. Que fosse mais aberto às pessoas. Era difícil saber quando se tratava dele mesmo.

— O que você está fazendo? — perguntou o pai. — Já conseguiu um emprego?

— Não neste exato segundo — disse Del. — Ainda estou considerando minhas opções. — Ele pensou em mencionar que tinha vendido a empresa por dinheiro suficiente para, em teoria, nunca mais precisar trabalhar de novo. Ao menos não muito. Mas o pai não veria aquilo como algo positivo. — Tive algumas propostas.

— Corporativas.

O tom de Ceallach era indiferente.

— Sim, pai. Corporativas.

— Um mal necessário.

— Mas sem o valor intrínseco que a arte traz à tona.

Seu pai ficou mais animado.

— Exatamente. Homens de negócios não compreendem a genialidade necessária à arte.

— E as mulheres de negócios? — perguntou, pensando que Maya iria gostar da piada. Seu pai, nem tanto.

Ceallach ficou olhando para o filho.

— Mulheres de negócios?

Del repetiu.

— Porque homens e mulheres têm os mesmos trabalhos hoje em dia.

— Ridículo. Sua mãe sempre soube que seu trabalho mais importante era me apoiar.

O que provavelmente era verdade, pensou Del, torcendo para que a mãe estivesse feliz com as escolhas que tinha feito. Ele não iria querer isso: uma mulher que apenas o servisse. Apesar de a teoria ser um tanto divertida, a realidade seria muito diferente. Queria alguém que estivesse lá por ele tanto quanto ele por ela, mas também queria mais. Uma parceira no trabalho. Alguém que se importasse tanto quanto ele com o que estavam fazendo. *Uma colaboração*, pensou.

Outra coisa que o pai não entenderia.

— Os gêmeos vão vir para seu aniversário? — perguntou ele.

Ceallach não deu bola para a pergunta, meneando a cabeça.

— Não faço ideia.

— Onde eles estão?

— Você acha que tenho tempo para me manter a par desse tipo de coisa?

— Certo. Suponho que você também não saiba por que foram embora, né?

O pai se mexeu na cadeira e desviou o olhar.

— Não faço ideia.

Aquela frase ia tão na contramão do restante da linguagem corporal daquele homem que Del quase começou a rir. Obviamente, Ceallach sabia exatamente por que os gêmeos tinham se mandado, mas não ia contar. *O que era bastante típico de uma família que adorava guardar segredos*, pensou.

— Espero que venham para a festa — disse ele. — Seria bom vê-los.

Del pensou que talvez o pai fosse concordar, mas, em vez disso, Ceallach se levantou.

— Tenho que voltar a trabalhar. Tchau.

Não um foi dos encontros mais satisfatórios, pensou, enquanto o velho se afastava. Não sabia exatamente por que o pai tinha passado ali, a não ser, talvez, para falar de Elaine.

Del se levantou e ficou dando voltas na varanda. A agitação ameaçou se instaurar. Não para ir embora da cidade — ainda não estava preparado para isso. Mas por uma força calmante. Um lugar para onde ir que sempre o fizesse se sentir melhor.

Maya, pensou, aliviado. Precisava ver Maya. Então, tudo ficaria bem.

Capítulo 10

— **Você não vai acreditar nas coisas** que estamos construindo — disse Chase com um tom de voz animado, as mãos quase incapazes de acompanhar o ritmo das palavras. — Aquele gato-robô já era. Minha equipe está trabalhando em um robô submarino que faz soldagens. Precisa ser leve o suficiente para ser manuseado com facilidade, mas também precisa poder funcionar com tudo relacionado à soldagem submarina. Tipo as correntes. Porque estão sempre mudando, certo? E as marés influenciam.

Maya sorriu para o irmão mais novo.

— Você me deixa exausta.

— É porque sou muito inteligente.

Ela riu e o abraçou.

— Isso é parte do motivo.

Chase fez uma pausa.

— Você tem visto Zane? Ele está feliz. É estranho, mas eu gosto.

— Tanto quanto gosta do seu acampamento nerd?

O menino de 17 anos se endireitou e sorriu.

— Ainda mais, mas não conte a ele.

— Não vou contar. Prometo.

Chase correu até a casa. Maya se virou para Del.

— Ele está feliz.

— Dá para perceber. Esse acampamento parece intenso.

— E é.

Estavam perto do celeiro, no sítio da família Nicholson. Era a noite do jantar de ensaio do casamento, o que significava que havia ali um pequeno grupo de pessoas. Maya e Del, Zane, Phoebe e Chase. Dellina também estava lá com o marido, Sam. O casamento iria ser um evento e tanto, com metade da cidade presente, mas aquela noite era mais íntima.

— Chase deu sorte de entrar — disse Maya, caminhando na direção do cercado das cabras perto da casa principal. — Aparentemente, há uma longa lista de espera. Mas abriu uma vaga na segunda sessão e Zane mexeu uns pauzinhos. Decidi não fazer perguntas. Fiquei superanimada por Zane estar sendo tão solícito.

— Ele não foi sempre assim?

— Sim e não. Zane achava que Chase não levava a vida muito a sério. Chase não é esse tipo de cara. Ele tem talento com eletrônicos e para inventar coisas, mas não tende a seguir o caminho da moral e dos bons costumes. Zane o enxergava como um encrenqueiro, e Chase meio que era mesmo. Ambos tinham as melhores intenções possíveis, mas nenhum deles enxergava o lado do outro.

Os dois pararam perto de um cercado de cabras jovens. Maya olhou para Del, gostando de como ele a observava. Ela queria encontrar desejo no olhar dele, mas, mesmo que fossem ser só amigos, estava feliz. Estar perto dele sempre a fez se sentir melhor.

— Isso mudou durante o verão — continuou ela. — Eles tiveram algumas brigas feias. Aí, tiveram que se unir para salvar o gado naquela viagem da qual eu falei. No meio do caminho, Zane se apaixonou. Isso o mudou da melhor maneira possível. Ele sempre vai se preocupar com Chase, mas está aprendendo a confiar um pouco. E Chase está agindo com mais responsabilidade.

— Uma relação em que todos ganham?

— Exatamente.

Ele apontou para as cabras no cercado.

— Quer conversar sobre esses caras aí?

— São cabras.

— Percebi.

— Cabras-da-caxemira. E mordem.

Del sorriu.

— Fala isso por experiência própria?

— Fui mordida uma ou duas vezes. Elas ficam perto de casa quando ainda são jovens. Vão ser soltas em meio ao fato em breve.

— O que é um fato?

— Um rebanho de cabras. — Ela apontou para os pequenos animais. — As fêmeas devem ter quase 18 quilos. Os machos são maiores. Tecnicamente, não existem cabras-da-caxemira de raça pura. Todas as cabras podem ter o gene para produzir lã. — Ela fez uma pausa. — Quantas coisas sobre cabras você quer saber?

Ele se recostou no poste de uma cerca e cruzou os braços.

— Quantas coisas você sabe?

Ele era alto e tinha ombros largos, pensou ela, esforçando-se ao máximo para não desmaiar. Lindo. Sentia formigamentos sempre que o olhava. Era algo tolo, mas inevitável. Ela queria se aproximar e ser abraçada. E beijada. E tocada. É claro que isso daria às cabras muito sobre o que conversar, mas essas eram adolescentes. Certamente entendiam a necessidade de se meter em confusão.

— Cabras de uma cor só são preferíveis a cabras de várias cores. Como você pode ver, Zane só tem cabras de uma cor só aqui. A pelagem delas tem uma camada externa e outra interna. Cada cabra adulta produz em torno de cem gramas de lã.

Ele franziu a testa.

— Só isso? Cem gramas?

— Aham. É suficiente para tricotar um terço de um suéter. É por isso que caxemira de boa qualidade é tão cara.

— Você sabe muito sobre cabras.

— Morei aqui por dois anos e prestava atenção. Posso falar sobre o gado para você também, se quiser. — Ela conteve uma risada. — Zane vende esperma de touro.

Del deu um passo para trás.

— Acho que não quero saber sobre isso.

— A maioria dos homens não quer. — Maya olhou para a grande casa, para a tenda armada para o casamento, para as montanhas ao longe. — É lindo aqui.

— Diferente de Las Vegas?

Ela assentiu com a cabeça, lembrando-se do choque quando foi morar no sítio.

— Eu não sabia que lugares assim existiam. Não lugares reais. Achava que fosse só na TV ou nos filmes. — Maya olhou para Del. — Eu nunca tinha visto neve até me mudar para cá. Não acumulada no chão.

— Você provavelmente nunca tinha visto uma cabra antes.

— Talvez uma vez, em um minizoológico. — Ela olhou para o que havia depois dele. — Eu gostava do verde. E do silêncio. Era seguro aqui.

Porque as coisas nem sempre foram seguras com a mãe, pensou. À medida que ia crescendo, alguns dos namorados da mãe começaram a prestar atenção em Maya. Apesar de nunca ter sido algo que ela quisesse ou buscasse, a mãe sempre a culpou por isso.

— É uma cidade para se amar — disse ela, em vez de seguir naquela estrada sombria rumo ao passado. — Você, por outro lado, deveria presumir que todo esse charme era algo natural.

— É claro. Eu era criança. Esse era meu trabalho.

Eles começaram a caminhar na direção do celeiro.

— Lembro quando costumávamos vir aqui — disse Del, enquanto se aproximavam do grande galpão vermelho. — Lembra quando subimos no palheiro?

Ela assentiu com a cabeça. Fazia anos que não estocavam palha lá. Então, a maior parte do local estava aberta e vazia, com alguns equipamentos antigos e uma série de caixas que continham sabe lá o quê. Mas, para Maya e Del, era silencioso e privativo. Algo em que estavam muito interessados naquele verão.

Os dois entraram no celeiro. Era frio e escuro. A luz entrava pela porta e por algumas janelas. As lembranças competiam com as sombras.

— Zane teria nos matado se tivesse nos encontrado aqui — comentou ela, automaticamente baixando o tom de voz. Porque, na época, tinham de tomar cuidado para serem silenciosos.

— Ele se preocupava com você — disse Del. — Apesar de vocês dois não se darem bem.

— É verdade. Eu só não enxergava as coisas desse jeito. Ele era tão irritante! — Ela olhou para Del. — Você sabia que a única razão pela qual ele conheceu Phoebe foi porque implorei que ela viesse para ver tocarem o gado? Eu estava preocupada com Chase e não consegui vir até aqui depois daquela briga feia entre eles. Phoebe tinha um tempo livre e aí pedi que ela viesse para proteger Chase. Foi um motivo completamente egoísta.

— Não foi egoísta se você estava tentando cuidar do seu irmão.

— Cuidar de um e não do outro.

Ela se sentou em um banco. Del se acomodou ao lado.

— Deu tudo certo, no fim das contas — disse ele.

— Deu. Eu até brinco com ela por ter sido uma distração para Zane. Nós duas achávamos que eu estava brincando. Mas, no fim, ela era a mulher certa para ele. — *A vida era engraçada nesse sentido*, pensou.

— Se Zane não fosse tão nervoso, eu não teria mandado Phoebe aqui e talvez ele nunca a tivesse conhecido. Olhando para os dois juntos, sei que isso seria algo muito triste. Eles formam um ótimo casal.

Ela esperava que a inveja não transparecesse em sua voz. Estava eufórica por eles terem se encontrado, mas gostaria de viver um pouco daquela magia também. Ser feliz com alguém. Saber que tinha encontrado a pessoa certa. Queria algo permanente.

Era estranho Maya nunca ter encontrado isso. Ela havia namorado algumas pessoas, mas nunca encontrou alguém que realmente a interessasse. Não de um jeito significativo. Aquela combinação entre amizade e atração sexual parecia inatingível.

— O amor é estranho — disse Del. — Veja meus pais. Estão juntos há 35 anos. Posso dizer com sinceridade que não sei o que minha mãe vê em meu pai. Ele não é dos caras mais legais.

— Ela o ama, e ele é bom para ela.

Del olhou para ela.

— Você está deixando de fora a parte mais importante dessa frase.

— Que é...?

— Ele é bom para ela à sua própria maneira.

Maya expirou.

— Eu sei que parece assim, da sua perspectiva — começou ela.

— Não da sua?

Estavam entrando em um território perigoso. Elaine era amiga de Maya, mas também era mãe de Del.

— Sei que ele é o único homem que ela amou na vida. Sei que ela nunca se arrependeu de nenhuma parte do casamento deles. Sei que o ama e que ele a ama. Será que é um relacionamento no qual eu seria feliz? — Ela meneou a cabeça. — Não. Eu gostaria de algo mais como uma parceria.

— Igualdade — disse ele, com firmeza. — Eu concordo. Meu pai foi me ver dois dias atrás. Queria conversar sobre minha mãe. Ele acha que algo está acontecendo com ela, mas não sabe o quê. Eu aplaudiria o fato de ele prestar atenção o suficiente para ter percebido, só que o contexto da preocupação era todo relacionado a ele mesmo. A como ela sabe que seu papel é cuidar dele por causa da arte. — Ele se recostou à parede. — Talvez seja algo da idade.

Maya estava menos preocupada com isso do que com o que estava acontecendo com Elaine. Não estava surpresa por Ceallach ter percebido que havia algo de errado com a esposa. A mulher estava lutando contra o câncer. Ela só podia estar agindo de maneira diferente em casa.

Sua lealdade à amiga entrou em conflito com seu desgosto por guardar um segredo tão grande. Se pensasse nisso tempo demais, ficaria com um nó na garganta.

— Seu pai disse qual ele acha que é o problema?

— Não. Ele foi bastante vago.

— Se ele está preocupado, deveria conversar com ela.

Del se levantou.

— Esse não é o estilo Mitchell — lembrou ele, oferecendo a mão a Maya e puxando-a para que ela se levantasse. — Você sabe que adoramos segredos.

— Sei, sim. — Ela inclinou a cabeça. — Então, quais segredos você está guardando?

— Nenhum interessante.

— Suspeito que haja alguns que fariam algumas sobrancelhas se erguerem.

Ele riu de leve.

— Minha vida é um livro aberto.

— Mesmo quando se trata de Hyacinth?

Maya não tinha planejado aquela pergunta. Sequer estava pensando na outra mulher. Ao menos não conscientemente. Mas, ao que parecia, ela estava em sua cabeça.

— Essa não foi uma transição muito sutil — disse ele. — O que você quer saber?

— Como vocês se conheceram?

— Através de amigos. Estávamos na mesma festa. Foi uma dessas coisas.

— Posso imaginar. Ela é muito bonita.

Hyacinth era uma pequena explosão de patins — Maya imaginava que ela era ainda mais impressionante pessoalmente. Tinha uma personalidade fervilhante e levemente irreverente, o que a tornava uma das preferidas dos jornalistas para entrevistas.

— Você estava apaixonado por ela.

Maya fez aquelas palavras saírem como uma afirmação, em vez de uma pergunta.

— Estava.

— E agora?

Del a estudou por um segundo.

— Não. Já passou há muito tempo. Queríamos coisas diferentes. Eu era tradicional demais para ela.

— Tradicional do tipo casamento e filhos?

— Tradicional do tipo um homem e uma mulher.

— Ah.

Del deu de ombros.

— Acontece. Ela gostava de variedade. Muita variedade. Percebi que ou tinha que aceitar isso ou partir para outra. Não é da minha natureza compartilhar a mulher da minha vida.

Ela nunca teria adivinhado que foi isso que acabou com o relacionamento deles.

— Você sabe que, para a maioria das pessoas, ser um homem de uma mulher só é uma coisa muito boa.

— É, sei. — O olhar sombrio dele se fixou nela. — E você? Algum segredo vergonhoso no seu passado?

— Sou estranhamente entediante nesse quesito. Houve uma noite com um lutador, mas você não vai querer saber.

Del sorriu e colocou um braço em torno dela. Então, guiou-a para fora do celeiro.

— Sei que você está inventando isso, mas me conte a história mesmo assim. Lutador mocinho ou lutador vilão?

— Vilão, é claro.

— Essa é minha garota.

A sala de jantar da casa do sítio estava repleta de luzinhas acesas. Grandes arranjos de flores preenchiam os cantos e se estendiam pelo centro da mesa. Em cada lugar havia uma taça de vinho sem pé com os nomes de Zane e Phoebe gravados, junto com a data do casamento. As cadeiras de jantar tradicionais tinham sido cobertas com capas de linho azul-claro, e uma música suave tocava nos alto-falantes portáteis.

— Você se superou — disse Maya. — Estou sentindo uma combinação forte de admiração e inveja.

Dellina, a bela morena que tinha organizado tanto o casamento quanto o jantar de ensaio, suspirou.

— Obrigada. Elogios invejosos são meus preferidos. Quando for sua vez de fazer essa coisa de casamento, me ligue.

— Com certeza — disse Maya, pensando que, primeiro, precisava de um namorado.

O ensaio correu bem. O fato de o número de pessoas ser pequeno ajudava. Em seguida, iriam apreciar um bom jantar antes que toda a loucura começasse de manhã.

Maya seguiu Dellina de volta à sala de estar, onde o pequeno grupo tinha se reunido. Phoebe conversava com Chase e Del. Dellina foi até o marido, ao passo que Zane se aproximou de Maya.

— Ela está me expulsando — reclamou ele, enquanto entregava a Maya uma taça de champanhe.

— Só por esta noite. Amanhã, vocês estarão casados e juntos para sempre.

Zane observou a noiva por um segundo, antes de olhar para Maya.

— Graças a você.

— Sim, você me deve uma. Lembre-se disso na próxima vez em que eu encher seu saco. O que deve acontecer em uns cinco minutos.

Ele não sorriu com a piada.

— Eu realmente lhe devo uma. Foi você quem trouxe Phoebe à minha vida. Sem você, eu provavelmente não a teria conhecido.

Maya engoliu a onda repentina de emoção.

— Não ouse abrir a torneira — disse a ele. — Se eu começar a chorar, você sabe que Phoebe vai ser a próxima.

Zane se encolheu.

— Bem pensado. E o 49? Acho que eles têm uma chance real no Super Bowl. O que você acha?

Maya riu de leve.

— Tenho certeza de que vão chegar lá.

Zane se aproximou e baixou o tom de voz.

— Vou correr o risco de abrir a torneira e dizer que você é sempre bem-vinda aqui, tá? Você é família. Sei que tivemos nossas diferenças, mas isso já passou e você sempre será parte de tudo.

— Eu sei. — Ela engoliu, lutando contra as lágrimas. — Gostaria que tivéssemos tido essa conversa dez anos atrás. Talvez eu não tivesse ficado fora tanto tempo.

— Eu também. Mas talvez nós dois precisássemos crescer. Você mais do que eu, é claro.

A necessidade de chorar evaporou quando ela riu.

— Sempre posso contar com você para me pôr no meu lugar.

Ele lhe deu um beijo no rosto.

— Não. Você sempre pode contar comigo. Ponto.

Zane acenou com a cabeça quando Del se aproximou e, depois, saiu para conversar com Phoebe.

— Você está bem?

Ela enganchou o braço no dele.

— Sim. Só fortalecendo os laços com a família e tentando não chorar. E você?

— Já caí no choro duas vezes desde que chegamos. Você viu as flores na sala de jantar? São tão lindas... — Del gesticulou com a mão livre na frente do rosto. — Adoro casamentos.

— Pode tirar de mim todo o sarro que você quiser — disse Maya. — Estou tendo um momento emotivo aqui.

— Aproveite. Zane é um cara legal. Fico feliz que ele tenha encontrado a mulher certa.

— Eu também. — Ela tomou um gole de champanhe. — Espero que isso não seja intenso demais para você.

— Não é nada. Na minha casa, havia muita gritaria e, às vezes, rolavam brigas.

— Acho que é o que acontece quando se tem cinco meninos de idades tão próximas.

— Era minha mãe que costumava brigar.

Maya riu.

— Estou falando sério.

— Está bem, vamos falar sério. A gente brigava muito. Depois, fazia as pazes.

— As coisas estão melhores com Aidan?

Del considerou a pergunta.

— Um pouco. Ele tem me evitado menos.

— Você o ajudou. Isso certamente significa alguma coisa.

— É o que se espera.

Del apontou para onde Chase e Zane estavam conversando. Os dois irmãos estavam rindo, obviamente numa boa um com o outro.

Roube meu coração 137

— É aquilo que quero — confessou ele. — Antes de ir embora, quero ter uma boa conversa com Aidan. Quero garantir que as coisas estejam bem entre nós.

Del continuou falando, mas Maya parou de escutar. Tudo o que ouviu foi: "Antes de ir embora."

Porque ia acontecer. Del ia embora. Ele tinha voltado para a festa de aniversário do pai. Quando isso passasse, não tinha motivo para ficar.

Embora soubesse que a estadia dele não era permanente, de alguma forma ela tinha esquecido. Del tornou-se parte de seus dias. Parte de seu trabalho. Não o ter ali seria péssimo. Mas ele era um homem que precisava estar em movimento, e, bem, não havia chance de fazê-lo ficar.

Na última vez, era ela quem tinha ido embora. Dessa vez, era ele. Mas o resultado final seria o mesmo. Mais uma vez, Maya e Del estariam separados. Ela sabia que iria sentir falta dele. A questão era quanto.

Como esperado, boa parte da cidade apareceu para o casamento de Phoebe e Zane. Del se misturou com os outros convidados antes de a cerimônia começar. Maya estava ocupada ajudando a noiva a fazer o que quer que seja que as noivas fazem antes de se casar. Ele avistou os irmãos e foi até lá conversar com eles.

— Belo terno — disse a Nick. Então se virou para Aidan. — O seu também.

Os dois usavam ternos escuros e gravatas. Aidan puxou o colarinho.

— Malditas convenções sociais!

Nick parecia confortável em suas roupas elegantes.

— Gosto de me arrumar de vez em quando. Além do mais, é por Zane.

Aidan resmungou alguma coisa, mas Del suspeitava de que ele estivesse bem menos irritado do que dava a entender. Aidan e Nick eram amigos de Zane desde o ensino médio.

— Veio gente pra caramba — disse ele a Nick. — Papai e mamãe vieram?

— Não — respondeu Nick. — Papai tem uma encomenda, e mamãe não está se sentindo bem.

Del se lembrou da conversa que teve com Ceallach alguns dias antes.

— Vocês acham que ela está bem? — indagou ele.

Aidan franziu a testa.

138   Susan Mallery

— Por que a pergunta?

Del contou a eles sobre a visita do pai.

— Ele estava preocupado.

— Quer dizer que ele pensou em outra pessoa que não ele mesmo? — perguntou Aidan, com amargura. — Vamos colocar uma estrela nesse dia no calendário.

Del queria reprimir o irmão por ser cínico, mas ele próprio pensou a mesma coisa.

Nick fez uma careta.

— É, você tem razão. Se o papai percebeu, deve ser ruim. Vou dar um pulo lá e conversar com ela. Talvez organizar a festa seja demais para ela. Todos nós podemos ajudar.

— Já ofereci — contou Aidan. — Ela me disse que estava se virando.

— Vou passar lá também — comentou Del.

— Isso vai resolver todos os problemas — murmurou Aidan.

— Você está tão bem-humorado — ironizou Del, encarando o irmão. — Qual seu problema?

— Agora não é o momento — disse Nick, com sua voz calma. — Vocês dois! Parem com isso. Zane está se casando. Fiquem de bico calado.

Del concordou com a cabeça. Seu irmão tinha razão. Qualquer que fosse o problema de Aidan, Del não iria resolver isso naquele momento. Virou-se e caminhou na direção da enorme tenda no quintal.

Lá dentro, o pessoal do bufê se preparava para o jantar. Havia dezenas de mesas redondas. Cristais e pratarias brilhavam sob as luzes penduradas no teto. O cheiro doce das flores se misturava ao suave aroma defumado de uma grelha acesa.

Ele atravessou a tenda e foi até o outro lado, onde as cadeiras estavam posicionadas sob a sombra de várias árvores. Havia duas seções de cadeiras e um corredor central entre elas. Laços e flores emolduravam o local. Uma mulher tocava harpa enquanto os convidados se acomodavam em seus lugares.

Del viu Eddie e Gladys e foi até elas. As irreverentes senhoras eram exatamente do que ele precisava para se esquecer de Aidan e do que quer que fosse que o estava azucrinando. Del não queria brigar — não hoje. No dia seguinte, eles podiam retomar o assunto, mas, por ora, um cara legal iria se casar com uma menina ótima. Eles deviam parar e celebrar.

Roube meu coração   139

Não levou muito tempo para o resto dos convidados tomar seus lugares. Começou uma música lenta e romântica. Zane se posicionou ao lado do celebrante; seu irmão, Chase, ao seu lado.

Maya apareceu nos fundos, junto ao bosque. Del quase caiu da cadeira quando a viu. Ela tinha feito piada sobre o vestido e sobre ter de se emperiquitar toda, mas ele não esperava que ela fosse parecer uma deusa.

Ela prendeu os cabelos em um elaborado redemoinho de cachos e ondas. O vestido era azul-claro, longo e com um decote *V* profundo. A parte de cima tinha uma coisa transpassada e parecia abraçar todas as suas curvas. Ele estava dividido entre desejá-la e precisar jogar o paletó nos ombros dela para que mais ninguém pudesse vê-la.

Maya caminhava devagar, com um pequeno buquê de flores nas mãos. Depois que ela passou, ele viu a parte de trás do vestido. Era bem decotado, com tiras que formavam um *X* e um drapeado do lado. Ele tinha certeza de que era estiloso e gostava de como ficava nela, mas, em sua maior parte, o que pensava era que ela certamente não estava usando sutiã.

Era a coisa errada para focar em um casamento. Só um cafajeste imaginaria tirar aquele vestido enquanto a noiva andava pelo corredor. Del meio que esperava ser atingido por um raio, mas, como isso não aconteceu, se deu conta de que era extremamente sortudo.

A cerimônia passou num piscar de olhos, entre votos e troca de alianças. Del manteve o foco em Maya, que estava obviamente emocionada por ver a amiga se casando com Zane. Depois que a noiva e o noivo foram declarados marido e mulher, eles abraçaram Maya e Chase antes de atravessarem o corredor juntos.

— Foi tão lindo! — disse Eddie, apertando o braço de Del. — Eles formam um belo casal.

— Que vai fazer sexo hoje à noite — complementou Gladys do outro lado de Del.

— Eles já fazem sexo todas as noites — respondeu Eddie, com um cacarejo. — Se você dividisse a cama com Zane, também faria o tempo todo.

— Tem razão.

Del se libertou das duas septuagenárias.

— E essa é minha deixa para pedir licença. Senhoras, foi um prazer.

Eddie fez um bico.

— Somos mais velhas. Ninguém quer mais fazer com a gente. O mínimo que você pode fazer é nos deixar falar sobre isso.

Del ergueu as mãos em um gesto de rendição.

— Não estou impedindo, de jeito nenhum. Deixo vocês falarem sobre isso.

Gladys sorriu.

— Sem você aqui?

— Vocês são demais para mim.

— Seu pamonha!

— Com certeza.

Ele deu um beijo no rosto das duas e foi encontrar Maya.

Ela estava com os outros convidados. Estavam tirando fotos. Ele ficou perto das árvores observando as poses. Ao fundo, um sujeito com uma câmera filmava tudo.

Del chegou mais perto e pensou na composição da imagem. A linha de interesse visual estava boa. Haveria plano estabelecedor — provavelmente uma foto do convite ou do véu ou alguma coisa para mostrar aos espectadores que estavam prestes a assistir a um vídeo de casamento.

Ele voltou a atenção para Maya, que estava rindo de alguma coisa que Zane tinha dito. Por que ela não tinha se casado? Era linda, talentosa, engraçada, fácil de conviver. Ele ficava surpreso por nenhum homem tê-la conquistado.

Maya se afastou de Zane e o viu. Seu sorriso se alargou, como se ela estivesse feliz por vê-lo. Algo o atingiu com força no estômago. *Desejo*, concluiu ele, mas havia algo mais. Uma sensação mais profunda que ele não estava com cabeça para analisar. Del ficou onde estava e os observou tirar o resto das fotos.

Quando terminaram, Maya veio em sua direção. Ela estava com dificuldades de andar no terreno irregular e, quando chegou até ele, segurou seu braço e tirou os saltos.

— Estes sapatos não dão certo na grama — disse ela, rindo. — Caso você tenha alguma tendência travesti.

— Até agora, não.

Ele pegou o buquê das mãos dela e largou no chão. Depois, colocou as mãos em seus quadris e a puxou para perto.

O bosque de árvores proporcionava certa privacidade. Havia pessoas por todos os lados, mas ninguém muito perto deles. A música tinha começado e, a julgar pelo cheiro de carne pairando no ar, o churrasco estava no fogo. O que significava que os convidados estariam se encaminhando para a tenda. *Melhor para mim*, pensou enquanto baixava a cabeça e a beijava.

Maya ergueu o queixo e o encontrou no meio do caminho. Seus lábios eram macios e dóceis, agarrando-se aos dele. Enrolou os braços no pescoço dele.

Ele pressionou a boca de Maya com mais firmeza. Ela tinha gosto de menta e champanhe, e seus lábios se abriram antes que ele pedisse. Ele tocou sua língua na dela, sentindo o calor, a eletricidade. *Os dois sempre foram bons juntos*, pensou, distraído. Encaixavam-se bem. O tempo longe um do outro não tinha mudado isso.

O desejo se espalhou por ele. O sangue correu direto lá para baixo, como era de se esperar. Ele desceu as mãos dos quadris para a bunda dela, deslizando pelo tecido escorregadio do vestido. Maya se aconchegou, relaxando o corpo nele, como se confiasse nele com todo o seu ser.

Ao longe, um sino tocou. Era um barulho insistente. Ela suspirou na boca dele.

— Estão nos chamando para jantar.

— Está com fome?

Ela riu de leve.

— Sim, e exatamente nesse sentido. Mas há uma mesa principal e nós dois estamos nela. Alguém vai perceber os dois lugares vazios.

— Droga!

Ela o encarou.

— Exatamente o que pensei. — Sua boca se ergueu. — É o vestido, não é? Sabia que ia deixar você excitado.

Ele a tocou no rosto.

— Não é o vestido.

As pupilas dela dilataram.

— Você diz as coisas mais bonitas.

Ele a beijou com delicadeza. Depois, ajoelhou-se e pegou aqueles saltos ridiculamente altos.

— Quer ir descalça? — perguntou ele.

— Acho que é o melhor plano.

Del pegou as flores e se levantou. Ela pegou o buquê. Ele segurou os sapatos com uma das mãos e repousou a outra na lombar dela.

— Vamos?

O jantar passou num instante. Apesar da carne assada com perfeição e dos acompanhamentos deliciosos, Maya não comeu muito. Estava consciente demais da presença de Del ao lado. Volta e meia ele a tocava. Os dedos no braço desnudo dela... A coxa dele pressionando a sua...

Ela e Chase tinham planejado brindar juntos. Ela se juntou ao irmão para fazer isso. Depois, ficou parada com Del, enquanto Zane e Phoebe iam até o meio do salão para sua primeira dança. Assim que o refrão começou, o DJ convidou todos a se juntarem a eles.

Del a surpreendeu envolvendo-a em seus braços. Eles balançaram juntos, e os outros convidados ao redor sumiram ao fundo.

Gostava de estar nos braços dele, pensou ela. Talvez fossem os efeitos remanescentes do beijo ou do champanhe que tinha tomado, mas tudo aquilo tinha uma sensação boa. Correta.

Eles se moviam com facilidade juntos. Quando a música terminou, estavam no fundo da tenda; por isso, escapulir dali foi fácil. Sem combinar um destino, caminharam na direção do celeiro. Na metade do caminho, Del a puxou de volta para si, mas dessa vez não tinha a intenção de dançar.

Ela se deixou envolver pelo abraço e se entregou ao beijo. A boca de Del era quente enquanto reivindicava a sua. Maya roçou a língua na dele. O beijo se intensificou.

Os seios dela se aconchegaram no peito dele, como que buscando conforto. A noite estava fria, as estrelas brilhavam. Ela sentia a maciez espinhosa da grama sob os pés. Del era o único objeto sólido em um mundo que tinha começado a girar. Ela se segurou, deixando que o desejo se misturasse com as lembranças. Ela sabia como eram juntos no passado. Como seriam no presente?

Ela queria descobrir. Queria saber se seria tão bom quanto era. Maya projetou os quadris para frente e deixou a barriga tocar na firme ereção dele. Tudo aquilo para ela? Isso, sim, é que era sorte.

Uma explosão de risadinhas veio do outro lado do celeiro. Ela deu um pulo. Del se afastou de leve, mas manteve os braços em torno dela.

Roube meu coração 143

— Parece que não somos os únicos atrás de um pouco de privacidade... — murmurou ele com a voz baixa e rouca.

Maya desceu as mãos dos ombros dele até os pulsos.

— Venha comigo — disse ela, pegando a mão dele.

Guiou-o para fora do celeiro até a porta dos fundos da casa principal. Algumas luzes permaneciam acesas, mas a maioria dos cômodos estava escura. Ela subiu as escadas dos fundos, lembrando-se exatamente de quantos degraus tinha até chegarem ao corredor de seu antigo quarto.

As janelas davam para o lado oposto ao da tenda. Mesmo assim, ela se certificou de que as cortinas estivessem fechadas antes de ligar o abajur. Del ficou parado ao lado de uma das duas camas, com um olhar intenso.

O desejo marcava as linhas de seu rosto. Ele parecia um homem que queria uma mulher. Para sorte de Maya, essa mulher era ela.

Ficaram olhando um para o outro por alguns segundos. Ela pensou que talvez ele perguntasse se ela tinha certeza ou se queria conversar um pouco primeiro. Em vez disso, foi até ela e abriu o zíper na lateral de seu vestido.

Maya ergueu as sobrancelhas.

— Como você sabia onde era?

— Estudei seu vestido a noite inteira.

— Um homem que tem um plano...

— Faço mais do que me planejar.

Ele abaixou as alças do vestido, que caiu de uma vez no chão, formando uma poça aos pés de Maya. Por baixo, ela usava uma calcinha fio-dental e nada mais.

O quarto estava silencioso, com exceção do ruído que ele emitiu quando inspirou com força. Seus músculos ficaram tensos, e ela observou a ereção já enorme latejar.

— Onde é o quarto de Chase?

A pergunta a fez piscar.

— Ah, é do outro lado do corredor, segunda porta.

Del estava se mexendo antes de ela terminar de falar. Quando ele saiu, Maya hesitou, sem saber ao certo o que fazer. Felizmente, ele voltou menos de vinte segundos depois, com um pacote de camisinhas na mão.

Ela sorriu.

— Como disse, um homem que se planeja.

Foi a última coisa que ela disse por um bom tempo.

Ouviu-se um suspiro quando ele foi até ela e segurou seus seios com as mãos grandes e a beijou. Houve um pequeno gemido quando ele interrompeu o beijo para poder se abaixar e lamber os mamilos. Maya estava ofegante quando ele a pegou no colo e a colocou em uma das camas.

Era a mesma cama na qual tinham feito amor dez anos antes, pensou ela, distraída. A cama onde ele tirou sua virgindade naquele fim de semana em que Zane levou Chase para um torneio de ciências.

Tudo estava diferente, pensou, observando Del chutar os sapatos para longe. Os dois estavam mais velhos. Não havia nenhum adolescente assustado e inexperiente. A camisa e a calça dele foram jogadas no chão. Ela deu uma olhada na ereção quando ele deitou na cama e a puxou para perto.

Ele a deitou de costas e a beijou. A língua perseguia, e ela se deixava ser deliciosamente capturada. Curtiram a velha dança dos que logo se tornariam amantes, explorando, tocando, sentindo, mas com a vantagem de já terem feito aquilo antes.

Quando ele baixou a cabeça para tomar o mamilo dela na boca, Maya sabia como iria ser. A expectativa aguçou a sensação. Enquanto ele chupava, a ânsia espiralou até a barriga e, depois, desceu, deixando-a inchada e úmida. Ele se moveu entre os seios, de um para o outro, demorando-se, como se não tivessem que estar em nenhum outro lugar.

Ela o queria. Queria aquilo, queria o que iria acontecer quando a penetrasse. Mas também precisava que o tempo se estendesse até que aquele momento continuasse sem nunca terminar. Ela não queria pensar no amanhã ou mesmo em mais tarde. Só havia o presente.

Maya empurrou o ombro de Del, forçando-o a se deitar; então se debruçou sobre ele, para decidir o que aconteceria. Inabalável, Del segurou os seios enquanto ela explorava seus ombros, seu peito. Ela deslizou os dedos pela barriga dele e segurou o pênis com a mão direita.

— Você está brincando com fogo — provocou ele.

— É assim que estamos chamando esse tipo de coisa?

Ele sorriu.

— Continue fazendo isso e você pode chamar como bem entender.

Ela fez uma pausa para colocar a camisinha nele. Então, ele colocou as mãos em seus quadris como se a chamasse para montar nele. Ela se preparou colocando as mãos nos ombros largos de Del. Ele escorregou a mão até o meio das pernas dela e posicionou o polegar bem no meio de seu sexo. Então, começou a massagear seu clitóris inchado e faminto.

Ele friccionou lentamente no começo, mas depois aumentou a velocidade. Ela tentou se manter sob controle, sem se perder no que Del estava fazendo. Mas era impossível. Tudo era bom demais. A ânsia aumentou, levando-a cada vez mais perto do destino final. Maya não estava pronta e tentou se segurar. Ah, se...

Ela cometeu o erro de se abaixar. Só um pouquinho, mas foi suficiente. A ereção dele a preencheu, e ela sentiu estar sendo completada do melhor jeito possível. Pensou na facilidade com que se encaixavam e em como era bom quando ela subia e descia de novo.

O toque no clitóris dela era contínuo. O gesto era igual ao ritmo do desejo crescente dela e de seus movimentos para cima e para baixo. A respiração de Del se igualava à sua. As coxas dos dois se contraíram.

Ela se moveu um pouco mais rápido, se perguntando se poderia ser melhor. Então, arfou quando um prazer ardente se espalhou pelo corpo. *Iria ser demais*, pensou Maya, em pleno frenesi. Bom demais, rápido demais. Ela não estava pronta. Precisava que durasse mais.

Sua cabeça guerreava com o resto do corpo e logo perdeu a batalha. Logo Maya não conseguia pensar, não conseguia fazer nada a não ser subir e descer o corpo, chegando cada vez mais perto do êxtase. *Mais rápido*, pensou, com aquela sensação familiar chegando. Estava quase lá.

Para cima e para baixo, o polegar dele no lugar, esfregando com o mesmo ritmo dos movimentos. O fim era inevitável. A única questão era...

— Del!

Ela gritou o nome conforme o clímax se lançava aos ares. Cada célula de seu corpo gritava quando ela gozou. A mão livre dele agarrou-a pelo quadril e a segurou no lugar enquanto investia fundo, e ela se perdeu.

Quando os dois terminaram, ele a puxou e a abraçou.

— Maya...

Foi num sussurro. Uma expiração. O som a cortou, abrindo-a até que ela se expôs a ele em todos os sentidos possíveis. Junto à vulnerabilidade, veio uma verdade tão brusca que terminou o trabalho de separá-la da fachada atrás da qual estava se escondendo havia dez anos.

A razão pela qual não se apaixonou por mais ninguém, a razão pela qual nunca encontrou o amor era porque não podia. Del tinha reivindicado seu coração e, até onde ela sabia, nunca o tinha devolvido.

Depois de todo esse tempo, ela ainda era apaixonada por ele.

Capítulo 11

NA MANHÃ SEGUINTE, **M**AYA EVITOU SE olhar no espelho do banheiro. Apesar de passar maquiagem ser um tanto complicado, ela morria de medo do que iria ver nos próprios olhos. Tentou dizer a si mesma que não era como se fosse haver uma placa proclamando em letras brilhantes: "Estou apaixonada por Del." Ao menos esperava que não houvesse. No fim das contas, a necessidade de passar rímel derrotou a autopreservação. Ela inspirou e encarou seu reflexo.

Embora parecesse um pouco cansada, sem dúvida por só ter chegado em casa depois das duas da manhã e não ter conseguido dormir, ela parecia a mesma. Nenhuma marca de nascença nova dizendo *eu amo Del* tinha aparecido. Ela escapou ilesa.

Ao menos por fora.

Por dentro, a questão era bem diferente. Para ser honesta, ela não fazia ideia do que tinha acontecido. Ou quando. Ela não acreditava que estava apaixonada por Del havia dez anos e não sabia. Era impossível de imaginar. Ela foi feliz. Viveu sua vida. Construiu uma carreira. Certamente teria notado um amor não correspondido. E o que isso significava? Que sentimentos remanescentes tinham simplesmente... ressurgido? Que a chama por Del estava acesa o tempo todo, esperando para ganhar vida?

Muitas perguntas e poucas respostas, disse a si mesma enquanto pegava a bolsa e saía de casa. Fez uma pausa para regar os gerânios e, em seguida, caminhou apressadamente até o Brew-haha. Café era o primeiro passo óbvio. Depois, precisaria de mais tempo para clarear a mente.

Estava apaixonada por Del. O pensamento se repetia no ritmo de seus passos. Eles fizeram amor na antiga cama dela. Havia acontecido.

Tudo bem, ela tinha bastante certeza de que o fato de terem feito aquilo não a levou a se apaixonar por ele. O sexo foi ótimo, mas sem poderes mágicos. No entanto, a intimidade tinha provocado a revelação. Ainda mais confuso era o que fazer então.

Maya disse a si mesma que não tinha de fazer nada. Poderia continuar com sua rotina de sempre e fingir que nada mudou. Nas circunstâncias atuais, a negação era perfeitamente saudável. Na verdade, era o que fazia mais sentido. Del só iria ficar na cidade por mais algumas semanas. Quando ele fosse embora, ela poderia revisitar o que tinha acontecido e chegar a uma conclusão. Mas, até lá, iria enfiar a cabeça na terra e se fazer de avestruz.

Vinte minutos depois, Maya tomou o primeiro gole do café revigorante. Ainda estava decidindo o que fazer a seguir quando viu Elaine caminhando com Sophie na direção do parque.

Maya acenou para a amiga e correu em sua direção.

— Você caiu da cama? — perguntou, abraçando-a. — Como você está?

Elaine sorriu para ela.

— Exatamente como eu estava ontem de manhã, quando você me ligou. Bem. Cansada, mas superando.

Maya se abaixou para cumprimentar Sophie. A *beagle* se agitou para chegar mais perto para receber carinho, abanando o rabo, feliz.

— Achamos que uma caminhada seria boa para nós — disse Elaine.
— Quer nos acompanhar?

— Eu adoraria.

Elas seguiram na direção do parque Pyrite, com Sophie guiando o caminho. A adorável cadela volta e meia parava a fim de cheirar alguma coisa.

— Sentimos sua falta no casamento ontem — disse Maya.

— Eu sei. Para falar a verdade, eu estava me sentindo bem e poderia ter ido. Mas, quando recebi o convite, eu não tinha certeza. Me conte tudo.

No mesmo instante, Maya se imaginou na cama com Del, o corpo dele em cima do seu. A sensação de pele sobre pele foi tão intensa, tão real que, por um segundo, ela pensou que tinha voltado no tempo.

Ela afastou aqueles pensamentos depressa. Apesar de Elaine ser sua amiga, também era mãe de Del. Maya não iria ter *aquela* conversa com ela de jeito nenhum. Era informação demais.

— Phoebe estava linda. — Maya pegou o celular e tocou em alguns botões. — Tirei algumas fotos antes do casamento.

Elaine as olhou.

— Ela estava maravilhosa. Tão feliz... Que bom para eles!

— Concordo. Zane estava nervoso, o que era bem divertido. Eles são um casal adorável.

Elaine enganchou o braço no dela.

— Quando é que você vai encontrar um rapaz legal e sossegar?

— Não faço ideia. Mas estou aberta a propostas.

O que era verdade até noite passada, pensou Maya, perguntando-se se quem sabe poderia estender um pouquinho aquele prazo na mentira.

— Alguma chance com Del?

Se Maya estivesse engolindo alguma comida naquele momento, teria engasgado.

— Você é minha amiga. Eu a amo, mas não. Não vamos conversar sobre eu ficar com seu filho.

— Por que não? Você não acha que ele é maravilhoso?

Maya relaxou. Podia ser sincera.

— Acho. E ele vai embora e eu, não.

Era mais fácil de admitir que, embora ele tivesse curtido a noite passada, Del não tinha dito uma palavra sobre ficarem juntos de novo, quando a deixou em casa. Não em um sentido romântico, de qualquer forma. Obviamente se veriam no trabalho.

— Del gosta mesmo é de viajar — concordou Elaine, suspirando e apontando para um banco. — Vamos sentar aqui.

Depois de se sentarem, Elaine soltou a coleira de Sophie. A cadela logo começou a explorar a área, sem ir muito longe.

Elaine a observou.

— Me preocupo com o fato de Del estar sozinho. Ele não é do tipo de se acomodar, mas precisa de alguém.

— Nem todo mundo precisa de outra pessoa.

— Del precisa. Ele não fala, mas quer se casar. Conexões pessoais são importantes para ele. — Ela olhou para Maya. — Talvez você gostasse de viajar.

Maya se permitiu uma fantasia de três segundos sobre conhecer o mundo com Del; então a afastou com firmeza da mente.

— Não combinamos. Del e eu estamos trabalhando juntos. Só isso.

Fora o sexo. Mas não ia mencionar isso.

— Está bem. Não vou pressionar. Vou sonhar acordada, mas não vou pressionar.

— Obrigada.

Maya passou o resto do domingo se preocupando com a manhã de segunda-feira. Ela não tinha dormido bem pela segunda noite seguida e os truques para esconder esse fato estavam se esgotando. Seu estômago estava um caos, o cérebro era um redemoinho e, quando Del chegou ao estúdio, ela estava pronta para sair correndo.

— Oi — cumprimentou ele, em tom animado, quando a viu. — Como foi o resto do seu fim de semana?

— Bom — disse ela com cautela, procurando significados escondidos nas palavras. Só que não parecia haver nenhum.

— Que bom! Vamos realmente entrevistar uma elefanta e um pônei? — perguntou ele, sentando-se na cadeira de visitantes na frente da mesa dela. — Eu li direito?

— Priscilla e Reno têm uma história de amor única. Eles não vão falar de verdade. Vamos entrevistar Heidi Stryker, a dona.

— Sei lá. Suponho que um elefante tenha muita coisa a dizer.

— Por que eles nunca esquecem? — indagou ela.

— É o que dizem.

Del sorriu como se nada tivesse acontecido entre os dois. Ela percebeu, ao mesmo tempo aliviada e arrasada, que deveria ser a maneira como ele enxergava as coisas. Tinham ficado por uma noite e voltaram ao trabalho. A noite foi legal, mas sem qualquer relevância emocional. *Quem dera separar as coisas como um homem*, pensou ela. Como faziam isso? Será que era alguma função cerebral ou hormonal ou mera sorte? Ele era macho e conseguiu colocar a noite que tiveram em perspectiva. Ela era fêmea e o fato de terem feito amor a forçou a admitir que estava apaixonada por ele. Não era justo.

Não que fosse haver uma resposta, disse a si mesma. Por isso, a atitude mais inteligente a tomar era seguir em frente.

— Está pronto? — perguntou ela. — Melhor pegarmos os equipamentos.

Del concordou com a cabeça e se levantou. Antes que ela saísse do escritório, ele tocou em seu braço com delicadeza.

Roube meu coração   151

— Quanto a sábado... — começou ele, com a voz preocupada. — Foi ótimo. Melhor do que eu me lembrava, o que é alguma coisa, já que o que eu me lembrava era bom pra caramba.

A tensão se esvaiu, e ela conseguiu respirar de novo.

— Também achei... — murmurou ela.

— Você está bem?

Aquilo a fez sorrir. Porque uma mulher teria tocado no assunto de uma maneira completamente diferente. Com uma explicação do que talvez tivesse acontecido, o que de fato aconteceu e o que poderia ter acontecido, mas não aconteceu. Seguida de uma análise detalhada dos sentimentos de cada um.

— Estou bem — disse ela, sem ter certeza de que era verdade, mas disposta a fingir até que fosse.

— Ótimo.

Ele soltou o braço, e ela foi até o estúdio para pegar a câmera. No caminho, percebeu que tinha falado a verdade. Ela estava bem. Apaixonada, mas bem.

Ao meio-dia, terminaram a entrevista. Maya tinha uma reunião na prefeitura; então, deixou Del na cidade. Ele estava prestes a ir para casa almoçar quando viu Aidan indo até o Brew-haha. Parecia pálido, considerando o horário e a estação. Del foi até ele.

— Ressaca? — perguntou, quando se aproximou do irmão.

Aidan suspirou.

— Sim. Tinha uma loira e tinha tequila. Não sei ao certo qual dos dois foi mais mortal.

— Talvez a combinação.

Os dois entraram no café e ficaram na fila. Aidan foi primeiro e pediu uma xícara grande de café. Del pediu um café com leite. Embora o resultado do fim de semana tivesse sido o mesmo para ele e o irmão, para Del aquilo só o tinha amadurecido.

Ele tinha dito a verdade quando conversara com Maya mais cedo. Ter ficado com ela foi melhor do que se lembrava. Os dois sempre tiveram química, e isso não tinha mudado. Mas no presente havia um elemento a mais. Talvez experiência, talvez maturidade. De qualquer forma, ele havia passado o resto do domingo com um sorriso bobo no

152   Susan Mallery

rosto. Há muito tempo não sentia a necessidade de sorrir depois do sexo e planejava curtir aquela sensação pelo tempo que fosse possível.

Ele esperou pelo café com leite que pediu e, depois, se juntou a Aidan lá fora. O irmão estava sentado a uma mesa coberta por um ombrelone, cuidadosamente se protegendo do sol. Del se sentou de frente para ele.

— Quanto você bebeu?

— Você não vai querer saber.

— Acho que não.

Ele via Aidan com uma mulher diferente a cada fim de semana. O cara gostava de quantidade. Del considerou perguntar por que ele não queria algo mais. Depois de um tempo, toda aquela coisa de "à noite todos os gatos são pardos" cansava. Havia mais na vida do que sexo. Havia carinho, conexão. Talvez por isso tivesse sido tão bom com Maya. Eles tinham uma história e eram amigos que trabalhavam bem juntos. Ele a conhecia, a entendia. Gostava dela de maneira genuína.

Fazer amor nessas circunstâncias era tão perfeito quanto podia ser. Se pudesse escolher, estariam pelados agora mesmo. Porque ainda a queria. Não que pudesse escolher. As outras coisas que estavam fazendo eram importantes demais. Mas isso não significava que ele não podia pensar no assunto.

— O que foi? — resmungou Aidan. — Você está com um sorriso idiota no rosto.

Del riu de leve.

— Sou um cara feliz.

— Vá pro inferno.

Del ignorou.

— Como está a agência?

— Bem. Movimentada.

— Você fez um ótimo trabalho ampliando a empresa, Aidan. Devia se orgulhar.

— Como se eu tivesse tido escolha.

Del largou o café e empurrou a cadeira para trás.

— Certo — disse ele, sabendo que estavam caminhando para aquele momento desde que voltou à cidade. — Você venceu. Vamos resolver isso, bem aqui, agora mesmo. Eu lhe concedo o primeiro soco de graça.

O olhar cansado de Aidan ficou severo.

— Do que está falando?

— De acertarmos as contas. Você quer brigar comigo desde que me viu. Então vamos lá. — Del se permitiu um pequeno sorriso. — Vou pegar leve com você por causa da ressaca.

Aidan meneou a cabeça.

— Não vou brigar com você.

— Por que não? Você está furioso. Vamos resolver isso.

Aidan colocou o café na mesa.

— Estou furioso? É assim que você está colocando as coisas? Muito bem. Estou furioso. Estou furioso e bravo por você ter me traído, seu filho da mãe egoísta. Você se mandou. Eu tinha 18 anos e você sequer se deu ao trabalho de me avisar antes. Você sumiu, me deixando para cuidar de tudo. Eu não tive escolha. Você tirou isso de mim.

— Eu sei. Me desculpe.

Aidan olhou-o.

— Isso não é suficiente.

— É tudo o que tenho. Um pedido de desculpas. Não posso voltar no tempo e mudar o passado. Para ser sincero, nem sei se o faria. Eu não podia ficar, Aidan. Não depois do que aconteceu. Primeiro eu estava fugindo de Maya, mas depois concluí que não servia para a vida em Fool's Gold. Eu nunca teria conseguido.

Del respirou fundo.

— Mas a maneira como fiz isso foi errada. Eu deveria ter conversado com você. Deveria ter explicado o que estava acontecendo. E deveria ter me preocupado com você. Errei com relação a tudo isso. Lidei muito mal com a situação. Espero que, com o tempo, você consiga aceitar minhas desculpas.

Aidan se recostou na cadeira.

— Vou aceitar se você parar de falar — resmungou.

— Está com dor de cabeça?

— Você não faz ideia. — Aidan massageou as têmporas. Depois se voltou para Del. — Você foi um idiota.

— Concordo.

— Estou administrado a agência melhor do que você jamais teria feito.

— Não vou discutir.

— Falei que você foi um idiota?

— Falou.

— Certo. — A boca de Aidan se curvou para cima. — Quer ouvir algo maluco?

— Claro.

— Eu gosto de administrar a agência. A maneira como está crescendo, os novos tours. São divertidos. Gosto dos turistas. Tenho pessoas ótimas trabalhado para mim. Eu não planejava isso para minha vida profissional, mas, agora que estou preso, acabou sendo a melhor coisa que já me aconteceu.

Del fitou o irmão.

— Como é? Então por que você tem agido como um babaca completo?

— Para zoar com você. Você largou tudo no meu colo sem perguntar. Você foi muito frio, irmão.

Del xingou baixinho.

— Você é louco, mas eu respeito. — Ele ergueu o copo de café. — A você, irmãozinho. Você mandou bem.

Aidan fez o mesmo.

— Você também não está nada mal. Vendeu sua empresa por um dinheirão.

— Como sabe?

— Leio alguns blogs de negócios. Falaram sobre a venda.

— Obrigado. Contei ao papai sobre isso.

Aidan bufou.

— O velho não ligaria. Você poderia descobrir a cura para o câncer e ele iria bocejar. É o jeito dele.

— Eu que o diga.

— O que você vai fazer agora?

Del pensou nos vídeos que queria produzir. Em como esclareceriam e educariam crianças ao redor do mundo. *Isso que é uma descrição nobre e egocêntrica*, pensou ele.

— Não sei bem. Estou analisando as coisas. Tenho ideias, mas nada concreto.

— Você não vai ficar por aqui.

— Está perguntando ou afirmando?

— Afirmando — disse Aidan, com um sorriso. — Você mesmo disse. Não é adequado para Fool's Gold. Logo, logo você vai embora.

Roube meu coração   155

Del sabia que o irmão tinha razão. Iria embora, porque era isso que fazia. Mas, dessa vez, como da primeira, ele se arrependeria de deixar Maya para trás. Os dois formavam um belo time.

Por um segundo, perguntou-se como seria se ela viesse com ele. Só que como é que iriam viver tão próximos sem começar algo que não deveriam? Se ele passasse tanto tempo assim com ela, será que corria o risco de se apaixonar de novo?

Embora entendesse por que ela tinha agido daquele jeito todos aqueles anos atrás, a verdade era que ela não foi sincera. Nunca deu a entender que havia um problema. Será que ele podia confiar que ela seria honesta no presente? Que diria se houvesse algo errado e, então, contaria com a ajuda dele para resolver o problema? Ou será que fugiria correndo?

Talvez ele fosse um imbecil, mas estava procurando por um sócio. Alguém que fosse ajudá-lo. Com Maya, ele não podia ter certeza.

— Boa sorte com o que quer que você decida — disse Aidan. — Confesso que não entendo. Você não quer acordar na mesma cama de vez em quando?

— Me sinto em casa. Gosto de viajar pelo mundo, ver o que está acontecendo em outros lugares. As pessoas são interessantes. Além disso, quem é você para não entender? Você não quer ficar com a mesma mulher mais que alguns dias antes de partir para outra.

— Tem razão. Nós dois temos problemas de comprometimento. Só que de maneiras diferentes. Me mande um cartão-postal dessa vez — pediu Aidan.

— Prometo.

Quando foram embora, Del soube que a divergência tinha se resolvido. O irmão era seu amigo de novo.

Estava a caminho de casa, mas mudou de ideia quando passou pela casa de Maya. De fato, as novas flores tinham adquirido uma coloração amarela doentia e estavam murchando. Ele não sabia se ela estava dando água ou adubo demais. De qualquer forma, estava matando plantas inocentes.

Ele foi para casa e pegou a caminhonete. Depois, foi até a Plants for the Planet e comprou flores novas. Com sorte, trocaria as plantas mortas por aquelas antes que ela percebesse.

* * *

O apartamento temporário de Elaine era pequeno, mas aconchegante. Tinha um sofá-cama confortável e havia um espaço para refeições, uma pequena cozinha com o básico e um banheirinho.

— É perfeito para o que preciso — disse Elaine, esticada no sofá, com Sophie seu lado. — Quando a princesa aqui precisar fazer as necessidades, posso levá-la ao jardinzinho nos fundos.

Elaine apontou para a cozinha.

— Tenho lanches e chá. Então está funcionando bem.

— É bem organizado — admitiu Maya. — Estou impressionada por você ter conseguido manter segredo.

Elaine sorriu.

— Eu disse ao proprietário que era uma coisa da menopausa. Depois disso, ele não quis mais saber de nada.

Maya sorriu.

— Como está se sentindo?

— Bem, cansada. — Sophie deitou-se de costas, e Elaine afagou a barriga da cadela. — Esta aqui me faz companhia. Ela sempre foi mais minha cachorra do que da família, e, desde que eu comecei o tratamento, não saiu do meu lado.

— Ela sabe que algo está acontecendo.

Maya estudou a amiga. Elaine tinha olheiras. Parecia cansada. E mais magra.

— Você perdeu peso?

Elaine ergueu o ombro.

— Um pouquinho, talvez. É difícil comer. Não me sinto exatamente enjoada, mas também não me sinto ótima. É difícil explicar.

— Posso tentar você com um jantar no seu restaurante preferido? — perguntou Maya, preocupada com como Elaine suportaria as próximas semanas de radioterapia. — Você escolhe o lugar.

— Você é gentil, mas estou bem. Faço o tratamento e aí venho aqui por algumas horas. Na maior parte do tempo, eu durmo. Depois, eu e Sophie vamos para casa.

Maya tentou conter as palavras, mas elas se recusaram a ser suprimidas.

— Você precisa contar a eles.

— Não preciso, não.

Roube meu coração   157

— Eles iriam querer ajudar. Vão querer saber. Ceallach já suspeita que há algo errado. Vai vir à tona. Você vai falar alguma coisa, ou seu médico vai ligar. Você está lutando contra um câncer de mama. Seu marido e seus filhos gostariam de apoiar você.

O sorriso de Elaine era tanto triste quanto perspicaz.

— Eles não conseguiriam suportar. Ceallach está no meio de uma encomenda grande. Não posso arriscar distraí-lo. Então, eu disse que é uma coisa da menopausa também. Quem diria que essa mudança poderia ser tão útil? Quanto aos meus filhos... Não quero que ninguém se preocupe.

— Eles iriam querer saber. Ajudar.

— Não há nada que possam fazer. Você e Sophie me dão todo o apoio de que preciso.

Maya não tinha tanta certeza assim. Também estava preocupada com o que iria acontecer quando Del descobrisse a verdade. Porque ele iria descobrir. Todos iriam. Apesar de ser sincera ao dizer que estava fazendo o que a amiga pediu, ela não conseguia afastar a sensação de estar fazendo algo errado. Ao menos quando se tratava dele. Del iria querer saber, e ela suspeitava que os outros Mitchell também compartilhariam do mesmo sentimento.

— Você não está dando crédito suficiente a eles — disse Maya, com firmeza. — Confie em quanto eles amam você.

— Não duvido dos sentimentos deles, mas conheço suas limitações. Acho que é culpa minha. Ao menos com relação aos meninos. Não fui uma boa mãe.

Maya não acreditou. Ela teve uma mãe horrível e, em qualquer comparação, Elaine foi extraordinária.

— Do que é que está falando? Você foi uma mãe fantástica. Cuidou deles, os amou, os apoiou. Eles têm muita sorte de tê-la como mãe.

Elaine sorriu.

— Você é muito gentil, mas está me bajulando demais. Não protegi meus filhos do pai como deveria ter feito. Ele é um homem brilhante, mas difícil. Houve vezes em que eu fiquei do lado dele, e não dos meninos.

— Você fez escolhas. Tenho certeza de que algumas delas não foram as que você faria hoje, mas ninguém é perfeito. Você não dá crédito suficiente a si mesma. — Maya se perguntou se aquilo era fruto do cansaço do tratamento. — Eles adoram você. O mais importante é que eles são homens felizes, educados e bem-sucedidos, dos quais você pode se orgulhar. Não ouse esquecer isso.

Elaine sorriu.

— Você é muito boa para mim.

— E você para mim. Você é minha amiga, e eu amo você.

— Também amo você. Não conte aos meninos, mas eu sempre quis ter uma filha. Fiquei tão feliz quando você começou a namorar Del e nos tornamos amigas! Fico feliz por você nunca ter cortado esses laços.

— Você é família — disse Maya. — Houve muitas vezes em que a única coisa que me fez superar era pensar em como você lidaria com a situação. Eu queria ser forte como você.

Elaine franziu as sobrancelhas.

— Forte? Não sou forte.

— É, sim. Você só não enxerga isso.

Capítulo 12

— VOCÊ ESTÁ SENDO MUITO MISTERIOSO — provocou Maya ao entrar no escritório temporário de Del.

Ele tinha mandado uma mensagem para ela mais cedo e pedido que o encontrasse no estúdio. Tudo o que disse era que era importante. Não deu mais nenhuma pista.

Ele ficou parado junto à mesa. Havia uma pilha de caixas de DVDs ao lado. Maya estava prestes a brincar que, se ele estivesse oferecendo sua bunda para o programa de Eddie e Gladys, ela perderia todo o respeito. Porém, percebeu que Del não estava sorrindo. Ele não parecia exatamente chateado, mas era evidente que não estava brincando.

— O que foi? — perguntou Maya, torcendo para que, o que quer que fosse, ele não tivesse nenhum problema de saúde. Ela não tinha certeza de que aguentaria mais um segredo. Não quando já era difícil guardar o de Elaine.

— Não é nada de mais.

— Você está com uma cara séria — disse ela.

A expressão tensa dele relaxou.

— Ninguém está com cara séria.

— Você está, e isso fica um pouco esquisito com essa barba por fazer sexy.

Droga, pensou ela. Ela tinha dito "sexy"? Não era culpa sua. O cara ficava ótimo de jeans e camisa surrada. A barba por fazer só o deixava ainda mais atraente. Hum, na última vez que se beijaram ele estava de barba feita para o casamento. Será que a sensação seria diferente?

Ela achou que sim, mas não sabia se arranharia de um jeito bom ou de um jeito ruim.

— Sexy? — perguntou ele, erguendo a sobrancelha.

Maya apontou para a pilha de DVDs.

— Explique.

Ele desviou o olhar dela para os DVDs e voltou a olhá-la.

— Já conversamos sobre fazer aquele projeto — começou ele. — Você sabe, aquela coisa de um dia na rotina de alguém.

— Certo. — Ela analisou os DVDs. — Já começou?

— Não exatamente. Estes são vídeos que eu fiz. Entrevistas com várias pessoas, muitas delas crianças. Apareço em algumas filmagens, falando sobre onde estou e o que está acontecendo na política e na economia daquele local.

Ela o olhou.

— Você quer que eu assista?

— Não, quero saber se você pode dar um jeito nos vídeos. — Ele enfiou as mãos nos bolsos da frente. — Sei o que vejo na minha cabeça, mas não sei fazer isso acontecer na tela. Depois de trabalhar com você, tenho certeza absoluta de que ferrei com a parte técnica. A linha de interesse visual vai estar toda errada.

Ela tinha visto o material bruto dele das filmagens que fizeram.

— É provável que falte um plano estabelecedor e haja problemas com o áudio.

— Obrigado pelo voto de confiança.

— Você não é profissional. Faz um bom trabalho com o treinamento que tem.

— Tem razão. Desculpe. Não quero parecer defensivo. É que esse projeto... é importante para mim. — Ele tirou as mãos dos bolsos e tocou a pilha de DVDs. — Foi isso aqui que eu montei. Tenho o material bruto no computador. Sei que os erros que cometi durante as filmagens não podem ser corrigidos... Mas talvez você possa pegar o que fiz e fazer sua mágica com a edição.

— É claro.

— Vou pagar — acrescentou ele.

Ela o dispensou com a mão.

— De jeito nenhum. Fico feliz em ajudar. Vou precisar dar uma olhada no que você tem. Vai levar um tempo, mas eu adoraria fazer o que puder para deixar a matéria do jeito que você quer.

Ele ainda estava com a mão nos DVDs.

— Ninguém viu isto aqui — disse ele. — Ninguém. Quero que saiba disso.

Maya gostou da informação, apesar de não saber ao certo o que fazer com ela. Del estava confiando a ela algo importante para ele. Isso fazia Maya estremecer por dentro. É claro que não precisava muito para que ficasse toda animada quando se tratava dele.

Por um segundo, quis que as coisas tivessem sido diferentes quando eram mais jovens. Mas Maya estava assustada demais, e ele não iria, de jeito nenhum, entender o que se passava na cabeça dela. *Lugar errado, hora errada*, pensou. Mas o cara certo. Engraçado como levou dez anos para descobrir que ele era *o cara*. Engraçado e talvez um pouco triste. Porque ele estava indo embora e ela iria ficar. E o que era ainda mais significativo: Del não deu a entender que tinha sentimentos fortes por ela além de amizade e atração sexual.

— Vou cuidar bem dos seus vídeos — prometeu Maya. — Deixe-me copiar para meu computador para eu trabalhar neles. — Ela franziu o nariz. — E não vou deixar nenhuma cópia dando sopa por aí. Eddie ou Gladys certamente iriam encontrar, e sabe lá Deus o que fariam.

— Você ainda está brava por causa do vídeo do beijo?

— Não exatamente brava.

— Então o quê?

— Viralizou. É estranho.

Ele soltou o braço ao lado do corpo e piscou para ela.

— Eu beijo bem.

— Ah, por favor. Acha que o vídeo viralizou por causa de você? E quanto a mim?

— Pegando carona na minha fama.

Ela colocou as mãos nos quadris.

— Só em seus sonhos, meu caro. Você tem é sorte por eu tê-lo beijado.

— Tenho, é?

— Aham.

Ela esperou pela resposta engraçadinha. Em vez disso, Del deu a volta na mesa, colocou as mãos na cintura dela e a puxou.

— Talvez a gente deva conferir isso aí... — murmurou ele, pouco antes de sua boca reivindicar a dela.

Por princípios intelectuais, Maya não achava que era uma boa ideia beijar no escritório. Pessoas podiam entrar, era desrespeitoso com o ambiente de trabalho. Havia outras razões, tinha certeza disso, mas, caramba, era difícil pensar nelas. Ou ao menos ficar indignada. Não quando a pele dele era tão macia, e os lábios, tão tentadores.

Maya abriu a boca antes mesmo de pensar naquilo. Ele deslizou a língua para dentro. Os lábios se tocaram e se provocaram. Maya pensou em se aproximar, em pressionar o corpo contra o dele. Pensou na mesa e em como a altura dela parecia perfeita para o que iria naturalmente acontecer a seguir.

Colocou as mãos nos ombros dele, então as deslizou para cima e para baixo pelos braços. *Mais calor*, pensou ela, como num delírio. Músculos e masculinidade totalmente à disposição.

O desejo queimou quente e vivo bem fundo dentro dela. Irradiou, tomando seu corpo com cada movimento da língua dele. Quando ele desceu as mãos da cintura para a bunda de Maya, ela percebeu que estava perdida. Total e completamente perdida. Logo depois da constatação, veio o pensamento de que não fazia ideia de onde poderiam encontrar uma camisinha.

Ele apertou as curvas de sua bunda. Maya se curvou na direção dele, e sua barriga pressionou a ereção de Del. A prova do tesão a fez tremer. *Del sempre foi sua maior fraqueza*, pensou ela. Aquele homem a deslumbrava.

Ele subiu as mãos pelas laterais do corpo dela, rumo aos seios. A expectativa zunia dentro dela. Em algum lugar ao longe, seu telefone tocava insistentemente.

Maya ignorou o barulho, mas então percebeu que aquele não era nenhum de seus toques habituais. Nem o ruído de notificação de mensagem de texto. Outro barulhinho se juntou ao primeiro. Ela se afastou.

— O que é isso? — perguntou Del.

Sem Del a beijando, Maya conseguiu pensar.

— O sistema de notificação de emergências — disse ela, enquanto procurava o celular. — Temos uma mensagem.

— O quê?

Maya ignorou a pergunta e pegou o telefone. A mensagem piscou.

Criança desaparecida. Apresente-se o quanto antes aos escritórios do Salvo.

Ela o pegou pela mão e o arrastou consigo até o escritório para pegar a bolsa.

— A prefeita Marsha fez nós dois nos alistarmos no serviço de notificações de emergência, lembra? Somos resgatadores voluntários.

Del olhou para seu celular.

— Uma criança? Aonde vamos?

— Não é longe.

Os escritórios do Sistema de Ajuda Ligeira Voluntária Operacional, ou Salvo, eram tão próximos quanto Maya havia prometido. Del e Maya chegaram lá junto com várias outras pessoas. Eles pararam ao final do estacionamento e correram em direção ao prédio principal.

Lá dentro, encontraram o que poderia ser uma sala de guerra. Havia grandes monitores mostrando diferentes partes da área que circundava a cidade, bem como mapas enormes nas paredes. Kipling Gilmore, um homem alto e loiro, estava no meio de toda a movimentação. Ele era calmo e estava obviamente no comando.

— Temos uma criança desaparecida — dizia ele. — Shep?

Um homem musculoso com cabelos ruivos escuros e olhos verdes penetrantes estava ao lado de Kipling. *Jesse Shepard*, pensou, lembrando-se de tê-lo encontrado no The Man Cave havia mais ou menos uma semana. Ele tinha se juntado ao programa de busca e resgate havia menos de um mês.

Shep lia em um tablet.

— Alyssa Page, 11 anos. — Informou o peso e a altura da menina. — Ela e a família saíram para um piquenique. Então, ela não está agasalhada para a noite, pessoal. Também não tem comida ou água, e sua experiência com floresta é limitada.

Perto das janelas, uma mulher na casa dos trinta anos começou a chorar. O homem ao seu lado colocou o braço em torno dela. Junto a eles, um menino de uns 13 ou 14 anos secava as lágrimas. Parecia assustado e culpado. Del supunha que Alyssa fosse sua irmã e que era ele quem estava com ela quando a menina se perdeu.

— Vou mandar para seus tablets as informações sobre o local onde ela foi avistada pela última vez — continuou Shep. — Jacob já nos contou tudo o que podia.

O adolescente se encolheu quando seu nome foi dito, e todos se viraram para ele. Del instintivamente começou a andar na direção do garoto.

Quando se aproximou, ouviu Kipling falando ao celular.

— Sim, Cassidy foi buscar os cavalos dela. Só vai voltar daqui a dois dias.

Del olhou para Shep.

— Pode me dar um minuto? — perguntou ele, apontando para o adolescente com a cabeça.

— Claro — disse Shep.

Del se virou para Jacob.

— Oi — disse ele, baixinho.

Jacob baixou a cabeça.

— Não fiz de propósito.

— Ninguém acha que você fez nada de errado.

— Eles acham. Meus pais me disseram que não sou responsável o suficiente. — Jack olhou para ele. — Ela é minha irmã. Eu a amo.

— Eu sei que ama. Olha, sou o mais velho de cinco irmãos. Acredite, eu sei como é. Dizem para você ficar de olho neles e você fica, mas eles são muito ágeis. Você dá as costas por um segundo e *puf*! Um deles se mete em encrenca. Só você leva a culpa.

Jacob fungou e, então, concordou com a cabeça.

— Eu sei. — Os olhos escuros do menino estavam vermelhos de chorar. — Eu estava trocando mensagens com um amigo.

— Claro. É chato lá, né?

— É. Alyssa disse que viu um filhotinho de coelho. Queria passar a mão nele. Eu disse para deixá-lo em paz e, quando olhei de novo, ela havia sumido. — Lágrimas encheram os olhos dele de novo. — Gritei seu nome e corri atrás dela, mas não a encontrei.

— Quanto tempo você ficou procurando?

— Mais ou menos uma hora.

— Pelo relógio do celular ou pareceu uma hora?

Jacob corou.

— Pareceu uma hora.

— Ótimo. — Ele colocou a mão no ombro do adolescente. — Você fez um bom trabalho. Vou repassar as informações para Shep e vamos sair para encontrar sua irmã.

Del repassou a Shep o que Jacob tinha contado. Shep colocou as informações no programa enquanto Kipling entregava os equipamentos a várias equipes de busca.

— Você sabe usar isto? — perguntou ele.

— Claro — respondeu Del.

Maya se aproximou.

— É mesmo? Você conhece esse tipo de equipamento?

— Ninguém sai para explorar partes remotas do mundo sem algum tipo de equipamento de rastreamento. Não se você quiser ser encontrado.

— Eu achava que a intenção era não ser encontrado.

— E é. A não ser que alguém se machuque.

Ela olhou o mapa na parede.

— Ou se perca. Vamos encontrá-la?

— Não vamos parar de procurar até encontrar.

Del e Maya se juntaram a um grupo de pessoas da cidade. Ele viu que vários bombeiros e vereadores tinham seus próprios grupos. Os caras da escola de treinamento de seguranças também estavam fazendo buscas. O programa podia ter só alguns meses de funcionamento, mas estava crescendo. Kipling sabia o que estava fazendo.

Os dois ganharam a companhia de Angel, junto com Dakota e Finn Andersson. Finn tinha um telefone via satélite caso decidissem chamar um helicóptero para ajudar com a busca.

— Esperamos encontrá-la antes que isso seja necessário — disse Kipling. — Boa sorte.

Os voluntários saíram em caravana, com Shep liderando o caminho. Kipling ficou para trás a fim de coordenar o centro de comando. O passeio da família tinha começado em uma das áreas de *camping* perto da cidade, onde as trilhas eram bem demarcadas.

— Se ela foi atrás de um coelho, pode estar em qualquer lugar — disse Maya.

Quando todos estavam prontos, Shep lhes deu as últimas instruções e, então, eles saíram.

Formaram grupos de seis pessoas, espalhados e se movendo na mesma direção. Em intervalos regulares, gritavam o nome de Alyssa. Del acompanhou o progresso deles na tela do tablet e os fez ajustar alguns detalhes conforme eram direcionados pelo programa de busca.

Maya o acompanhou com facilidade. Dava uma geral na área e, quando era sua vez, gritava pela menina. A tarde estava quente, mas ela não reclamou da temperatura.

Ela fazia o que tinha de ser feito, pensou Del enquanto continuavam a busca. Dispunha-se e fazia o que fosse preciso. Hyacinth era disposta a trabalhar duro pelo que queria, mas, se os resultados em questão fossem para outra pessoa, ela provavelmente não se envolveria. Não acreditava em se desgastar por causa de outras pessoas.

Ele demorou para reconhecer isso nela. Depois que descobriu como ela pensava, ficou se perguntando se aquilo seria resultado do sucesso ou simplesmente um traço de sua personalidade. Não que a resposta importasse. Embora afirmasse que o amava, ela não estava disposta a mudar para deixá-lo feliz. Não quando queria as coisas de um jeito diferente. Do jeito dela.

Maya era mais do tipo: "Como nós dois podemos conseguir o que queremos?". Não havia o mesmo nível de drama ou estresse. Era fácil conversar com ela. Ele a respeitava. A noite deles juntos foi incrível.

Del a olhou e ficou imaginando quais seriam as possibilidades de uma segunda tentativa. Só hesitava em perguntar porque sabia que Maya não era do tipo de se entregar sem a promessa de algum tipo de relacionamento. E, apesar de serem amigos, Del não tinha sabia se isso era suficiente.

Havia, também, o fato de que ele iria embora e ela iria ficar. O que significava que aquilo que começaram, seja lá o que fosse, nunca iria dar em nada.

Por um segundo, permitiu-se pensar que poderia ser mais. Que ela iria querer sair de Fool's Gold com ele e ver o mundo. Que poderiam continuar sua parceria de outros jeitos. Mas será que podia confiar nela para ser uma verdadeira parceira? Será que Maya diria a verdade mesmo quando soubesse que ele não iria gostar do que ela tinha a dizer?

Antes que Del pudesse dar o próximo passo mental, seu tablet começou a piscar e apitar. Ele olhou a tela e viu a mensagem.

— Ela foi encontrada! — gritou ele. — Alyssa foi encontrada!

Trinta minutos depois, estavam de volta aos escritórios do Salvo. Alyssa estava com a família, e os voluntários tinham devolvido os equipamentos. Ele e Maya voltaram para a caminhonete.

— Fico feliz por eles a terem encontrado — disse Maya.

— Mas...?

Ela deu de ombros.

— Aquilo foi estranhamente insatisfatório. Acho que eu queria estar participando de tudo. Sei que ajudamos, mas foi uma espécie de decepção.

— Desde quando você quer estar no meio da agitação?

Ela riu.

— Não sei. Acho que você está me influenciando. Logo vai me ouvir falar sobre visitar cantos remotos do planeta. — Maya franziu o nariz. — Não que possa haver cantos no mundo, mas você entendeu o que quis dizer.

— Entendi.

Venha comigo.

As palavras vieram de algum lugar profundo dentro de Del. Ele brincou com a ideia de dizê-las, mas desistiu. Havia pedido a Maya para ficar com ele uma vez e ela disse que não. Até onde sabia, não havia motivo nenhum para ela dizer "sim" no presente.

Maya encontrou Madeline do lado de fora da Paper Moon.

— Shelby me mandou uma mensagem dizendo que ela e Destiny já estão aqui.

Madeline riu.

— Você não acha que elas começaram a se divertir sem a gente, acha?

— Espero que não.

As duas engancharam os braços e seguiram para seu destino.

Em vez de se encontrarem para almoçar, várias delas tinham decidido curtir uma noite só com as meninas. Apesar de todas já terem ido ao The Man Cave antes, nunca tinham ido juntas.

— Acha que vamos chocar os homens quando entrarmos? — perguntou Maya.

Madeline franziu o nariz.

— Eu gostaria, mas acho que não. Mas, se entrássemos sem blusa, eles notariam.

Maya riu.

— Você tem uma veia aventureira que eu não conhecia.

— É só da boca para fora — admitiu Madeline. — A verdade é que sou bastante tradicional no coração. Quero me apaixonar, sossegar, casar e ter filhos. Você sabe, normal, mas nada excitante. E você?

Quero ver o mundo. O pensamento veio do nada e surpreendeu Maya. Ver o mundo? Desde quando? Tudo bem, tinha aquele *scrapbook*, mas fazia anos que não acrescentava mais nada. Nunca teve muito interesse em ver o mundo a não ser pela vontade de trabalhar em um noticiário nacional. E abandonou aquele sonho quando se mudou para Fool's Gold.

Foram as fotos de Del, pensou ela, melancólica, lembrando-se dos slides que ele havia apresentado às Mudas. Tantos lugares interessantes e bonitos... Ela queria ver todos.

— Não era para ser uma pergunta difícil — disse Madeline.

— O quê? Ah, desculpe. Eu me perdi em outro pensamento. Quero amar alguém que também me ame — disse ela.

— Mas nada de um lar, doce lar?

— Seria legal, mas não é um requisito.

Já foi, um dia, lembrou a si mesma. Até algumas semanas antes. Será que descobriu uma verdade sobre si mesma ou será que estar apaixonada por Del estava bagunçando sua cabeça? Era difícil ter certeza.

Elas entraram no The Man Cave. Havia uma estátua de tamanho natural de um homem das cavernas bem na entrada. Vários turistas estavam tirando selfies com ela.

Maya e Madeline passaram por eles e procuraram as amigas. Encontraram Shelby e Destiny sentadas a uma mesa. Jo estava com elas.

— Estudando a concorrência? — perguntou Maya, rindo, quando elas se aproximaram.

— Não, isso aqui é pura diversão. Will está fazendo alguma coisa com um amigo. Então cá estou. — Ela deu uma olhada em volta. — É legal. Tem uma vibração boa.

— Espere até começar o show ao vivo — disse Shelby, sorrindo para sua cunhada Destiny. — Vai ser incrível.

Destiny tomou um gole de água.

— Você é muito leal. Estou nervosa. Ficar nervosa não é bom.

— Você vai se sair bem — incentivou Jo. — E, se não se sair, quem somos nós para julgar?

Um sentimento racional, pensou Maya, sem saber ao certo se iria amenizar a evidente perturbação de Destiny. Aquele podia ser um bar local e o evento, uma simples noite de karaokê, mas Maya sabia que era mais que isso para Destiny.

Pouco tempo antes, ela e a irmã tinham assinado um contrato com uma gravadora de Nashville e entrariam em estúdio em algumas semanas. Então ela não era apenas uma garota de uma cidade pequena em uma noite com as amigas.

Madeline agarrou o braço de Maya.

— Meu Deus! Não consigo respirar! Não consigo respirar.

Maya se virou para onde a amiga apontava enlouquecidamente. Shelby ergueu os olhos e sorriu.

— Ora, vejam só.

Maya se virou e viu que Shep, da equipe de busca e resgate, tinha entrado no The Man Cave com ninguém menos que Jonny Blaze.

O astro de filmes de ação não estava fazendo nada além de acompanhar um amigo ao bar. Mesmo assim, o burburinho cessou por um instante quando todos se viraram para olhá-lo. A maioria logo voltou ao que estava fazendo antes. Alguns turistas pegaram câmeras.

— Um homem bonito — comentou Jo, com uma voz indiferente. — Não tanto quanto meu Will, mas mesmo assim. Ombros largos.

Destiny concordou lentamente com a cabeça.

— Ele é mais alto do que eu imaginava.

— Muitos músculos — complementou Shelby.

Maya sorriu.

— Gosto dos olhos dele.

— O que há de errado com todas vocês? — perguntou Madeline, com a voz baixa e ofegante. — É Jonny Blaze. Vocês não podem dividi-lo em partes. Ele é... Ele é...

— Você deveria ir dar oi — provocou Maya.

Madeline a olhou.

— Deveria nada. Falar com ele? Está louca?

— Por que não? — perguntou Destiny. — Ele é só uma pessoa.

— Não existe *só*. Não diga *só*. — Madeline desviou o olhar e imediatamente jogou a cabeça para trás. — Não consigo respirar.

— Se você consegue falar, então consegue respirar — falou Jo. — Qual o problema? Talvez ele ficasse feliz em conhecer uma garota local. Você é solteira, ele é solteiro.

Madeline colocou as mãos na mesa e repousou a cabeça sobre elas.

— Me... mate... agora.

Maya afagou as costas da amiga.

— Você não quer morrer antes de dormir com ele, quer? — perguntou ela, de um jeito provocativo. — Não tem uma música que fala que o paraíso fica só a um beijo de distância?

Madeline se endireitou.

— Haha. Muito engraçado. Já entendi. Completamente. Estou baseando minha reação a ele em sua aparência, em como ele é nos filmes e nada é real. Mas quer saber? Não tenho problemas com isso. É divertido. Não quero conhecê-lo porque ele pode ser um babaca. Isso arruinaria tudo.

Shelby sorriu.

— Você fica tão fofa quando apela para a racionalidade...

— Fica mesmo. — Maya a abraçou. — Só para constar, Phoebe disse que Jonny é, na verdade, um cara bem legal. Tem certeza de que não quer dar oi?

— Tenho. Por que é que me sinto assim quando estou perto dele? — perguntou Madeline.

— É essa coisa de astro de cinema — disse Shelby. — O poder da tribo. Queremos ficar perto do membro mais poderoso da tribo. Isso significa sobrevivência. Ao menos significava quando morávamos nas cavernas. O melhor caçador ou soldado ficava com as melhores moradias e a maior parte da comida. Isso significava que ele não morreria quando... — A voz dela foi sumindo. — Que foi?

Maya viu que todas estavam olhando para Shelby.

— Você meio que se transformou em outra pessoa agora.

— Eu sei. Eu parecia inteligente. — Shelby sorriu. — Converso com Felicia quando ela vai à padaria. Ela sempre tem coisas interessantes a dizer. Conversamos sobre Jonny Blaze algumas semanas atrás. Ela acha a fama fascinante. Não porque gosta das celebridades, mas por causa de como as pessoas reagem a elas. Aí ela me contou sobre as tribos.

— Felicia é ótima — disse Jo, enquanto o garçom vinha até elas e anotava os pedidos.

Com exceção de Destiny, todas pediram o especial da casa. Um martíni com gengibre, coco e uma pitada de limão. Maya tinha a impressão de que o drink iria descer com facilidade, o que a deixava feliz por estar a pé para ir para casa.

Depois que fizeram os pedidos, o assunto passou a ser as coisas que estavam acontecendo na cidade. Ninguém acreditava em como o verão tinha passado voando.

— Vocês viram as folhas já mudando de cor nas montanhas? — perguntou Destiny. — O ano vai acabar antes que a gente perceba. — Ela se virou para Maya. — Você e Del ficariam lindos se beijando com um fundo de folhas vermelhas e alaranjadas — brincou ela. — Já planejaram algum outro vídeo beijoqueiro?

Maya riu.

— Não. Estamos aguardando o lançamento do filme.

Todas riram. Jo mencionou o Festival de Outono, que estava se aproximando, e Shelby falou das encomendas na padaria para o Dia de Ação de Graças. Maya ouviu, mas, no fundo de sua mente, continuava se vendo beijando Del. Os dois ficavam bem juntos. Parecia certo. Engraçado como ela nunca tinha reparado em seus sentimentos por ele antes. Talvez o amor tivesse se tornado uma parte tão intrínseca de si mesma que ela não tinha conseguido enxergá-lo como era.

Ela olhou em volta. O bar estava cheio, mas não lotado. A conversa era agradável. Ninguém estava bêbado demais ou falando alto demais. Jonny Blaze estava sentado em uma mesa com um grupo de homens, agindo como todo mundo.

Era aquele lugar, pensou Maya. Fool's Gold tinha um jeito de sugar as pessoas para dentro de si e mudá-las para melhor. Torná-las o que elas deveriam ser. Maya estava grata por ter voltado à cidade.

À cidade, pensou ela quando os drinks chegaram. À cidade, não para casa. Porque a inquietude que ela sentia não passava. Apenas crescia dentro dela.

Ela iria ter que descobrir a causa, disse a si mesma. E, depois, um antídoto. Ou, no mínimo, uma maneira de saciar a necessidade. Porque perambular pelo mundo não estava em seu futuro. Ela iria se acomodar ali. E só podia torcer para que "se acomodar" não fosse o mesmo que "deixar de viver".

Capítulo 13

MAYA MOVEU O CURSOR DEPRESSA PELA tela, pressionou o botão esquerdo do mouse e observou as filmagens se fundirem ininterruptamente. Apertou o *play* e, juntos, ela e Del assistiram aos oito segundos se tornarem 17.

— Acrescente aquele plano com Priscilla contra o sol — sugeriu Del. — Sabe qual?

— Aquele em que ela preenche a tela.

Maya já estava repassando o material todo. Encontrou o plano e o acrescentou ao vídeo. Depois, apertou *play* de novo.

— Legal. — Ele se recostou na cadeira. — Está ficando cada vez melhor.

Enquanto falava, colocou o braço em torno dela. Maya tinha bastante certeza de que aquele gesto tinha uma intenção amigável. De espírito de equipe até. Mas ficar sentada perto de Del, por si só, era suficiente para deixá-la atenta ao corpo dele bem ao lado do seu. Gostava de estar perto dele, embora fosse uma baita distração.

— Estamos entrando em um ritmo de trabalho — disse ela, procurando por outro plano e acrescentando-o.

Quando ela apertou o *play*, a câmera se afastou da elefanta e fez uma panorâmica do sítio onde Annabelle, uma bibliotecária da cidade, estava parada com o marido. Eles só estavam conversando, parados tão longe que eram apenas parte do pano de fundo. Mas havia algo relacionado com a diferença de altura dos dois, na maneira como ele se colocava de um jeito protetor perto dela, sem mencionar o ângulo sexy de seu chapéu de caubói, que proporcionava um brilho ao que seria uma imagem tradicional de paisagem.

— Caramba, somos bons... — sussurrou ele. Depois, riu. — Você, no geral.

— Discordo. Sem você para deslumbrar a câmera, não conseguiríamos conectar os vídeos. Certo! Precisamos de mais 27 segundos. Vai ser difícil escolher o que queremos usar. Tudo está muito bom.

A porta do escritório se abriu e dois homens de terno entraram. Ambos pareciam ter quarenta e muitos ou cinquenta e poucos anos. Um era baixo e estava ficando careca; o outro era um pouco mais alto. Maya sabia que nunca os tinha visto antes.

— Maya Farlow? — perguntou o homem mais baixo.

Maya assentiu devagar com a cabeça, meio que esperando que ele fosse apresentar um distintivo oficial e proferisse aquela frase de gelar a espinha: "Vou ter que pedir que a senhora me acompanhe."

Os dois olharam um para o outro e, depois, se voltaram para ela. O mais alto abriu um sorriso largo.

— Meu nome é Ernesto. Este é meu sócio, Robert. Temos um grande problema e precisamos de ajuda. Podemos conversar com você por um minuto?

— Claro — respondeu Maya, sem saber ao certo o que poderiam querer com ela.

Del se levantou e pegou duas cadeiras. Os homens se sentaram.

— Somos os proprietários do Lucky Lady Cassino — disse Ernesto. — Planejamos uma campanha publicitária. Vamos filmar uma série de comerciais para passar em rede nacional. Robert e eu escrevemos os roteiros com uma agência de publicidade e vamos rodar esta semana.

O sócio concordou.

— Temos o equipamento alugado, os atores, os cabeleireiros, os maquiadores, o figurino e o tempo está perfeito. A equipe contratada para fazer a filmagem acabou de nos avisar que não vai poder vir. Estamos em um beco sem saída. Você pode nos ajudar?

Maya processou as informações.

— Vocês querem que eu produza os comerciais?

Ernesto confirmou com a cabeça.

— Dirija, crie, produza. Como quiser chamar. Temos *storyboards* e um roteiro. Tudo de que você precisa.

Aquilo era tanto intrigante quanto maluco, pensou ela.

— Como vocês pensaram em vir até mim?

— Fomos falar com a prefeita Marsha. Ela nos mostrou um pouco do seu trabalho. — Robert se virou para Del. — Entendemos que você trabalha com Maya e queremos contratar você também. Ela disse que vocês eram uma equipe.

No mesmo segundo, o celular de Maya tocou. Ela teria ignorado, mas tinha a sensação de que sabia quem estava ligando.

— Alô?

— Aqui é a prefeita Marsha, Maya. Eles estão aí?

— Aham.

A prefeita riu.

— Sei que é bastante para assimilar, mas eles são um negócio local e nós ajudamos nosso povo. Conversei com os vereadores e vamos liberar você por uma semana. Deve ser tempo suficiente, não acha?

Se ela trabalhasse vinte horas por dia, pensou Maya. Mesmo assim, um comercial nacional era algo grandioso. Ter isso no currículo seria ótimo.

— Ah, e diga a eles que queremos cópias dos planos alternativos. Vão pedir para você fazer planos da cidade e da região. Devemos poder fazer bom uso disso nos nossos vídeos, não acha?

— Vou fazer disso uma condição... — murmurou Maya, mais que impressionada pelo fato de a prefeita saber o que era um plano alternativo.

— Boa sorte.

— Obrigada. — Ela desligou e olhou para os homens. — Era a prefeita Marsha. Quando vocês querem que a gente comece?

Os dois trocaram olhares.

— Hoje — disse Robert. — Agora.

Maya fez um sinal positivo com a cabeça.

— Me deem um segundo. Del?

Os dois se levantaram e foram até o corredor. Maya guiou o caminho até outro escritório, que estava vazio, e entrou.

Del sorriu para ela.

— Está animada? Isso é tão legal! Eles querem você, Maya.

— Nunca fiz comerciais — confessou ela, com a cabeça girando. Sentia-se avoada e tremendo, mas de um jeito bom. Possibilidades inundavam sua cabeça. — Não sei o que vou fazer.

— Você tem ótimas ideias. Vai conseguir.

— Eu quero — admitiu ela. — Seria ótimo.

Ela contou que a prefeita Maya queria acesso aos planos alternativos.

— Você deve receber uma cópia da filmagem para seu currículo, ou seja lá como se chama.

— Tem razão. — Ela mordeu o lábio inferior. — Estou apavorada. Você pode fazer isso comigo? — Ela se sentiria melhor com ele ao lado.

— Está brincando? É uma chance de trabalhar com você. Pense em quanto vou aprender. Estou dentro.

Ela o olhou nos olhos. *Amar Del era fácil*, pensou. Especialmente em momentos como aquele. Ele não se sentia insultado pelo fato de terem procurado por ela, e não por ele. Sua autoconfiança indicava que não se sentia ameaçado por ela. *Uma característica rara*, pensou Maya. Ao menos pelo que viu ao longo de sua carreira.

— Só temos uma semana — lembrou ela. — Vão ser dias longos. Suponho que a agência de publicidade deles vá contratar alguém para fazer a edição. Se fizerem isso, não teremos controle sobre o produto final.

Del colocou as mãos nos ombros dela.

— O que seu instinto lhe diz?

— Pule.

Ele lhe deu um beijo suave.

— Como é aquela citação do *Titanic*? Se você pular, eu pulo?

Ela riu.

— Muito bem, sr. Rei do Mundo. Estamos prestes a dar um belo de um salto.

Quarenta e oito horas de pré-produção não eram, nem de longe, suficientes, pensou Maya, dizendo a si mesma para respirar. Os escritórios temporários da produção comercial eram em uma grande sala de reuniões do Lucky Lady Hotel. Havia três computadores, uma tela gigantesca, o equipamento alugado, uma lista das pessoas contratadas para as filmagens e privilégios de serviço de quarto — o que seria ótimo, se ela não estivesse tão nervosa que não conseguia comer.

Ernesto repassou os *storyboards* dos três comerciais que iriam filmar com Maya. Três comerciais em cinco dias. Impossível, mas ela iria fazer acontecer. A alternativa era dizer a eles que não — forçando-os a alugar novamente todo o equipamento, o pessoal da produção e os atores. Isso não iria acontecer de jeito nenhum.

A edição levaria mais umas semanas, mas isso não era problema seu. No momento, Maya tinha de se organizar para aproveitar ao máximo os melhores horários para fazer as filmagens externas. As filmagens internas podiam ser feitas na metade do dia e durante a noite.

Del correu até ela com várias folhas impressas.

— Previsão do tempo — disse, entregando-lhe os papéis. — Nublado amanhã.

Se estivessem sozinhos, ela o teria beijado. Porque as nuvens eram suas amigas. Todo mundo queria a imagem perfeita. Céu azul ou um pôr do sol perfeito. Ótimo para um material extra, mas, quando se tratava de filmar atores, as nuvens difundiam a luz. Permitiam que ela tivesse mais controle sobre a própria luz. E, quando se tratava de deixar a imagem excelente, luz era tudo.

Ela voltou a atenção para o *storyboard*.

— Está faltando a chamada para ação.

Robert e Ernesto olharam um para o outro e, depois, para ela.

— Como é?

— A chamada para ação. — Ela baixou o tom de voz para parecer um narrador. — *Ligue agora e reserve os melhores momentos da sua vida.* — Ela voltou a voz ao tom normal. — Ou o que quer que seja. Vocês querem que quem assista ao comercial faça alguma coisa, certo? Não apenas pense: "Ah, que comercial legal!". Vocês precisam mostrar o número do telefone, o site, oferecer um desconto. Fechar a venda. Tecnicamente, nós nos referimos a isso como chamada para a ação.

— Ela tem razão — disse Ernesto, olhando para o *storyboard*. — Nenhum deles tem uma chamada para a ação.

— Vamos consertar isso — prontificou-se Robert. — Você ainda vai conseguir fazer isso a tempo?

— Claro. A chamada para a ação vai ser acrescentada na edição. Só comecem a pensar no que querem que a mensagem transmita.

Os dois concordaram com a cabeça e saíram. Ela e Del voltaram aos *storyboards*. Cada cena iria requerer produção, gravação e desmontagem do equipamento. As horas do dia eram essenciais para as filmagens externas. Ela já tinha preparado a lista de planos que queria. Quando descompactassem o *storyboard*, ela poderia fazer um planejamento detalhado, basicamente hora a hora, para os próximos cinco dias.

Já tinha checado os equipamentos. Eram bons o suficiente para deixá-la ao mesmo tempo com inveja e extasiada. *Só as luzes*, pensou,

Roube meu coração   177

querendo que o orçamento de Fool's Gold permitisse que ela tivesse mais três luzes. No comercial, iriam usar três pontos de luz e os planos externos primários seriam gravados de manhã, preferencialmente em um dia nublado.

Uma série de lentes para as câmeras e de tripés estava disponível, sem contar os cabeleireiros e maquiadores, além de um figurinista. *Exatamente como nos trabalhos profissionais*, pensou Maya, achando graça e pensando em como ela e Del tinham se virado quando estavam fazendo suas filmagens.

Os comerciais seriam mais complicados. Seriam filmados em alta resolução. Ela já tinha confirmado que os vídeos só seriam exibidos nos Estados Unidos, o que significava NTSC, em vez de PAL. Foram necessários cinco minutos de explicação para que Ernesto e Robert entendessem a diferença entre o sistema americano — NTSC — e o sistema europeu.

— Quero separar as diversas gravações — disse ela. — Quando vamos filmar cada coisa. Com a previsão de nuvens para amanhã de manhã, vamos conseguir umas boas filmagens externas. Você pode checar o horário do nascer do sol amanhã? E vou precisar de informações sobre o crepúsculo.

Del ergueu as sobrancelhas.

— *Crepúsculo* no sentido de Edward *versus* Jacob?

Ela riu.

— Não. Não o filme. Como você sabe sobre isso?

— Sou um homem de muitas facetas.

— Foi o que ouvi dizer. Preciso saber os horários dos crepúsculos matutino e noturno. Astronômico, náutico e civil. Vão ser antes do nascer e depois do pôr do sol propriamente ditos.

— Porque o que importa é a luz?

— Você sabe.

Na manhã seguinte, Del tentou descobrir uma maneira de usar a expressão "crepúsculo astronômico", mas achava que ninguém iria ligar. Mesmo assim, a informação era interessante. O crepúsculo astronômico era às 5h23, quando o sol estava 18° abaixo do horizonte. O crepúsculo civil se dava quando os objetos ficavam visíveis a olho nu. O nascer do sol propriamente dito ocorreria às 6h51.

Para o comercial, isso significava que as atividades começariam às quatro da manhã para a equipe, com atores prontos e em seus lugares às seis para marcação e ensaios.

Um caos controlado não era suficiente para descrever o que estava acontecendo no *set*. Os equipamentos precisavam ser posicionados e verificados. Del e Maya já tinham feito as marcações da cena, quadro a quadro.

Ela trabalhava de maneira rápida e eficiente. Não havia arrogância, nem exigências. Dava seu melhor e era óbvio que esperava o mesmo de todo mundo. Seu estilo era silencioso e controlado, com uma confiança que permitia que todos relaxassem.

Del era o único que sabia que ela estava tão nervosa que não tinha dormido na noite anterior. Viu-a tremendo quando ninguém mais estava por perto, mas não ia dizer nada. Ele a admirava muito. Maya tinha talento e capacidade para fazer as coisas acontecerem. Como tinham combinado, Maya pulou e ele estava bem ali ao lado.

Os atores apareceram — seis homens e mulheres entre vinte e trinta anos. Iriam interpretar casais românticos felizes se divertindo no cassino. Mais tarde, filmariam uma família de quatro pessoas brincando na piscina.

Ele e Maya conversaram com os atores. Del repassou a cena, demonstrando onde suas marcas estavam e o ritmo do roteiro. Maya observou tudo pela lente da câmera, concordando com a cabeça enquanto ele explicava.

— Estamos lutando contra o tempo — disse ela, em voz alta. — Vamos começar do início. Casal número um, aos lugares.

Del usou a função do cronômetro do celular para cronometrar a cena. O casal fez conforme as instruções, com um segundo casal o seguindo logo atrás. Gravaram a cena mais duas vezes. Del observou de perto.

Depois da terceira vez, foi até Maya.

— Está vendo o que eu estou vendo? — perguntou ele. — O vestido dela. — Ele apontou para uma mulher com um vestido vermelho elegante. — Quando ela vira para a esquerda, a saia faz uma coisa esquisita.

Maya sorriu rápido para ele.

— Bem notado. Isso distrai. Se ela virasse para a direita, a maneira como eles estão se movimentando teria uma fluidez melhor. Vamos tentar.

Eles fizeram a mudança e ensaiaram mais uma vez. Maya fez uma checagem de som com o rapaz da sonoplastia e, então, pediu a todos que ficassem a postos.

Del conhecia o esquema. A claquete mostraria o nome do plano e o número do *take*. Pediu-se silêncio no *set*. O som começou a rodar, e as câmeras iniciaram a gravação. Os atores receberam suas deixas, e a filmagem começou.

Del assistiu à cena, mas também estava prestando atenção em Maya. Ela comandava o show. Ele se sentia confortável com aquilo, mas também queria que Maya soubesse que não estava sozinha. Estaria ali se ela precisasse. Como vantagem, ele aprendia o equivalente a uma aula de mestrado com ela. Informações que poderia usar quando começasse sua série de vídeos. Chega de erros amadores.

— Oi. Meu nome é Cindy. Sou uma das pessoas responsáveis pelo cabelo e pela maquiagem.

A mulher que havia ido até ele tinha uns 25 anos, cabelos loiros dourados e grandes olhos verdes. Uma camiseta justa se esticava sobre os seios impressionantes.

— E eu sou o Del.

— Eu sei. Perguntei por você. — Ela sorriu. — Quer ir tomar café da manhã?

O convite era claro. Ela se inclinava na direção dele enquanto falava. Seu sorriso era tranquilo e, quando ela terminou a pergunta, colocou a mão no braço dele. Del deu um passo atrás.

— Obrigado, mas estou com ela.

Ele apontou para Maya com a cabeça.

Cindy deu de ombros.

— Tem certeza?

— Tenho, sim.

Quando a gravação terminou, Maya tinha certeza de duas coisas: que nunca tinha estado tão exausta em toda a sua vida e que, juntos, ela e Del faziam mágica. Ela viu apenas o material bruto, mas gostou do resultado.

A edição em si seria feita em outro lugar. Mesmo assim, Maya tinha cópias de tudo e, mais tarde, receberia os comerciais finalizados para seu portfólio. Na teoria, ela nunca precisaria deles. Já tinha um emprego de que gostava. Não estava procurando uma mudança, mas era bom ter opções.

Maya estacionou perto do escritório. Del queria levá-la para casa, mas ela precisava checar algumas coisas antes de voltar para sua casinha e ir para a cama. Ela não tinha dormido mais do que quatro horas em uma semana. O cansaço era tanto que ela estava grogue, mas tinha valido a pena.

Estava orgulhosa do que tinha feito. Foi um desafio que conseguiu cumprir. Del era, em grande parte, responsável por isso. Ficou ao lado dela o tempo todo. Deu ótimas sugestões, funcionou como um amortecedor quando algum dos atores ficava um pouco cheio de si e ignorou cantadas de várias mulheres do elenco, sem contar da equipe.

Ver uma gatinha peituda piscar os olhinhos para ele foi divertido — especialmente ela sabendo que passar a noite com ele seria ótimo. Mas Del rejeitou todas. Pelo que Maya percebeu, ele não ficou tentado. Não que lhe devesse nada. Não era como se ela tivesse lhe contado como se sentia.

Ela caminhou até a porta dos fundos do escritório e a abriu.

— Eu amo você, Del — disse ela, em voz alta. Depois, deu uma risadinha.

Maya pensou que Del acharia aquilo uma mudança de assunto e tanto. Será que sairia de mansinho da sala ou daria no pé? Porque ela tinha bastante certeza de que ele não iria ficar feliz com a notícia.

Del gostava dela — tinha certeza disso. Os dois trabalhavam bem juntos. Mas amor? Ele estava interessado em seu próximo projeto, não em coisas duradouras. Enquanto ela queria...

Seu cérebro estava enevoado; os pensamentos, nada claros. Ela precisava dormir. *Assim que enviasse alguns e-mails*, prometeu a si mesma. Dormiria por dois dias seguidos e acordaria revigorada. Era um plano. Um bom plano. Ela...

— Aí está você.

Maya pulou e gritou quando duas pequenas figuras apareceram à frente. Levou um segundo para seus olhos entrarem em foco no corredor pouco iluminado. Eddie e Gladys estavam ali.

— São duas da manhã — disse ela. — O que estão fazendo aqui?

— Podíamos fazer a mesma pergunta para você — disse Eddie. — Você é jovem. Deveria estar fazendo sexo selvagem com Del.

Gladys suspirou.

— Aposto que ele é grande como um...

Maya cobriu as orelhas por instinto.

— Pare — pediu ela. — Tenho trabalhado dia e noite há uma semana. Estou sem condições. Misericórdia!

Eddie e Gladys trocaram olhares e, então, voltaram a olhar para ela.

— Só desta vez — disse Eddie. — Mas queremos algo em troca.

Ah, não! Será que iriam pedir uma foto da bunda de Del? Ela não sabia se podia conseguir isso para elas. E, mesmo que conseguisse, não sabia se queria. Apesar de ser uma grande defensora da liberdade de expressão, não achava que os legisladores tivessem em mente a bunda do homem que ela amava quando assinaram aquela emenda.

— Queremos conversar com você sobre nosso programa — disse Gladys.

Eddie concordou com a cabeça.

— Não é o que queremos que seja. Não o conteúdo. Isso está perfeito. É o "valor agregado" da produção. Queremos que seja mais alto.

O cérebro sonolento de Maya teve dificuldades em compreender.

— Vocês procuraram essa expressão na internet? — perguntou ela.

As duas senhoras confirmaram com a cabeça.

— Sim. E achamos que as pessoas iriam gostar mais do nosso programa se o visual fosse melhor. Queremos ajuda.

— Agora? — perguntou ela, com um fio de voz, bastante certa de que tinha passado do ponto de precisar se recuperar.

— Não. Queremos você na sua melhor forma. — Eddie sorriu. — Queremos que dê uma aula. Como a que Sam Ridge deu para ajudar as pequenas empresas com as finanças. Não foi um tópico muito interessante, mas o homem fica muito bem em um terno. — Ela suspirou e olhou para Maya. — Queremos uma aula sobre como filmar nosso programa. Você pode nos ensinar sobre iluminação e posições de câmera e como fazer uma panorâmica.

— Como nos filmes — acrescentou Gladys.

Maya não sabia se ela quis dizer que queria que o programa ficasse como se fosse filmado como um filme ou se queria fazer os movimentos que se fazem nos filmes quando fingem estar gravando um programa de TV. Então achou que não importava.

— Tudo bem — respondeu ela. — Só que uma de vocês vai ter que me lembrar desta conversa. Tenho certeza de que não vou me lembrar de tudo.

— Pode deixar — prometeu Gladys, piscando para a amiga. — Isso significa que Del também está cansado. Acha que podemos entrar de fininho na casa dele e nos aproveitar dele?

Maya deu uma risada contida e achou que, naquele momento, seus e-mails podiam esperar. Qualquer coisa que enviasse aquela noite — ou aquela manhã, visto que já tinha passado bastante da meia-noite — não faria sentido mesmo.

— Eu adoro vocês duas — disse ela, com um bocejo. — Se conseguirem pegá-lo, vão fundo. Ele é supergostoso. — Ela abraçou as duas senhoras. — A aula vai ser divertida. Prometo.

— Vamos cobrar — disse Eddie, colocando a mão em seu rosto. — Muito bem, mocinha. Vá dormir um pouco.

— Vou. Obrigada. — Ela foi andando na direção da porta e se virou mais uma vez. — Quanto a Del...

Gladys acenou com a mão.

— Não se preocupe. Só estávamos brincando. Ele é como um filho para nós. O que é muito triste, mas é isso.

Eddie concordou com a cabeça.

— Não conte a ninguém, mas falamos muito mais do que fazemos.

Um alívio, pensou Maya. Ela acenou para as duas.

— Seu segredo está a salvo comigo.

Capítulo 14

DOIS DIAS DEPOIS DE TERMINAREM AS filmagens dos comerciais, Del e Maya estavam prontos para voltar ao projeto da cidade. Ele a observou juntar as sequências e comparar o produto final com uma versão anterior.

— Fica melhor do outro jeito — sugeriu ele. — Com Priscilla e Reno no meio. Terminar com um elefante e um pônei é divertido, mas o propósito se perde. Como você mesma diz, não está vendendo o produto.

— A chamada para ação — disse ela, com a atenção na tela.

— É. Isso. Está faltando.

Ela franziu o nariz.

— É irritante quando você tem razão.

Ele se recostou na cadeira.

— Sei não. Eu meio que gosto.

— Claro que gosta. — Ela suspirou e, então, olhou para a tela à frente dele. — Pode passar os vídeos todos de uma vez para mim?

Ele usou o mouse para começar o primeiro vídeo e, em seguida, soltou o segundo. No meio do caminho, Maya se levantou e se debruçou por cima dele. *Para ver de um ângulo melhor*, disse a si mesmo. Não para ficar mais perto dele, apesar de ser uma consequência feliz.

Maya ainda estava cansada. Ele sabia pela maneira como ela se portava. Mas já estava se recuperando. Sua vivacidade tinha voltado. A semana de trabalho deles tinha sido tão longa e difícil quanto ela havia prometido, mas, mesmo assim, bem interessante. Del aprendeu um monte de coisas; muitas delas poderiam ser usadas em seu novo projeto. Ele faria um trabalho melhor dessa vez. Não tão bom quanto Maya, mas melhor do que estava fazendo.

— Priscilla no meio — disse Maya. — Tem razão. — Ela voltou para seu lugar e fez algumas anotações. — Eu deveria ter visto isso.

— Você não pode estar certa com relação a tudo.

— Por que não?

Ele riu de leve.

— Porque eu disse.

— Ah, bom. Então deve ser verdade. — Ela sorriu. — Foram bons dias.

Ele sabia que Maya se referia à gravação dos comerciais.

— Foram mesmo. Imagine como deve ser ter uma equipe como aquela o tempo todo.

— Seria um orçamento astronômico. Para o que você quer fazer, não é necessário. Sinceramente, tanta produção assim iria atrapalhar. As crianças podem aprender a ignorar uma pessoa com uma câmera, mas todas aquelas pessoas se aglomerando em volta? — Ela meneou a cabeça. — Seria distração demais. Quando elas começassem a ignorar tudo, já estaria na hora de você ir embora.

Ela virou a cadeira na direção dele.

— Então eu preferiria não contar com uma equipe enorme, mas com certeza adoraria ter aquele equipamento. Morri de inveja daquelas lentes.

— Só das lentes e não das câmeras?

— As câmeras são fáceis. São as lentes que matam. Já pensou em se inscrever em um edital? Deve haver vários programas nos quais você se encaixaria. Ouvi dizer que é um saco mexer com editais, mas pode valer a pena.

— É algo a se pensar — disse ele.

Na verdade, Del não precisava de subsídios. Tinha vendido a empresa por dinheiro suficiente para poder comprar qualquer lente que Maya quisesse. Ele compraria uma para si mesmo, ou para um cinegrafista, se levasse um junto.

Venha comigo. As palavras estavam ali, a um suspiro de distância. Tudo o que precisava fazer era dizê-las. Fazer a proposta. Poderiam viajar o mundo juntos.

Será que ela iria? Deixaria tudo o que conhecia para trás a fim de viajar com ele? Ele tinha dúvidas. Maya sempre se interessou mais por escolhas sensatas. Não estava disposta a negociar antes — quando ele tinha um estilo de vida estável a oferecer. Por que estaria disposta a arriscar tudo por ele no presente? E mesmo que Maya dissesse que iria, será que Del podia confiar que ela estava falando a verdade? Que iria até o fim?

— Você poderia conversar com a prefeita Marsha — disse Maya.

Del levou um segundo para entender que ela ainda estava falando sobre editais.

— Ela parece ter todas as respostas — comentou ele.

— Nem todas. — Maya suspirou. — Você sabia que alguém da cidade financiou uma bolsa para mim e eu não consigo descobrir quem foi? Tenho certeza de que foi a prefeita Marsha, sabe, mas não quer me contar.

— Por que você quer saber?

— Principalmente, para agradecer. Foi uma bolsa integral. Essa pessoa pagou tudo. Eu não teria conseguido ir para a faculdade sem ela.

Del colocou a mão em cima da dela e apertou seus dedos.

— Isso não é verdade. Você teria encontrado um jeito. Estava determinada.

— Não tenho tanta certeza. — Ela o olhou, depois desviou o olhar. — Não cresci aqui, como você. Minha mãe não era exatamente do tipo que dava apoio. Ela me dizia que a vida dela seria melhor se eu não existisse.

— Você sabe que ela estava errada. Ela era infeliz e descontava em você.

— Sim, eu sei, mas fazer a cabeça acreditar nisso é diferente de sentir no coração. Ela sempre dizia que eu nunca chegaria a lugar algum. A coisa que eu fazia bem era deixá-la infeliz e decepcionada. Então, quando digo que não sei se teria conseguido fazer faculdade por conta própria, estou falando sério. Se eu tivesse que trabalhar em dois empregos e ainda ir para a aula... E se eu ouvisse as palavras dela na cabeça? E se eu parasse de acreditar em mim mesma?

— Você não parou.

— Porque não precisei. Não se trata só do dinheiro. Quem quer que tenha me dado aquela bolsa me deu a chance de ter sucesso, apesar do meu passado.

Maya liberou a mão e se virou para ele.

— Quando eu era pequena, adorava ler histórias de príncipes encantados que salvavam as princesas. Eu sabia, desde cedo, que ninguém iria me resgatar. Que eu teria que resgatar a mim mesma. Não sei se isso foi uma boa ou uma má lição, mas não consegui me esquecer disso.

— É isso que a faz forte.

— Talvez. E ser forte é importante. Eu entendo. Mas crianças também precisam de esperança. Compreender isso é um dos motivos pelos quais estou tão interessada no seu projeto. Crianças precisam acreditar que é bom querer um futuro decente e acreditar que é possível. Elas precisam ver o que mais existe por aí. Mudar para cá me permitiu acreditar, pela primeira vez na vida, que talvez eu pudesse fazer faculdade. Ter uma vida melhor. Os professores me apoiavam. No fim das contas, eu era recompensada por ser inteligente e ir bem na escola.

Maya fez uma pausa e deu um sorriso levemente encabulado.

— Desculpe. Eu não queria divagar assim.

— Não se desculpe. Não tive a mesma experiência que você, mas entendo o que passou. Eu cresci aqui. Sempre tive um lar, sem contar expectativas.

— Ah, sim. A família Mitchell. Seja um artista ou cuide daqueles que são criativos.

— Temos duas funções na vida. Não há meio-termo.

Ela o analisou.

— Você encontrou um meio-termo ao ir embora?

— Sim, graças a você.

— Não, você o encontrou sozinho. Eu apenas dei um empurrãozinho. E, apesar de meus motivos serem egoístas, além de ridiculamente imaturos, não vou levar todo o crédito.

— Você não foi imatura — disse Del. — Estava assustada. Como poderia ter confiado em mim? Nunca houve ninguém em quem pudesse confiar. O amor era só uma palavra.

— Se isso for verdade, por que doeu tanto perder você?

O tom dela era leve, mas ele sentiu que estavam adentrando um território perigoso. Os dois já tinham tido sua chance. Seu momento.

Apesar da tensão na sala, Del se forçou a se recostar na cadeira e falar casualmente. Ele riu de leve.

— Claro que você iria sentir minha falta, Maya. Sou um partidão, oras.

Como ele esperava, ela relaxou e, então, riu.

— Você não é tudo isso.

— Você é que não está prestando atenção direito.

Ambos voltaram a atenção para os computadores. Maya apontou para uma sombra em alguns quadros, e ele foi verificar as outras versões da mesma cena. O momento se perdeu.

Ele disse a si mesmo que era melhor assim. Que não importava o que tiveram. Tudo havia acabado anos antes. O que viviam no momento era diferente. Dois adultos com um objetivo comum. Depois que a festa de aniversário do pai passasse e o verão acabasse, ele iria embora. Sem Maya.

Ao final do expediente, Maya verificou a agenda, entrou no carro e foi embora do centro da cidade. Zane e Phoebe tinham voltado da lua de mel na noite anterior. Tecnicamente, talvez fosse cedo demais para visitas, mas ela sentia uma necessidade forte de ver o irmão.

Era estranha a rapidez com que Maya tinha se acostumado a viver perto de Zane. Ela o havia desprezado por anos — pelas costas dele e também cara a cara. Os dois discutiam sobre Chase, assumiam que o outro simplesmente não conseguia compreender e, no geral, agiam mais como inimigos do que como irmãos.

Mas conseguiram deixar isso para trás. Não importava quão tênue era o laço que os conectava. Isso não podia ser desfeito. Não por completo. E, quando Zane precisou de Maya durante o verão para ajudá-lo com Chase, ela se prontificou.

Aquelas duas semanas tocando o gado mudaram tudo. Ela sabia que parte disso se devia ao fato de Zane ter se apaixonado. Alguns diriam que ele foi curado pelo amor de uma boa mulher. Maya sabia que a metamorfose tinha vindo do lado oposto. Não era ser amado que tinha polido as arestas do coração de Zane — era amar Phoebe.

Ele era um novo homem. Enquanto antes Maya jamais pensaria em recorrer a ele em busca de conforto, naquele dia ela foi direto ao sítio e passou reto pela casa, indo direto para o escritório dele.

Zane estava exatamente onde ela achava que o encontraria ao final de um dia de trabalho. Sentado ao computador com a cara amarrada. Ela sorriu quando entrou.

— Bem-vindo de volta.

Ele ergueu os olhos, levantou-se e caminhou em sua direção.

— Maya... — disse, antes de puxá-la para um abraço de urso.

Ela se deixou abraçar de boa vontade, grata. Zane era uma rocha. Às vezes, uma rocha irritante, mas era inabalável e confiável. Algo não muito valorizado aos 16 anos, quando tinha certeza de que o único objetivo de vida dele era fazer que ela e Chase fossem infelizes.

— Oi! — disse ela, ao se afastar. — Como foi a lua de mel? Mas se lembre de que você é meu irmão. Não me enoje com muitos detalhes.

— Foi ótima. — Ele apontou para a cadeira, chamando Maya para se sentar. — Tenho certeza de que Phoebe vai lhe contar todos os detalhes.

— Detalhes demais... — resmungou ela, mas sem muita energia.

— Eu sempre tenho que lembrá-la que ouvi-la falar de você não é a mesma coisa que conversar sobre outros caras. Tem um fator "eca".

— Se ela quiser falar, deixe.

— Ah, claro. Fique do lado dela.

— Não consigo evitar.

Zane se recostou na cadeira. Estava relaxado de um jeito que Maya nunca tinha visto antes. *Amor*, pensou ela, tentando não se sentir amargurada pelo fato de que a mulher por quem ele tinha se apaixonado também o amava. Maya não teve a mesma sorte. Apesar de ter bastante certeza de que Del não negaria tê-la em sua cama, ele não parecia ter nenhuma urgência no quesito "quero mais". Não que ela tivesse exposto os próprios sentimentos, mas não era a questão.

— O que você tem feito? — perguntou ele.

Ela começou a contar sobre os comerciais, mas se viu perguntando:

— Sabia que Phoebe sentiu falta da mãe no casamento?

— Ela me disse. Sentiu falta de tê-la por perto, de pedir conselhos. — O tom de voz dele ficou mais suave. — Nem todas as mães são ruins, Maya.

— Eu sei. Sou amiga de Elaine e ela tem cinco filhos. Algumas mães são ótimas.

— A maioria é. Você teve uma mãe ruim. Sinto muito. Eu gostaria de poder voltar no tempo e melhorar isso.

— Se pudesse, seria melhor usar seu poder para algo mais significativo do que meu passado. Você poderia impedir uma guerra ou salvar a vida de alguém.

— Você vale a pena salvar. Ela estava errada. — O olhar dele era inabalável. — Você sabe disso, não sabe?

Zane ouvia as brigas. As acusações raivosas de que Maya tinha arruinado a vida da mãe. Não importava o que desse errado: era culpa de Maya.

— O que trouxe isso à tona? — perguntou ele.

— Não sei. Tenho pensado no passado. Na bolsa. Não saber quem me ajudou é meio chato.

— Se essa pessoa quisesse que você soubesse, teria contado.

— Pensamento racional. Você sabe que odeio isso.

— Você e Phoebe, as duas. Não que isso me surpreenda. Vocês são parecidas em outros sentidos.

Maya se remexeu.

— Do que está falando? Phoebe e eu não temos nada a ver uma com a outra. — A amiga de Maya era doce e generosa. Maya era obcecada com a carreira e, às vezes, bastante grosseira. — Sou difícil e teimosa. Phoebe é ótima.

— Você também é. Vocês duas se deixam levar pelo coração. Veja como você sempre se preocupou com Chase.

— Sim, mas eu era grosseira com você.

— Você tinha algo a me dizer. Eu deveria ter ouvido.

— Que papo horripilante...

Zane riu.

— Só estou ponderando que há um motivo pelo qual vocês duas são amigas. Vocês têm muito em comum. Isso é parte da razão pela qual as amo. — Ele piscou. — De jeitos bem diferentes.

— Obrigada por esclarecer. Porque, caso contrário, eca.

Zane não sorriu.

— Você sabe que eu amo você.

— Sim. Você já disse. Por que está repetindo?

— Porque não tenho certeza de que você se enxerga como uma pessoa digna de ser amada.

Maya sentiu o queixo cair. Será que seus defeitos eram tão óbvios que todo mundo os enxergava? E, se fossem, o que havia de errado com ela?

Ou talvez estivesse encarando a situação de uma perspectiva totalmente errada. Talvez devesse assumir que era digna de ser amada. Abrir-se para as possibilidades. Parar de ser definida pelas palavras dolorosas de uma mulher que nunca soube ser feliz.

— Eu também amo você — disse ao irmão. — Agora vou ver minha melhor amiga e ouvir os detalhes íntimos sobre a lua de mel. Fique com medo. Fique com muito medo.

— Sem chance. Qualquer relato que ouvir vai incomodar você muito mais do que a mim.

Ela suspirou.

— Odeio quando você tem razão.

— Eu sei.

* * *

Maya encontrou Phoebe na cozinha. Ela estava colocando massa de brownie em uma forma. O aroma de manteiga e chocolate viajou até Maya, fazendo seu estômago roncar. Ela suspirou, sabendo que o cheiro só iria melhorar — ou piorar, dependendo da perspectiva — quando a forma fosse ao forno.

— Oi — disse ela, com um sorriso. — Bem-vinda de volta.

Phoebe largou a tigela e abraçou a amiga.

— Oi! Eu sabia que você vinha?

— Só se tivesse virado médium. Como foi a lua de mel? — Maya ergueu a mão. — Lembre-se de que estou perguntando em um sentido geral.

Phoebe riu e voltou a colocar a massa de brownie na forma.

— Incrível. Fantástica. Maravilhosa. Lua de mel é uma experiência que eu recomendo para todo mundo. Especialmente com um homem maravilhoso como Zane. O tempo estava perfeito, e a comida era deliciosa. Acho que ganhei uns dois quilos e não estou nem aí. — Ela suspirou, encantada.

Phoebe sempre foi bonita, pensou Maya. Mas havia algo diferente nela. Um brilho. *Por estar apaixonada e ser correspondida*, continuou o pensamento, de um jeito melancólico. Duas semanas de sexo ardente também não fazem mal. Não dizem que sexo faz bem para a pele?

— Fico feliz que tenha se divertido.

— Eu também. — Phoebe colocou os brownies no forno e se apoiou no balcão. — Você pode ficar um pouquinho?

— Posso.

Phoebe pegou uma jarra de chá gelado na geladeira e serviu um copo para cada uma. Depois, elas se sentaram à mesa.

— O que aconteceu enquanto estive fora? — perguntou. — Algo excitante?

Maya pensou na gravação dos comerciais, na aula que daria para Eddie e Gladys, na inquietude sutil porém inevitável que ela não queria reconhecer, e sabia que havia muitas coisas a escolher. Então não fazia sentido soltar aquilo:

— Estou apaixonada por Del.

O queixo de Phoebe caiu.

— Você está o quê? Quando? Só estive fora por duas semanas. Como pude perder isso? Comece do começo e me conte tudo.

— Não há muito o que contar — admitiu Maya. — Foi na festa. — Ela hesitou por um segundo e contou à amiga o que havia acontecido naquela noite. — Depois daquilo, eu simplesmente soube.

— Meu Deus! É sério? Você transou com Del no meu casamento?

— Tecnicamente, foi depois, e estávamos no meu antigo quarto. Então, não foi *no* casamento.

— Mas mesmo assim. Você fez sexo na noite do meu casamento antes de mim! — Phoebe riu. — Isso aí, garota! — O humor dela se esvaiu. — Você está bem? Já contou a ele? O que ele disse? Você vai contar? Como acha que ele se sente com relação a você? Mais alguém sabe? — Ela fez uma pausa. — Pode responder agora.

— Ah, obrigada. — Maya considerou a lista de perguntas. — Não sei como me sinto. Não, não contei a ele. Sim, estou com medo. Muito medo. Eu estraguei tudo na primeira vez. Por que ele confiaria em mim agora?

— Então ele não sabe como você se sente?

— Não. Eu ainda não disse nada. Não sei o que fazer. — Maya se mexeu na cadeira. — Temos que trabalhar juntos. Não quero que as coisas fiquem estranhas. Estamos nos dando bem. Dizer algo poderia estragar isso.

— Talvez no melhor sentido possível. E se ele estiver também apaixonado por você?

— Aí *ele* pode dizer alguma coisa. — Maya respirou fundo. — Eu dei um pé na bunda dele antes e fui cruel. Ele tem o direito de me odiar ou me punir, mas tudo o que tem feito é ser legal. Apesar de valorizar isso, fico pensando que ele nunca mais vai confiar em mim de novo. É que...

— Você está com medo.

— Mais para apavorada.

Ali estava. A verdade. *Nada de que se orgulhar, mas* é algo *real*, pensou ela.

A expressão de Phoebe era delicada.

— O que você quer?

— Não sei. Del não é do tipo que fica em um lugar só. Eu acabei de voltar. Estou acomodada.

— Você não parece acomodada.

— Estou confusa. Adoro estar de volta. A cidade é fantástica. Tenho tudo o que deveria querer.

— Não me venha com *deveria* — disse Phoebe, com firmeza. — Deixei a incerteza governar minha vida por tempo demais. O que seu coração diz?

Que amava Del e queria ficar com ele. Que ver o mundo era uma ideia que a atraía. Que queria fazer parte de um projeto que significasse mais que fofocas de celebridades e desafios de bundas em canais de TV a cabo.

— Não sei — mentiu ela. Estava com medo. Medo de pedir e ser rejeitada. Mas, se não pedisse, não estaria arriscando perder tudo de vez? Não seria melhor botar para fora, se jogar?

— Talvez seja hora de descobrir — disse a amiga, falando algo mais verdadeiro do que podia imaginar.

Del estacionou na frente da casa dos pais. A mãe tinha mandado uma mensagem dizendo que precisava vê-lo o quanto antes. Normalmente, um pedido assim não o teria incomodado, mas ele se lembrou das preocupações do pai com Elaine. Por isso, foi voando para lá.

Nas últimas duas semanas, ele havia passado lá duas vezes. A mãe parecia normal. Um pouco cansada, mas alegando que não estava dormindo direito. Algo relacionado "a questões femininas". Um assunto que ele não se sentia confortável para discutir. Mas então ele se perguntou o que era repentinamente tão urgente.

Assim que Del desligou o motor, Sophie saiu saltitando da casa. A *beagle* correu na direção dele, com as orelhas macias balançando naquele início de tarde. Ela o cumprimentou com um sorriso canino e balançando o rabo.

— Olá, menina — disse Del, abaixando-se para passar a mão nela. Ela se aproximou para ganhar o máximo de carinhos que pudesse. Ele obedeceu até ver a mãe aparecer na ampla varanda.

Elaine parecia pálida e cansada. Tinha olheiras e estava com os ombros arqueados. Alarmado, Del foi até ela.

— Mãe?

Antes que ele dissesse qualquer outra coisa, ela começou a chorar.

— Não consigo — disse ela, com as lágrimas escorrendo pelo rosto.

— É demais. Tudo. A festa, seu pai. Acabei de ter notícias de Ronan e Mathias, e os dois vão vir. Os quartos não estão prontos, a casa está uma bagunça e eu estou muito cansada. Não consigo fazer tudo.

Del não estava acostumado a ver a mãe de qualquer outro jeito que não fosse como uma mulher equilibrada, calma e capaz. Só a viu chorar algumas vezes e quase sempre era por causa do pai. Ele teria jurado que, quando se tratava de algo simples como dar uma festa, Elaine estaria serena.

Ele subiu até a varanda e a puxou nos braços.

— Não importa o que aconteceu. Estou aqui. Vamos nos virar. Você não precisa fazer isso sozinha.

Ela largou o corpo no dele. Del ficou chocado ao se dar conta de como ela parecia magra. Frágil. Ele não tinha dado bola para as preocupações do pai, mas percebeu que deveria ter ouvido. Havia algo de errado.

Del a levou até o banco perto da porta e esperou-a se sentar. Ele se acomodou ao lado dela e teve de abrir espaço para Sophie, que pulou no meio dos dois. A *beagle* o olhou como se dissesse: *Finalmente. Eu estava preocupada com a mamãe.*

— Me diga o que está acontecendo.

Ele manteve o tom de voz tão calmo e cuidadoso quanto possível. A mãe secou os olhos.

— Nada. Estou cansada. Peguei uma virose ou algo assim. Não tenho dormido. — Ela forçou um sorriso. — Estou bem.

— Mãe, você não está bem. Você não deixa que coisas assim a incomodem. Tem que haver alguma coisa. — Ele se preparou para ouvir algo que o deixaria desconfortável. Então se forçou a perguntar. — É o papai?

— Seu pai? Não. Ele está exatamente como sempre foi. — Ela tentou dar outro sorriso, que funcionou um pouco melhor. — Melhor você me ignorar.

Del colocou o braço em torno dela e lhe deu um beijo no rosto.

— Sem chance. Mãe, tem certeza de que não tem nada de errado?

— Sim. Como eu disse, tive uma virose de verão. Acontece. Ainda estou me recuperando, mas minhas forças estão voltando. É só a festa.

Ele se levantou e a puxou.

— Venha. Vamos resolver isso. Aí você vai se sentir melhor.

Os dois entraram na casa e foram até a grande cozinha. Lá, Del encontrou um bloco de papel. Quando ambos estavam sentados nos bancos em volta da mesa, ele a olhou.

— Como vai ser a festa? Grande? Pequena?

Ela deu uma risada fraca.

— É seu pai, Del, e ele vai fazer sessenta anos na semana que vem.

Del concordou com a cabeça.

— Grande, então. Metade da cidade e todo mundo que ele já conheceu na vida?

— Basicamente.

— Ótimo. O que já foi organizado?

Ela repassou os detalhes. Já havia um bufê, bem como um serviço de bar. Os convidados de fora da cidade foram chamados, e todos fizeram reservas em diversos hotéis da cidade. Os gêmeos chegariam de carro em dois dias.

O assistente de Ceallach estava cuidando das várias peças de arte que viriam de avião para serem expostas. A imprensa estaria presente.

— Você não quis fazer em outro lugar? — perguntou Del. — Como no resort ou no centro de convenções?

— Seu pai quer que a festa seja aqui. Vamos ter tendas, caso o tempo fique ruim. Só preciso limpar a casa e deixá-la preparada para os gêmeos. Além disso, vamos fazer um jantar para a família.

O tremor retornou à voz dela.

Ele tocou em seu braço.

— Mãe, ouça. Vou contratar uma empresa de limpeza para dar um jeito na casa. Quanto ao jantar da família, vamos chamar um bufê. Assim você pode passar mais tempo com os gêmeos e menos cozinhando. Sabe que eles adoram a comida do Angelo's. Vou fazer o pedido lá e vou buscar.

— Não sei. Eu deveria cozinhar.

— Não deveria, não.

— Me deixe pensar no assunto. — Elaine parecia lutar contra as lágrimas. — Tenho uma lista de convidados no quarto. Vou lá pegar.

Del esperou que ela saísse, Sophie logo atrás, então pegou o celular e ligou.

— Oi — disse ele, quando Maya atendeu. — Você está livre? Minha mãe está com um problema, e eu preciso da sua ajuda.

Ele não podia negar o alívio que sentiu ao ouvi-la.

— Já chego aí.

Capítulo 15

— **V**OCÊ DEVERIA TER LIGADO PARA MIM — disse Maya, com firmeza, da cadeira ao lado da cama de Elaine. — Eu disse que quero ajudá-la.

— Eu sei. Eu teria ligado. Só que perdi um pouco a cabeça e recorri a Del. Não faço ideia do porquê.

Porque ele estava de volta à cidade, pensou Maya. Porque Del sempre ajudou a mãe, cuidando das coisas quando ela não podia. Ficando de olho nos irmãos, na empresa da família. Sendo responsável.

Elaine relaxou na cama, com Sophie esparramada ao lado. Ela acariciou a cadela e olhou para Maya.

— Eu não queria preocupar ninguém.

— Acho que Del estava mais assustado do que preocupado.

Maya tinha ido para lá assim que recebeu a ligação. Juntas, elas lhe garantiram que Elaine ficaria bem depois de um cochilo.

Maya respirou fundo.

— Elaine, você *precisa* contar a eles. Não está certo levar as coisas assim. Não gosto de guardar segredo. Estou falando sério. Eu amo você, mas isso é errado.

Lágrimas encheram os olhos de Elaine.

— Maya, por favor. Não posso. Não uma semana antes do aniversário de Ceallach. Não me force. Depois da festa, nós conversamos. Prometo.

Isso queria dizer que elas, Maya e Elaine, conversariam. Não que Elaine fosse contar à família. Maya não entendia. Ceallach e os meninos a amavam. A notícia com certeza os deixaria tristes, porém eles uniriam forças em prol dela. Dariam apoio. Seria uma coisa boa. Uns paparicos funcionam bem para melhorar o astral de uma pessoa.

— Já lhe ocorreu que parte do motivo pelo qual está se sentindo tão sobrecarregada é quanta coisa você está tendo que fazer sozinha? — perguntou Maya. — Não apenas a festa, mas, Elaine, você está lutando contra um câncer de mama. Está fazendo radioterapia. Você tem que contar a eles.

— Vou contar. Depois. Me ajude a preparar a festa. Você precisa entender por que é importante.

Maya jurava por Deus que não entendia, porém não havia por que insistir.

— Eu amo você — disse à amiga. — Como posso ajudar?

Uma hora depois, Maya e Del repassaram a lista de afazeres.

— Boa parte já está organizada — disse Del. — Chamei uma empresa de limpeza para vir amanhã. Como você a convenceu a contratar um bufê para o jantar da família?

Maya relembrou a conversa com Elaine e a recusa teimosa da amiga em compartilhar com a família algo tão importante quanto seu diagnóstico e o tratamento.

— Ela me deve uma.

— Fico feliz. — Del fez mais algumas anotações. — Dellina já confirmou todo o resto. As tendas, a comida. Os gêmeos vão chegar em alguns dias, e aí entraremos em clima de festa.

Maya deu uma olhada na lista de convidados. Com exceção dos moradores da cidade, a maioria dos nomes ela não reconhecia. As anotações ao lado deles ajudavam. *Ministro da Cultura, França* era um bom jeito de esclarecer quem alguém era.

— Seu pai é uma figura importante — murmurou ela, reparando no nome de um ex-vice-presidente dos Estados Unidos na lista, além de alguns atores famosos. *Menos Jonny Blaze*, pensou, sorrindo. Madeline ficaria decepcionada.

— Sempre foi.

Maya olhou para Del.

— O que foi?

— Eu não sabia que a festa seria tão grande. Tem quinhentas pessoas na lista de convidados. Minha mãe não deveria ter tentado cuidar de tudo sozinha.

— Dellina ajudou — ponderou Maya, apesar de saber que não era isso que ele queria dizer.

— Ela nunca disse nada. Sei que ele não mexeu uma palha. Sempre foi assim. Ela cuida dos dois. É o casamento que eles têm.

Maya colocou a mão no braço dele.

— Ela o ama. Não se arrepende de nada. Talvez não seja o que você ou eu iríamos querer, mas funciona para eles.

— Não consigo entender por quê. — Ele se virou para ela. — Eu costumava perguntar a ela por que continuava com ele.

— Ela disse a você que era porque o marido é o mundo dela.

— Como você sabe?

— Ela é minha amiga e o amor dela pelo marido não é um grande segredo. Você olha para seu pai e vê como ele o decepcionou. Como foi cruel. Ela não vê isso. Não da mesma maneira. Funciona para os dois.

— Suponho que sim. — Ele se aproximou dela e a beijou. — Eu convidei você para o jantar da família?

— Não. É para a família.

— Quero você comigo. Pode ser?

— Claro.

Iria ser uma noite carregada e difícil, mas ela não se importava. O tempo com Del era precioso. O verão estava chegando ao fim. As folhas que coloriam a montanha estavam caindo cada vez mais a cada semana. Logo o outono chegaria. Del disse que ficaria em Fool's Gold até o fim do verão. Depois da festa do pai, não haveria nada que o prendesse ali. Nem mesmo ela.

— Posso mudar de assunto? — perguntou Maya.

Ele se inclinou e a beijou.

— Quer me dizer o quanto você me quer?

— Com todas as minhas forças, mas é sobre seu projeto.

Ele se endireitou.

— Manda.

— Você poderia ir atrás de *feedback*. As aulas começaram esta semana. Peça à professora de artes do ensino médio para falar com a turma dela. Você poderia mostrar o vídeo e perguntar a opinião deles. O que funciona, o que não funciona e por quê. Tenho certeza de que a professora vai ficar feliz por eles verem uma aplicação real das artes, e você teria um parecer.

Del a observou.

— Caramba! Você é boa.

Ela sorriu.

— Já me disseram.

— De verdade. Isso é brilhante.

Ela deu de ombros.

— Sou boa em trabalhar em equipe.

— A melhor.

Del a beijou de novo e, então, desceu do banco.

— Vou descobrir quem é a professora e entrar em contato com a escola agora mesmo.

Ele saiu da sala antes mesmo de acabar de falar. Maya gostava do entusiasmo dele, mesmo querendo que ele conversasse sobre aquela coisa de equipe um pouco mais. Sobre trabalharem juntos. Permanentemente.

Quase uma semana depois, Maya observou os homens da família Mitchell juntos. *Sem dúvida Ceallach era o pai dos cinco meninos*, pensou ela, achando graça. Isso é que são genes poderosos.

Todos os cinco eram altos, com olhos e cabelos escuros. Del e Aidan eram um pouco mais parecidos com Elaine, enquanto os três mais novos puxaram ao pai. Todos eram fortes, musculosos e irritantemente bonitos. Não havia nenhum patinho feio. Talvez ela fosse um pouco suspeita para dizer, mas tinha certeza de que Del era o mais bonito de todos.

Elaine se juntou à família. Parecia bem mais frágil que os meninos. Maya se recusava a pensar na doença contra a qual a amiga lutava sozinha. Aquela era uma noite para aproveitar as boas companhias, não para se preocupar com a amiga.

Sophie estava no paraíso dos cachorros, indo de irmão em irmão para ganhar carinhos e petiscos. Além de ter encomendado o jantar, Del pediu aperitivos ao Angelo's. Havia travessas de bruschettas, alguns molhos com focaccia crocante, cogumelos recheados e miniespetinhos de muçarela com tomate e manjericão. O vinho corria livremente, e Maya notou que, a partir da terceira garrafa, a conversa tinha ficado mais barulhenta.

— Vocês estão gostando de lá? — perguntou Elaine, parecendo desconfiada.

Mathias e Ronan estavam em pé ao lado da mãe.

— Happily, Inc. é uma cidade ótima. Um pouco parecida com Fool's Gold, mas com uma *vibe* diferente.

— Vocês ainda estão trabalhando com vidro? — quis saber Ceallach. — Vocês precisam trabalhar com vidro. O resto, qualquer idiota pode desenhar ou pintar. Uma criança de três anos idade pode pintar. Mas criar algo com vidro e fogo é que exige talento de verdade.

Os gêmeos trocaram olhares.

— Pai, vimos uma matéria sobre você na revista *Time* — contou Mathias. — Muito boa.

— O repórter acertou em quase tudo — admitiu o velho, de má vontade. — Nem sempre é assim.

— Deve ser frustrante — disse Nick. — Lembra-se do cara do *The New York Times* alguns anos atrás?

— Idiota! — gritou Ceallach, passando a listar, em seguida, todos os repórteres que falharam com ele.

Del se aproximou de Maya.

— Você também está vendo... — murmurou ele, em seu ouvido.

Com a sensação da respiração de Del na pele dela, era difícil se concentrar, mas Maya se esforçou ao máximo para se focar e processar as palavras.

— Que eles ignoram toda vez que ele pergunta o que estão fazendo? Sim, eu reparei. Nick também está na jogada. — Ela estudou o irmão do meio. — Você acha que é um plano?

— Com certeza.

Ela se virou para Del e o encontrou parado deliciosamente perto. Se estivessem sozinhos, ela teria se inclinado para pressionar a boca na dele. Só que não estavam. Pior: estavam rodeados pela família dele.

— Por que você acha que eles não querem conversar sobre o que estão fazendo? — perguntou ela. Depois, suspirou. — Deixa para lá. Eu sei a resposta.

Ceallach. Ele tinha um talento especial para sugar a alegria de qualquer lugar.

Ela se perguntou se o motivo era mesmo o brilhantismo dele ou se ele simplesmente tirava vantagem de todos à sua volta. Ela sabia que Nick tinha muito talento. Mesmo assim, conseguia ser um cara bastante decente. Dizia-se que os gêmeos eram tão talentosos quanto o pai e, embora ela não os conhecesse tanto, pareciam do bem. Talvez fosse algo de geração.

— Depois do jantar, vamos todos ao estúdio — disse Ceallach. — Vocês podem ver no que eu estou trabalhando.

— Adoraríamos, pai — disse Mathias. — Não há ninguém como você.

Ceallach estufou o peito, orgulhosamente.

— Disso eu sei.

Em algum momento depois das onze, Del foi até a varanda. A noite estava limpa e fria, e ele sentia o cheiro da fumaça da lareira.

Maya tinha escapulido uma hora antes. Del não podia culpá-la por ir embora. Teria feito o mesmo se pudesse. A arte tomou conta da conversa e permaneceu ali durante boa parte do jantar. Sua mãe já tinha ido para a cama enquanto Ceallach, Nick e os gêmeos discutiam estilo, técnica ou qualquer outro assunto sobre o qual eles poderiam conversar por dias.

Del sentou-se no banco e esticou as pernas. Poucos minutos depois, Aidan se juntou a ele.

— Cansado de ouvir sobre técnicas? — perguntou Del.

O irmão fez uma careta.

— Disso e de ser ignorado. — Aidan sentou-se em uma das cadeiras. — Eles são um pé no saco de vez em quando. Como se nada mais importasse.

— Nada mais importa. Não para eles, de qualquer forma. Você sabe.

Aidan observou o céu.

— Eles vão ficar nessa por horas.

— Por sorte, nós dois temos outro lugar para dormir. — Del sabia que ele deveria ir para casa e iria. Mas, por ora, estava bom ali. — Como vai a agência? — perguntou.

— Movimentada. As pessoas estão se dando conta de que o verão está quase acabando. Então, temos várias reservas de última hora para tours nos fins de semana. Algumas pessoas tiram férias em setembro porque é mais vazio e o tempo geralmente ainda está bom. Então estamos atolados.

— O movimento chega a diminuir?

— Um pouco. Outubro e novembro são menos agitados. Quando começa a nevar, organizamos fins de semana de esqui, passeios rurais, esse tipo de coisa.

Del assentiu com a cabeça.

Roube meu coração 201

— Faz sentido. Você realmente fez a empresa crescer. Deveria se orgulhar de si mesmo.

Aidan olhou o irmão.

— Eu me orgulho. Obrigado. Foi difícil no começo. Eu não sabia o que estava fazendo. Mas fiz do meu jeito. Não há nada mais que eu preferisse fazer.

— Gosto de ouvir você falando assim.

— É claro que gosta. Agora você não precisa se sentir culpado.

— Isso vai me deixar com bastante tempo livre.

Aidan sorriu.

— Não sei se isso é bom.

— Ao menos passo meus dias correndo atrás de algo que vale a pena.

O sorriso de Aidan se transformou em uma risadinha.

— Eu também. Só que com um resultado diferente.

— Todos os seus resultados são iguais.

— Está com inveja?

— Não. — Del pensou em todas as mulheres com as quais viu o irmão. O que elas tinham em comum é que eram do sexo feminino. Fora isso, Aidan não parecia ter um tipo. — Você nunca quis mais do que variedade?

— Eu, não. Por que iria querer? Toda vez, é uma nova experiência. Uma nova mulher. Eu me divirto, e todos nós seguimos em frente. Por que complicar a vida com um relacionamento?

— Porque é legal ter alguém com quem contar. É legal pertencer a algo.

— Diz o homem que viaja o mundo. A que lugar você pertence?

Era uma pergunta interessante. Ele pensou em Maya, querendo dizer que pertencia a ela. Só que não era verdade. Trabalhar junto não era a mesma coisa que ter um relacionamento. Ele queria estar com ela dos jeitos mais íntimos possíveis. Mas era diferente. Tinha de ser. Não era possível confiar nela novamente.

— Ainda estou tentando descobrir — admitiu ele. — O que foi uma ótima maneira de tentar me distrair do que estávamos conversando.

— Está dizendo que não funcionou? — perguntou Aidan, rindo de leve. — Vou me esforçar mais na próxima vez. — O humor dele desapareceu. — Estou bem. Gosto de como vivo minha vida. Mantenho todos os meus riscos somente no campo profissional. Não há nada de perigoso no que faço com as mulheres. Nunca fica sério e eu nunca fico preso.

— Às vezes, ficar preso não é algo ruim.

— Pode pensar assim, se quiser. Eu não penso.

— Você não se preocupa com o fato de que nunca vai criar laços com nenhuma mulher, se vive pulando de uma para a outra? E se uma delas se apaixonar por você? É improvável, mas pode acontecer.

Aidan sorriu.

— Deixo as regras claras. Elas sabem que estão se envolvendo só por um fim de semana ou uma semana. Nada de longo prazo. Não quero nada mais. Não preciso, não tenho tempo. Se elas pressionarem, acaba tudo.

— Isso não faz de você um idiota?

— Talvez, mas um idiota sortudo.

— Um dia, tudo isso vai cair em cima você — disse Del, sabendo que o irmão não iria ouvir seu aviso.

— Isso nunca vai acontecer. — Aidan parecia confiante. — Sei exatamente o que estou fazendo.

Del esperava que o irmão estivesse sendo sincero consigo mesmo. Se não estivesse, as coisas poderiam ficar feias. E rápido.

Del ficou mais meia hora, mas o pai e os irmãos não pareciam a fim de conversar sobre qualquer coisa que não fosse arte. Quando ele avisou que estava indo embora, mal pausaram a discussão acalorada sobre misturar cores por meios não convencionais. Seja lá o que isso fosse. Aidan tinha ido para casa 15 minutos antes. Então, Del os deixou e foi até a caminhonete.

Era tarde. Se conferisse o celular, poderia descobrir quanto tempo tinha se passado desde o crepúsculo astronômico. Não que isso importasse, mas o pensamento o fez sorrir.

Ligou a caminhonete e seguiu na direção do lago. No semáforo, virou à esquerda, dizendo a si mesmo que não iria parar. Só iria passar na frente.

Quando chegou à rua de Maya, diminuiu a velocidade. A maioria das casas estava às escuras. Tudo estava imóvel e silencioso, com apenas um pouquinho de luar penetrando por entre as folhas das árvores. Quando se aproximou da casa, viu que as luzes estavam acesas.

Entrou na via de entrada da casa dela e esperou. Segundos depois, a porta se abriu e ela ficou parada ali. Os dois ficaram se olhando por alguns batimentos cardíacos antes de ele ceder ao inevitável.

Havia mil motivos para ir embora, mas a necessidade de estar com ela, de tocá-la e ser tocado, era mais poderosa que qualquer um deles. Ele a tinha amado um dia. Talvez esse tipo de intensidade deixasse marcas em um homem. Marcas que não poderiam ser apagadas pelo tempo e pela distância.

Talvez fosse simplesmente quem ela era, ou quem ele era quando estava com ela. Talvez a atração não pudesse ser explicada. Era uma dessas leis estranhas do universo.

Del desligou o motor, saiu da caminhonete e foi na direção de Maya. Ela entrou na casa. Ele a seguiu e fechou a porta com cuidado.

Maya estava descalça, de camiseta e calça legging. Tinha tirado a maquiagem e os cabelos longos estavam soltos. Estava como na primeira vez que ele a viu. Jovem, doce e sexy. Ele a queria na época — mais do que jamais quis qualquer outra pessoa. Isso não mudou. Ainda a queria. A diferença era que ele sabia exatamente o que fazer para satisfazer os dois. E podia durar mais que 15 segundos.

— Oi... — murmurou, aproximando-se dela.

— Oi.

Maya adentrou o abraço dele. Os braços se enrolaram um no outro. Ela era macia e tinha um cheiro bom. Melhor ainda: seu corpo se encaixava. A altura certa, as curvas certas. Quando estava com Maya, ele a queria. Del supunha que, em alguns sentidos, sempre a quis.

Baixou a cabeça e a beijou. Ela o encontrou na metade do caminho, com os lábios já entreabertos. Não havia como resistir àquilo, a ela. Ele deslizou a língua para dentro da boca de Maya e sentiu aquele calor familiar atingi-lo.

Ela o envolveu com os braços, contorcendo-se para chegar mais perto. Del inclinou a cabeça para intensificar o beijo. Ao mesmo tempo, descia e subia as mãos pelas costas dela.

Maya era a combinação perfeita de curvas e suavidade. Ele enterrou os dedos em sua bunda, puxando seu corpo para si. Ele já estava duro e pronto. Ela pressionou a pélvis na ereção de Del, provocando-o até os pensamentos saírem de controle e darem lugar ao desejo.

Del se afastou para beijar o rosto de Maya e, depois, mordicou o lóbulo de sua orelha. Pressionou os lábios na pele sensível do pescoço dela. Ao mesmo tempo, procurou a barra da camiseta e a puxou para cima. Quando ele a jogou longe, Maya já estava abrindo o sutiã.

A peça se foi. Del segurou os seios com as mãos, sentindo o peso, a maciez da pele. Ele não entendia. Homens e mulheres tinham pele, mas a dela era mil vezes mais macia que a dele.

Ele deslizou os dedos até os mamilos rijos dela. Quando passou os polegares pelas pontas, ela arfou e arqueou a cabeça para trás.

Del pensou que queria mais, enquanto baixava a cabeça e capturava o mamilo esquerdo com a boca. Ele a queria arfando e ofegando, gritando. Ele a queria nua e tremendo com o êxtase.

Lembrou-se de quando ficaram juntos havia tantos verões. Eram tão jovens... Inexperientes com mais amor do que juízo.

Um dia, o desejo ardia quente e vibrante e, enquanto davam uns amassos no banco da frente do carro dele, Del ejaculou. Ele não disse nada, e Maya não percebeu. A escuridão escondia a mancha úmida denunciadora.

Mais tarde, quando enfim viu os seios dela, teve a mesma reação. Tocá-los foi ainda pior. Por fim confessou, e ela ficou apenas fascinada pelo corpo dele e pelo modo como o afetava.

Os dois progrediram depressa dali, pulando do banco da frente para o de trás. Juntos, descobriram o que fazia Maya tremer. Descobriram o clitóris juntos e aprenderam o que a agradava. Ela aprendeu a masturbá-lo até o clímax. Dias depois, caiu de boca nele. Uma experiência nova para ambos.

Na primeira vez que gozou na boca de Maya, Del achou que fosse morrer de prazer. Ele retribuiu o favor e ela berrou seu êxtase. Foram semanas até darem o próximo passo. Semanas até tirarem a virgindade um do outro.

Ele se lembrava de tudo daquela noite. De como Maya montou com cuidado em seu pênis, deslizando até ele a preencher. Ela já o tinha satisfeito uma vez; então, Del conseguiu durar uns trinta segundos antes de explodir dentro dela.

Praticaram juntos, encontrando o ritmo certo. Viraram profissionais na arte de deixá-la a ponto de bala, para que ele a penetrasse e gozassem juntos. Fizeram amor na cama dela no sítio, sussurrando palavras de amor, beijando-se intensamente durante o clímax, para não haver nenhum barulho.

Aquelas velhas lembranças se somaram ao desejo atual. Del soltou os seios dela e se ajoelhou. Abaixou a calça e a calcinha de Maya em

Roube meu coração 205

um movimento rápido. Ela mal tinha saído de dentro delas quando Del afastou suas pernas com delicadeza e pressionou a boca bem no meio de seu clitóris.

Lembranças vieram à tona. De como ela gostava de um beijo de boca aberta primeiro. Suave; só lábios. Depois, um toque leve da língua — mais provocativo que apaixonado. Ele brincou assim até sentir a tensão começar a contrair os músculos dela, até a respiração acelerar. Só então definiu um ritmo estável aos movimentos de sua língua no clitóris. Ela se apoiou à mesinha do hall de entrada da casa.

— Não pare... — suplicou ela.

Del voltou no tempo. Era adolescente de novo. Podia jurar que estava ouvindo a música que tocava no rádio do carro e sentindo o couro escorregadio do banco de trás. Os dois tinham posições preferidas — jeitos de fazer dar certo no espaço apertado. No momento, havia uma casa inteira onde podiam brincar. Presumindo que ele conseguisse parar por tempo suficiente para sair do hall de entrada.

Só que não iria fazer mais nada a não ser continuar dando prazer a ela. Como resistir quando ela começou a gemer? Uma das melhores qualidades de Maya era que não havia dúvidas quanto ao que funcionava. Todos os sinais estavam ali. Ele fez movimentos um pouco mais rápidos, e Maya tremeu. Ele chupou forte, e ela gemeu.

Del continuou a segurá-la aberta para si. Sob as mãos, sentiu os primeiros tremores musculares que indicavam que Maya estava perto do êxtase. A respiração dela acelerou. Ela estava muito perto, e ele estava no controle.

Del desacelerou só um pouquinho. Circundou-a com a pontinha da língua e, depois, deu uma lambida em todo o clitóris. Maya arfou de novo. Atrás dela, a mesa tremia contra a parede.

— Del...

O prazer se misturava à expectativa na voz dela. *Desejo*, pensou ele, satisfeito. Pressionou a boca no clitóris e chupou. Ao mesmo tempo, começou a enfiar dois dedos dentro dela para depois retirá-los e repetir o gesto. O corpo dela se contraiu. Ele começou a mover a língua cada vez mais rápido, até que ela gritou de êxtase.

Del sentiu o orgasmo dela de dentro para fora. Maya se contraiu em torno dos dedos dele, puxando-o ainda mais fundo. Os movimentos estáveis da língua prolongaram o prazer dela, que mexeu os quadris, esfregando-se nele, assimilando tudo. Os gritos altos e agudos deixaram Del no limite.

Só mais alguns segundos, disse a si mesmo. Era tudo o que precisava aguentar.

Quando os últimos tremores cessaram, ele começou a se levantar. Maya o surpreendeu ajoelhando-se perto dele e abrindo sua calça. Del decidiu que aquele era um bom momento para deixar que ela assumisse o controle e não protestou quando ela puxou o jeans para baixo, junto com a cueca. A ereção se libertou.

Ela o empurrou para baixo. Ele se deitou no tapete, quase todo vestido, o pênis apontando para cima. Maya montou nele, que se esticou para pegar uma camisinha na calça, que estava por perto.

Maya estava corada, nua e sorrindo aquele sorriso satisfeito que fazia qualquer homem se sentir como se tivesse conquistado o mundo. Ele não teve muito tempo para curtir a sensação. Assim que ela se abaixou sobre ele, Del tinha outras coisas na cabeça. Como ela era apertada, molhada e quente. Como a preenchia. Como os dois gemeram logo ao sentir a penetração.

Ela pegou a mão dele e a colocou entre as coxas.

— Brinque um pouco aqui.

Ele ficou feliz em obedecer. Ela ainda estava inchada e molhada. Ele começou a mover o polegar. Quando ela ergueu os braços para segurar os cabelos no topo da cabeça, ele se atrapalhou com o movimento. Talvez, em circunstâncias diferentes, aquilo não fosse nada de mais, porém, de alguma forma, aquele simples gesto expôs o corpo todo de Maya para ele.

Ela começou a se mover.

Del não sabia para onde olhar primeiro. Os olhos fechados e a boca aberta. Os seios balançando. As pernas escancaradas e o polegar dele masturbando-a. Aquilo era vívido, sexy, e ele assimilou tudo. A pressão cresceu na base do pênis, as coxas dela se fechando à medida que outro orgasmo se aproximava.

Os músculos internos se contraíram em torno dele. Ela começou a se mexer mais rápido. Baixou os braços, mas manteve a cabeça jogada para trás. Os seios acompanhavam o ritmo dos movimentos. Ele jurava que aquele era o show mais sensual do mundo e iria arruinar tudo gozando antes da hora. Mas, caramba, como é que aguentaria?

A mudança na respiração de Maya capturou sua atenção. Ele sabia que ela estava perto. Forçou-se a prestar atenção no modo como a tocava, fazendo tudo exatamente do jeito que ela gostava. Os olhos dela se abriram, e ele a viu chegar cada vez mais perto. Quando Maya estava a apenas um segundo do clímax, Del abriu mão do controle e investiu com tudo para dentro dela.

Os dois gozaram juntos, com os olhares fixos um no outro. Ela gritou e, em seguida, o massageou com o corpo enquanto ele se aliviava dentro dela. O mundo desapareceu, e só restaram os dois. O tempo retrocedeu, e ele viu o menino que costumava ser com a menina que ela costumava ser.

Maya largou o corpo, e ele a segurou. Depois de puxá-la para si, abraçou-a até que conseguirem respirar de novo. Respirar, mas não se largar.

Capítulo 16

MAYA DISSE A SI MESMA QUE vomitar na frente da turma não causaria uma boa primeira impressão. Mesmo assim, não conseguiu evitar a crise de nervos que a deixou ofegante no caminho para a câmara municipal, onde iria dar sua primeira aula em uma das salas comunitárias.

Maya havia passado as três últimas noites bolando um plano de aula. Del a ajudou, e ela achava que tinha uma boa noção do que queria falar. Mas a verdade era que nunca tinha dado uma aula antes e não sabia bem o que esperar. Ela supunha que, em um mundo perfeito, ninguém iria aparecer. Talvez isso a magoasse a princípio, mas ao menos ela não teria de se preocupar com a possibilidade de ferrar com tudo.

Entrou na sala e viu que já havia mais ou menos uma dúzia de pessoas, incluindo Eddie e Gladys. Del, que tinha se oferecido para ser o assistente, estava montando o equipamento.

Eddie correu até ela.

— Contamos aos nossos amigos sobre a aula. Está todo mundo muito animado. Ah, e dissemos para Del que ele tinha que trabalhar sem camisa.

Maya riu.

— E o que ele disse?

— Ele se recusou, mas ainda estamos tentando. Não é justo você tê-lo todo para si.

— Vou falar com ele.

Ela atravessou a sala até a parte da frente. Del tinha tirado várias câmeras e lentes das caixas, ao lado de uma segunda caixa com luzes e tripés.

— Eddie quer você sem camisa — disse Maya a ele.

— Sim. Ela comentou.

— Eu disse que a ajudaria nisso.

Ele ergueu as sobrancelhas.

— Mesmo?

Maya tentou não sorrir.

— Eddie tem razão. Quer dizer, você é um cara bem gostoso e eu tenho monopolizado você. Não é nada justo.

— Então agora vai me vender para as outras?

— Só um pouquinho. Você sabe, da cintura para cima.

O humor fez os olhos escuros de Del brilharem.

— Um lado seu que eu nunca teria imaginado.

— Isso é um "não"?

— Sim e, mais tarde, vou ter que castigar você por isso.

Maya riu de leve.

— Nos seus sonhos, garotão.

— Promete? — Ele se aproximou. — Aliás, a escola confirmou.

— A professora de artes falou com você?

— Sim, e está animada com o projeto. Ela disse que os alunos ficarão felizes em nos dar todo o feedback que quisermos. Então vou precisar da sua ajuda com o questionário.

— É claro. Podemos trabalhar nisso hoje à noite.

Um canto da boca dele se ergueu.

— Não pense, nem por um segundo, que me esqueci do seu castigo.

— Jamais.

Maya se voltou para a turma e percebeu que aquela conversinha ridícula tinha acalmado seus nervos. Ao menos aqueles que lhe davam náusea. Ainda estava um pouco apreensiva, mas no bom sentido.

Esperou passar um minuto do horário combinado. Então, deu as boas-vindas a todos.

— Esta noite, vamos falar sobre como criar um vídeo visualmente atraente. Depois que vocês dominarem a tecnologia para que suas gravações estejam em foco e bem-iluminadas, há muito mais coisas que vocês podem fazer para torná-las mais interessantes.

Maya fez uma pausa, meio que esperando que Eddie ou Gladys se intrometessem para falar de bundas, mas as duas estavam ocupadas fazendo anotações. Vê-las escrevendo deixou Maya estranhamente feliz. *Esta cidade...*, pensou ela com pesar. Justo quando achava que não haveria mais surpresas, ela se viu bancando a professora e gostando daquilo.

* * *

Como a mamãe prometeu, o aniversário de Ceallach Mitchell seria celebrado em grande estilo, pensou Del. O tempo tinha cooperado, sem dúvida por causa da obstinação de seu teimoso pai. O sol brilhava e a temperatura estava quente o suficiente para que as laterais das tendas permanecessem abertas, permitindo que centenas de convidados se movessem com facilidade por todos os ambientes.

Havia peças magníficas do pai em exibição. Vários *slideshows* destacavam outros trabalhos. A música tocava pelos alto-falantes, e os garçons circulavam com aperitivos e champanhe. Havia dignitários estrangeiros, amigos da cidade, outros artistas e muitos repórteres. Ceallach Mitchell era importante. Del às vezes esquecia, mas aquele era um bom dia para se lembrar disso.

— A mãe nos deve uma — resmungou Aidan, pegando uma taça de champanhe de uma travessa que passava. — Por que tínhamos que nos arrumar? Acabamos de fazer isso para o casamento de Zane.

— Eu não acho que um anula o outro.

— Deveria.

Não que importasse. Elaine foi clara com relação ao código de vestimenta. Considerando quanto fora trabalhoso organizar a festa, ele não iria discutir. Pelo lado bom, isso significava que Maya estava usando um vestido justo com um decote profundo. Aquilo, sim, era uma bela visão. O tecido vermelho-escuro parecia macio. Ele planejava averiguar mais tarde, quando a levasse para casa.

Os dois não estavam morando juntos, mas ele não tinha saído da casa dela desde a noite do jantar da família. Faziam amor repetidas vezes, agarrando-se um ao outro como se nunca quisessem se largar. Del se perguntou quanto daquela intensidade provinha deles e quanto da consciência de saber que o tempo que tinham era limitado.

— Bela festa.

Del se virou e viu seu irmão Mathias se aproximando. Era o mais extrovertido dos gêmeos. Engraçado e charmoso, sempre tinha uma ou cinco mulheres penduradas a tiracolo. Ele e Aidan compartilhavam do amor pela variedade, apesar de Del ter bastante certeza de que Aidan ganharia em quantidade.

— Se você gosta desse tipo de coisa... — resmungou Aidan. — Para que esses ternos?

Mathias riu.

— Deixe pra lá. Mamãe vai matar você se tirar essa gravata.

— Por que você não se sente desconfortável?

— Eu fico bem pra caramba de terno — ponderou Mathias. — Além disso, faço esse tipo de coisa o tempo todo na galeria. Encanta os clientes. Eles querem ver o artista, tocar nossa mágica. — Ele piscou. — Acredite: deixar que eles toquem faz os cheques saltarem das carteiras.

— Enquanto Ronan fica nos bastidores trabalhando?

Mathias deu de ombros.

— Você sabe que ele faz o tipo sombrio e deprimido. Prefere ficar sozinho com a arte a se encontrar com os clientes.

Del acreditava. Ronan era o gêmeo que ficava na dele. Supunha que a diferença podia ser explicada pelo fato de serem gêmeos fraternos. Não mais conectados do que ele e Aidan ou Nick. Que bom! Se fossem gêmeos idênticos, seriam ainda mais encrenqueiros.

— Já se perguntaram como foi que nossa mãe conseguiu superar tudo? — perguntou Del.

O bom humor de Mathias foi embora, e seu olhar ficou severo. Ele ficou imóvel.

— Do que está falando?

— Éramos cinco, com idades bem próximas. Éramos terríveis. Será que tem algum móvel que não destruímos? Fico perplexo por não termos posto fogo na casa.

— Ah, isso. — Mathias relaxou. — Ela era uma mulher paciente. Claro, tinha que aguentar o papai.

— Como ele está lidando com a notícia de que vocês não vão voltar?

Mathias tomou um gole de champanhe.

— Acho que está aliviado. Ele não quer a concorrência.

— Isso é duro.

— Talvez, mas é verdade. Se Ronan e eu estivéssemos aqui, ele não poderia ignorar a atenção que recebemos da imprensa. Os filhos do grande Ceallach Mitchell dominam o mundo das artes como uma tempestade. Com a gente longe, ele pode fingir que nada está acontecendo.

— Não há tempestade alguma — provocou Del. — Talvez uma nuvem solitária, mas vai passar.

— Muita inveja?

— Absolutamente nenhuma. Eu não suportaria a pressão de ter que acompanhar o ritmo.

Arte nunca foi importante para Del. Ele não tinha talento nem interesse. Apesar de achar que o desejo de fazer os vídeos pudesse ser um traço do pai. Não que Ceallach enxergasse o que ele fazia como algo que valesse a pena.

Maya caminhou até eles. Aproximou-se de Mathias e beijou-o no rosto para cumprimentá-lo.

— Tantos Mitchell lindos por aqui. O que é que uma garota vai fazer?

Mathias sorriu.

— É avassalador mesmo.

Ela fingiu se abanar e, depois, enganchou o braço no de Del.

— Vou ficar com este aqui. Ele tem mais meu ritmo.

Del franziu a testa.

— Estou tentando encontrar um elogio escondido aí.

— Não há nenhum, irmão. Melhor esquecer. — Mathias se virou para Maya. — Ouvi dizer que você tem feito comerciais agora.

— Foi uma vez só, mas é muito divertido. Como vocês estão? Happily, Inc.? É esse mesmo o nome da cidade?

— Sim. A história é ótima. Na década de 1880, algumas mulheres embarcaram com suas carruagens na corrida do ouro para encontrar maridos. As carruagens quebraram perto da nossa cidadezinha e as mulheres ficaram empacadas. Quando novas caravanas chegaram, todas elas já tinham se apaixonado por moradores. Assim, decidiram ficar ali e viveram felizes para sempre. Um dos filhos delas sugeriu a mudança no nome e, desde essa época, a cidade se chama Happily. Aí, na década de 1950, mudaram para Happily, Inc. Não faço ideia do porquê.

— Adorei — disse Maya. — Ouvi dizer que é linda. Um deserto, mas com montanhas. Não tem uma história mística? Como em Sedona?

— Tem uns malucos lá — comentou Mathias. — E gostamos deles. Muitos casamentos. — Ele piscou. — É um destino para casamentos. Então, se um dia você se cansar de Fool's Gold, venha nos visitar. Você vai arrasar lá.

— Muito gentil da sua parte oferecer. Pode deixar que eu aviso.

Mathias pediu licença e se afastou. Del olhou para Maya.

Roube meu coração 213

— Achei que você estivesse acomodada aqui em Fool's Gold.

— Estou. Em boa parte. — Ela se afastou dele e, então, se virou para olhá-lo de frente. — Estou com dúvidas com relação ao futuro. — Seu olhar se afastou do dele. — Isso é meio que culpa sua. Todo o seu papo sobre viagens pelo mundo está me deixando inquieta.

Ele ficou surpreso e contente ao mesmo tempo.

— O que você vai fazer?

— Não faço ideia. Nada, por ora. Quando não consegui o emprego na rede nacional, eu soube que tinha que fazer uma mudança. Agora quero pensar no próximo passo. Enquanto isso, gosto do que estou fazendo aqui. — Ela sorriu. — Talvez você me contrate para fazer a edição dos seus vídeos.

— Eu iria gostar.

Del iria gostar ainda mais que Maya fosse com ele, mas não tinha certeza quanto a pedir isso. Nunca tinha considerado isso antes porque presumiu que Maya quisesse ficar em Fool's Gold. Mas, se ela não quisesse, havia opções. Opções que ele teria de considerar.

Elaine correu na direção dele.

— Ceallach está pronto para fazer o discurso — disse ela. — Temos que reunir todos os convidados. — Suspirou. — Ele está achando tudo maravilhoso. É tudo o que ele queria.

Maya tocou o braço de Elaine.

— Como você está se sentindo?

— Ótima. Ceallach merece ser celebrado. Estou extasiada por ter desempenhado um pequeno papel nisso.

Del começou a ponderar que a mãe era a razão pela qual havia uma festa, mas Maya meneou a cabeça. Não estava surpreso por ela conseguir lê-lo — ela sempre foi boa nisso.

— Vamos — disse Maya a Elaine. — Vou levar você até o microfone e você pode chamar todo mundo.

— Obrigada.

— Vou reunir os rebeldes — prometeu Del.

Ele observou as pessoas se afastarem. Gostava de ver Maya sendo protetora com relação à mãe dele. Começou a guiar os convidados até a parte da frente da tenda, onde havia um palco. Aidan se juntou a ele. Quando as quinhentas pessoas estavam diante do palco, Ceallach apareceu.

Era um homem bem-apessoado, pensou Del. Estava envelhecendo bem. Provavelmente mais do que merecia. Ao menos Del sabia que tinha uma genética forte.

Quando Ceallach começou a falar sobre coisas de sua vida e seu trabalho, Del pensou em como as coisas eram antigamente. Quando ele era criança e o pai ficou extremamente decepcionado com sua falta de habilidade artística.

Del sofreu por causa da insatisfação do pai. Chorou até pegar no sono centenas de vezes, rezou para acordar com algum talento para o desenho, a pintura ou a escultura. Por fim, decidiu que não se importava mais. Encontraria o sucesso de outros jeitos — apenas não aos olhos do pai.

Talvez fosse a isso que o processo de crescimento se resumia. Orgulhar-se de si mesmo. Ficar em paz com o passado enquanto se caminha rumo ao futuro.

Maya estava parada ao lado do palco. Olhou para ele e sorriu.

O desejo lhe deu um chute no estômago. O desejo e talvez algo mais. Mas será que Del estava disposto a arriscar mais uma chance com ela? Maya não era Hyacinth, mas isso não significava que ele não se lembrava da lição que lhe havia ensinado. Retomar o mesmo caminho seria confusão na certa.

Ele pensou no pai, em como todos estavam ali para celebrar um homem que fez da vida da família um inferno por décadas. Lembrou-se do velho casal que ele e Maya entrevistaram nas montanhas. Aqueles que ainda estavam apaixonados após anos e mais anos juntos. Del supunha que ninguém que estava na festa do pai tinha ouvido falar neles ou se dado ao trabalho de conhecê-los.

Quem deveria ser mais admirado? Ceallach ou o velho casal? Del queria se parecer com qual deles? Ambos tinham coisas a ensinar, e, se ele fosse esperto, teria o cuidado de aprender as lições certas.

Del tinha testemunhado o nervosismo de Maya antes de sua aula e era a vez dele de vivenciar algo parecido. Enquanto os alunos dela eram adultos, ele encarava uma sala cheia de adolescentes de 15 a 18 anos. Pensou consigo mesmo que Eddie e Gladys eram um pouco menos intimidadoras.

Ele tinha assistido à apresentação de Maya e gostado de seu estilo descontraído e amigável. Apesar de sempre ter gostado de conversar com jovens, as crianças com quem costumava interagir eram mais novas. Mas não eram os adolescentes que deixavam seus nervos à flor da pele. Era o que iriam dizer. Exceto por Maya, aquele seria o primeiro público a ver seus vídeos, e ele pediu que fossem críticos.

Não importava o que acontecesse. Sairia dali com informações valiosas, pensou Del. Se seu trabalho fosse um lixo, começaria de novo. Se desse para salvar alguma coisa, ele salvaria. A edição de Maya já tinha feito uma diferença enorme. *Quem dera ela tivesse estado com ele para fazer as filmagens*, continuou.

A sala de aula era grande, com uma parede de janelas, muito espaço entre as carteiras e quadros na frente. Prateleiras abertas na parede dos fundos estavam repletas de recipientes de plástico transparente com rótulos que diziam coisas como "chapéus", "máscaras" ou "tinta guache".

Maya folheou a pilha de papéis que trouxeram. Tinham levado quase dois dias, mas conseguiram montar um questionário. O formato da aula era simples. Os alunos iriam assistir a diferentes trechos de vários vídeos e responder ao questionário. Depois, participariam de uma sessão de perguntas e respostas.

A professora de artes, uma mulher alta e magra na casa dos trinta anos, apresentou Del e Maya e explicou por que estavam ali. Quando ela terminou, ele foi até a frente da sala. Começar uma aula sempre era difícil. Ele tinha pensado em várias frases de abertura e, então, se decidiu por uma que transmitia o que queria.

— Quantos de vocês sabem ler? — perguntou. — Ergam as mãos.

Os estudantes olharam uns para os outros. Depois, voltaram-se para ele. Lentamente, todos ergueram as mãos.

Ele sorriu para a professora.

— Bom saber — disse ele, dando risada. — Porque na Roma antiga apenas dois por cento da população sabia ler. Hoje em dia, existem mais de 774 milhões de pessoas com mais de 15 anos que não sabem ler. Cinquenta e dois por cento delas vivem no sul e no oeste da Ásia. Vinte e dois por cento vivem na África subsaariana. Se você não sabe ler, não sabe o que é um manual de instruções, ou um livro, nem entender o rótulo de um frasco de remédio.

Ele fez uma pausa.

— Quem aqui sabe qual o país com o maior número de pessoas com curso superior?

— Os Estados Unidos — gritou alguém.

Uma das alunas revirou os olhos.

— Percentualmente ou em números reais?

— Boa pergunta. Percentualmente.

— A Suécia — disse ela, em tom arrogante. — O ensino superior é gratuito lá.

— Já ouvi isso. Algum outro palpite?

— Austrália.

— China.

— Estados Unidos, cara. A resposta é sempre Estados Unidos.

— Não dessa vez — respondeu Del. — A resposta é Rússia. Cinquenta e quatro por cento da população adulta tem ensino superior completo.

— Caramba! Nem a pau! — disse um dos meninos no fundo.

— Pois é isso mesmo — retrucou Del, acomodando-se no canto da mesa da professora.

Sentia-se mais relaxado. Esses estudantes eram mais velhos, mas não tão diferentes daqueles com os quais costumava conversar. O segredo era envolvê-los.

— Estou aqui porque quero criar uma série de vídeos que mostram como é a vida dos jovens ao redor do mundo. O que vocês e eles têm em comum? Quais as diferenças e em quais sentidos? Vocês vão assistir a trechos de vídeos que eu fiz antes de saber o que estava fazendo. Por isso quero um feedback de vocês. Quanto mais honesto, melhor. Do que gostaram? Do que não gostaram? Em que momento começaram a querer fazer outra coisa?

Alguns estudantes riram. Uma das meninas ergueu a mão.

— Você vai voltar aqui depois e nos mostrar o que fez com nosso feedback?

— Prometo.

Maya apertou o botão de pausa no computador. Esperou os estudantes escreverem seus comentários. Del ficou andando para cima e para baixo na sala. Ela achava que ele estava tentando não parecer nervoso, mas podia ver a tensão em seu corpo.

Roube meu coração 217

Até então, o feedback tinha sido excelente. Tinham preparado vários vídeos curtos, variando o conteúdo, mas não a duração. Alguns eram narrados por ele; outros, por ela. Haviam acrescentaram música, feito anotações e sugerido questões para debate. Estavam recebendo muitos bons palpites dos estudantes. Maya tinha várias páginas de anotações e estava certa de que Del também. Havia potencial ali.

Quando o último estudante acabou de escrever, Del foi até a frente da sala.

— Passem suas folhas para a frente. Maya e eu vamos dar uma olhada mais tarde. Mas, por enquanto, vamos conversar sobre o que vocês acharam.

— Os vídeos são bons — disse um menino. — Interessantes, sabe? Não gostei da música.

— Nem eu — concordou uma das meninas. — Ficou muito... Sei lá... Comercial, eu acho. Deixe a gente ouvir o que está acontecendo. Como os sinos das vacas. É melhor que música.

Vários alunos concordaram com a cabeça.

— As perguntas para debate eram boas — comentou outra menina. — Mas você sabe que isso significa que os professores vão usá-las para fazer a gente escrever uma redação ou algo assim.

Del ergueu as mãos.

— Não posso ser responsabilizado por isso.

— As perguntas eram boas — disse outra pessoa. — São coisas para a gente pensar. Temos sorte aqui, em Fool's Gold. Precisamos saber desse tipo de coisa.

Maya enxergava o valor daquilo e escreveu um lembrete para conversar com Del sobre montar um guia de estudos ou um guia para professores. Perguntas sugeridas para provas ou quem sabe até recomendações de livros para aprofundar os estudos. Isso poderia ser útil. Ou será que podiam elaborar um livro complementar? Com fatos e fotografias. Talvez transcrições das entrevistas. Teriam muito mais coisas gravadas do que poderiam usar nos vídeos. As conversas mais longas poderiam ser resumidas. Algo a se pensar.

— E a narração?

Uma das meninas franziu o nariz.

— Você fica muito bem na tela, Del, mas é melhor quando Maya faz a narração. Não sei por quê. Vocês dois têm vozes boas.

— Ela tem uma voz de mãe — soltou o cara ao lado dela. — Só que sexy.

Ele ficou vermelho e se encolheu na cadeira.

Maya piscou, surpresa. Tinha uma voz sexy?

Del concordou com a cabeça.

— Meu amigo, você tem toda razão. A voz de Maya é atraente. Quantos de vocês acham que a narração dela ficou melhor?

Quase todos ergueram as mãos.

A professora deu um passo à frente.

— Eu concordo, Del. Maya, você tem uma habilidade natural. Há um calor no seu tom de voz. Talvez seja o fato de que a maioria dos professores é mulher. Então, reagimos à voz feminina. Não tenho certeza. Além disso, voltando às perguntas e aos tópicos de debate, eu gostaria muito de ter um livro complementar. Uma série como essa pode nos encaminhar para várias direções. Podemos falar sobre política, história, estudos globais e, até mesmo, economia. Bom trabalho.

Maya reconheceu o tom de encerramento e deu uma olhada no relógio. Ficou chocada ao perceber que tinham se passado quase duas horas. Os alunos teriam de ir para a próxima aula. Ela se levantou.

Del agradeceu aos estudantes, que aplaudiram. Eles foram dispensados. Quando todos foram embora, Maya e Del ficaram mais alguns minutos ouvindo as opiniões da professora; depois, juntaram o equipamento e foram para o estacionamento.

— Foi demais — disse Del, quando saíram da escola. — Eles gostaram dos vídeos.

— Pois é. As perguntas que fizeram foram tão inteligentes... Vamos ter um monte de feedback.

Caminharam até a caminhonete de Del. Ele colocou a caixa com todos os questionários atrás do banco e pegou a maleta do computador de Maya.

— Eu não tinha pensado que os estudantes do ensino médio seriam um público para os vídeos — admitiu. — Fico pensando se poderíamos pegar o mesmo material e mudar o plano de aula para adequar às séries. Perguntas mais fáceis para crianças menores e tudo mais.

— É fácil. Além disso, dependendo de quanto material bruto tivermos em um dado momento, podemos editar os vídeos de maneiras diferentes. Exibir uma versão complexa para os mais velhos. Vamos ter que pensar nisso, mas dá para fazer.

Roube meu coração   219

Ela fez uma pausa, quase sem ar em meio a tantas possibilidades.

— Isso vai requerer investimento — continuou. — Conheço algumas pessoas que conseguiram subsídios. Quero entrar em contato com elas para descobrir o que é necessário. Você tem que fazer isso, Del. É um projeto maravilhoso.

Ele a abraçou.

— Você tem um papel enorme nele — disse Del.

Maya percebeu que era isso que queria. A ideia de Del tinha se tornado importante para ela. Por muito tempo se conteve, apegando-se ao que era seguro. Correndo atrás do que era familiar, como o emprego em rede nacional. O que é que estava pensando? Ela não ficava bem na tela e não precisava ser amada por uma audiência sem rosto para se sentir especial. Não era mais aquela menininha assustada. Não havia por que se preocupar em ser salva ou salvar a si mesma. Era uma mulher adulta bem-sucedida e competente. Podia cuidar de si mesma.

Ter voltado para Fool's Gold possibilitou que Maya descobrisse o que queria. Ela queria fazer parte do projeto de Del. Queria viajar com ele e amá-lo e ser amada por ele.

Ele era *o cara*. Talvez sempre tivesse sido, talvez a época não fosse certa para eles antes. Seja lá como foi, ela sabia que estava na hora de lhe contar como se sentia. Mas antes tinha de parar de esconder um segredo que estava guardando. E isso significava conversar com Elaine primeiro.

Capítulo 17

— TEM UMAS MIGALHAS AQUI — DISSE Maya, apontando.

Não que fizesse alguma diferença. Sophie não se importava muito com a evidência denunciadora de sua recente visita à cozinha. Estava mais interessada em se esticar sob o sol e ganhar um bom carinho na barriga.

— Ainda bem que sua mãe a ama muito — continuou Maya, acariciando a cadela. — Porque você é meio malandra.

— Ela é — concordou Elaine com carinho enquanto entregava um copo de limonada a Maya.

Maya o pegou e analisou a amiga. Elaine ainda parecia cansada. A pele estava pálida e as olheiras estavam mais profundas.

— Só mais alguns dias de radioterapia, certo? — perguntou ela.

Elaine sentou-se no sofá e suspirou.

— Sim. Já me avisaram que vai levar um tempo até a fadiga passar. Não começou logo de cara; então, suponho que era de se esperar. Mesmo assim, estou ansiosa para voltar a ser eu mesma.

Maya ficou de frente para a amiga.

— Preciso que você conte a eles.

A expressão de Elaine ficou severa.

— Já conversamos sobre isso. A decisão é minha, e eu não quero. Você precisa deixar isso para lá.

— Não posso. É muito importante para mim. Estou mentindo para Del todos os dias. É horrível.

— Ele vai sobreviver e você também.

Maya ficou surpresa com o tom duro da amiga. Esperava que Elaine fosse concordar.

— Não é só isso — disse Maya baixinho. — As coisas com Del ficaram... complicadas. Ele... — Ela não sabia ao certo como explicar.

Então, percebeu que a verdade costumava ser a resposta certa. — Eu me apaixonei por ele e não posso contar enquanto estiver guardando seu segredo.

Volta e meia Elaine lhe dava umas cutucadas, revelando sua vontade de vê-la com Del, e Maya esperava uma reação feliz. Sorrisos. Talvez risada. Não achava que a amiga fosse cobrir o rosto com as mãos e começar a chorar.

— O que foi? — perguntou Maya, aproximando-se dela e a abraçando. — Você está brava? Desculpe se a chateei.

— Não chateou. Não é isso. Eu só não tenho mais nada dentro de mim. Estou muito cansada, e eu nunca quis machucar ninguém.

— Você não machucou. Estamos todos bem.

Elaine se endireitou e fungou. Ela secou o rosto com os dedos.

— Você tem escondido isso dele por minha causa. Me desculpe.

— Está tudo bem. — Maya a estudou. — Tem certeza de que está bem? Você não teve nenhuma notícia ruim do médico, teve?

— Não é isso. É que tudo parece demais. A festa de aniversário de Ceallach, ter todos os meninos aqui. Foi maravilhoso vê-los. Eu gostaria que os gêmeos voltassem para cá, mas parecem gostar de onde estão.

Maya relaxou um pouco.

— Os filhos saem de casa. A maioria dos pais quer que isso aconteça.

Elaine abriu um sorriso trêmulo.

— Não os quero debaixo da minha asa o tempo todo, mas seria legal tê-los por perto. — Ela respirou fundo. — Tem razão. Preciso contar a eles e é o que vou fazer. Ceallach está terminando uma obra esta semana. Vai acabar na sexta. Vou fazer uma reunião de família no sábado de manhã e contar a eles. Prometo.

Maya sentiu-se relaxar.

— Obrigada. Fico agradecida. Depois que você explicar pelo que passou e Del tiver uma chance de lidar com isso, posso conversar com ele sobre nós.

Presumindo que houvesse um *nós*.

Maya sabia que ele gostava dela. Gostava de estar com ela. Mas quanto disso era pela conveniência e quanto era real? *Só havia um jeito de descobrir*, lembrou a si mesma. E era falando sobre seus sentimentos e perguntando sobre os dele.

— Você está mesmo apaixonada por ele? — perguntou Elaine.

— Estou. Não sei o que vai acontecer. Pode ser que ele não ligue a mínima.

— Ele liga. Está com você o tempo todo.

— Em parte é porque estamos trabalhando juntos.

— Será? Eu não acho. — O sorriso dela desapareceu. — Eles vão ficar bravos.

— Vão ficar preocupados. É uma coisa séria. Mesmo sabendo que você está bem, eles vão ficar preocupados. E se Ceallach escondesse coisas de você?

Elaine se esticou para passar a mão em Sophie.

— Seria difícil — disse ela.

Maya a estudou. *Havia algo em sua voz*, pensou. Algo que ela não conseguia explicar direito. Então Elaine ergueu os olhos, que brilhavam de alegria.

— Me dê até sábado — pediu ela, com uma risada. — Se eu não tiver contado à minha família até lá, você tem minha permissão para me dedurar.

Maya se encolheu.

— Podemos chamar de outra coisa?

— Podemos chamar do que você quiser. — Elaine deu um suspiro. — É sério. Vou contar a eles no sábado de manhã. Você vai ver.

— O tamanho do barco determina o número de pessoas — informou Del, enquanto Aidan colocava o cinto. — Quanto maior o barco, mais pessoas podem ir juntas.

— Eu precisaria de um capitão experiente — disse Aidan, com o olhar no azul vívido do lago Tahoe.

Eles foram até o famoso lago para passar a tarde fazendo *parasail*. Aidan estava considerando adicionar o esporte à lista de atividades que a agência oferecia. O lago Ciara era grande o suficiente para a prática, e ele tinha convidado Del para ajudá-lo com a pesquisa.

— Existem regulamentos estaduais? — perguntou Del.

— Vou ter que checar. Não estamos no oceano. Então, não lidamos com a guarda costeira. Mas tenho certeza de que devemos nos atentar para outras coisas.

Aidan observou o tripulante engatar os cabos que iriam mantê-los presos ao barco.

Roube meu coração   223

Del gostava de qualquer esporte que o fizesse voar. O *parasail* oferecia um passeio fácil para gente sem nenhum tipo de treinamento. Depois que você estivesse preso ao cinto, o barco, o vento e o paraquedas faziam todo o resto. Tudo o que a pessoa precisava fazer era relaxar e curtir o passeio.

Ele e Aidan estavam sentados de frente no barco. O paraquedas se inflava atrás deles. Era grande — quase 12 metros —, de modo a suportar o peso deles. Del não conhecia as especificações quanto aos requerimentos, mas sabia que, quanto maior o paraquedas, mais o equipamento aguentava, fosse o número de pessoas ou a força do vento.

— O tempo não deve ser um problema — disse ele, quando o barco ganhou velocidade. Segundos depois, estavam lentamente subindo no ar.

O barco pareceu ficar cada vez menor. Conforme o som sumia, eles puderam ver mais do lago e das montanhas que os rodeavam. O vento os golpeava, e eles continuavam subindo.

— Este cara cobra pela altura que atingimos, além da duração do passeio — disse Aidan.

— Como você quer fazer isso? Quanto mais tempo as pessoas ficarem no ar, mais você tem que pagar em termos de combustível e horas trabalhadas, sem contar a manutenção do barco.

Aidan concordou com a cabeça.

— Mas eu não quero um esquema complicado. Além disso, imagino a gente fazendo este passeio com muitas famílias. Talvez passeios com durações diferentes.

Eles chegaram a 50 metros. O barco se movia pelo lago, deixando um rastro. A água era formada por dezenas de tons de azul. *Maya iria gostar disso*, pensou Del, desejando que ela estivesse ali com ele. Havia muitos hotéis bacanas na região. Podiam ficar em um deles por alguns dias. Ficar na cama, ressurgir depois de fazer amor para comer alguma coisa, talvez caminhar nas montanhas. Era a ideia dele de diversão.

Ela era uma complicação que ele não esperava. Logo que decidiu vir à sua cidade natal para passar o verão, Del não sabia ao certo o que faria em seguida. Ter recursos era bom, porém mais opções significavam mais decisões. Naquele momento, ele teve certeza do que queria — ou ao menos do que não queria.

Não queria financiar o sonho de outra pessoa. Não queria investir em outra coisa. O que aconteceu com ele foi uma dessas coisas da vida. Sua paixão era outra. Em algumas semanas, estaria pronto para ir embora de Fool's Gold. A questão era: será que também estaria pronto para deixar Maya?

O barco fez um círculo amplo. Aidan e Del foram junto. À medida que o passeio se aproximava do fim, foram puxados para baixo. Nos últimos seis metros, pairaram perto da água. O capitão sugeriu que mergulhassem na água gelada, mas eles recusaram.

— Seria ótimo em dias quentes — gritou Aidan, com o barulho do barco ficando cada vez mais alto conforme desciam. — Podemos deixar as pessoas nadarem no lago. Elas iriam adorar.

— As crianças, pelo menos.

O irmão riu.

Del estava feliz por poder passar um tempo com ele assim. Conversar sem desentendimentos. Talvez Aidan não estivesse feliz por ter sido obrigado a cuidar da empresa, mas obviamente era bom nisso.

— Qual o veredito? — perguntou Del, quando voltaram à caminhonete.

— Preciso comprar um desses. — Aidan sorriu. — Foi divertido. Vou tirar meu arrais, ou seja lá o que for preciso, e contratar uns dois caras com as qualificações necessárias. Vai ser um ótimo complemento ao que já oferecemos. — Suas sobrancelhas se ergueram. — E ainda teríamos mulheres bonitas de biquíni. Que mal há nisso?

— Você e suas mulheres...

— Com inveja?

— Não. Não ligo para quantidade.

Del admitia que o estilo de vida de Aidan poderia parecer o sonho de quase todos os homens — sexo infinito e nada de comprometimento —, mas ele não conseguia ficar excitado com isso. Queria algo mais. Algo especial. Alguém especial. Enquanto dirigia de volta para Fool's Gold, ele se perguntou se já teria encontrado. Porque havia muitas coisas em Maya de que gostava.

Mas e as partes que o preocupavam? Honestidade era importante. Ele cresceu rodeado por segredos e estava determinado a garantir que não repetiria esse padrão em sua própria vida. Dizia a verdade e esperava o mesmo da mulher que amava. Dez anos antes, Maya havia escondido suas preocupações e seus medos dele. Partiu seu coração e mentiu sobre os motivos.

Os dois eram jovens. Ambos tinham crescido e mudado. Mas será que era suficiente? Será que podia confiar que ela seria honesta? Não guardaria segredos? Mentir minava qualquer relacionamento, não importavam as intenções. Disso ele tinha certeza.

— Se apoie — disse Maya, apontando para o espantalho.

Ela analisou a tela da câmera enquanto Del se apoiava na criatura de palha. Ele colocou o braço em torno do boneco e deu um sorriso largo.

— Perfeito. Não se mexa... Não se mexa.

Bem quando ela ia dizer para ele relaxar, Del piscou.

Embora parte dela (a que estava enlouquecidamente apaixonada por Del, desesperada para contar e, quem sabe, louca por um pouco de *tête-à-tête* com ele) tivesse suspirado com o gesto, seu cérebro cineasta reconheceu o tesouro que havia ali. Aquilo é que era atraente.

— Pronto — disse ela, pressionando o botão para parar bem quando uma criança pequena apareceu correndo na imagem.

— Desculpe! — gritou a mãe, correndo atrás dela.

— Sem problemas — garantiu Maya. — Só estamos brincando aqui.

Del segurou o menininho antes que ele chegasse à rua. A mãe o pegou, agradecida. O marido correu até lá para reconfortá-la.

Era a quinta-feira do fim de semana prolongado do Festival de Outono, e o centro da cidade estava lotado tanto de turistas quanto de moradores. Todos querendo participar das várias atividades, fazer compras nas lojas e nas banquinhas e provar os deliciosos pratos da estação, como muffins de café com leite e especiarias e sopa de tomate assado com crostini de cheddar. Ela e Del estavam fazendo umas imagens extras para inserir nos vídeos da cidade.

Muitos dos planos da noite seriam totalmente devotados à estação, mas eles também fariam gravações que poderiam ser usadas em qualquer época do ano. Mais tarde, naquela semana, filmariam em The Christmas Attic para simular o clima de fim de ano. Morgan, da Morgan's Books, iria decorar uma de suas janelas para celebrar a primavera e a Páscoa para ajudá-los. Maya reviu suas filmagens dois dias antes. Seu melhor palpite era de que, dentro de uma semana, finalizariam o projeto. Apesar de ela ainda ter a pós-produção para fazer, a parte de Del teria terminado, deixando-o livre para seguir em frente.

Não tinham conversado sobre quando isso iria acontecer. Ela sabia por que estava se mantendo em silêncio, mas não tinha tanta certeza quanto a ele. Esperava que Del estivesse tentando decidir se perguntaria se ela queria acompanhá-lo nas viagens. Em seus sonhos mais loucos, Maya o imaginava contando que ele sempre a amou e…

Maya reprisou a gravação para garantir que estava lá, em perfeitas condições. Ela trabalhava no automático, deixando o cérebro livre para admitir que, mesmo em sua cabeça, ela não sabia ao certo o que aconteceria depois de sua aguardada declaração de amor. Del a pediria em casamento? Iria se oferecer para lhe mostrar o mundo? Ou apenas a carregaria nos braços sob o pôr do sol?

Dizer a si mesma que aquilo não era apenas uma fantasia, nem que teria de redigir as falas dele, caso acontecesse, não a deixava nem um pouco mais confortável com o desconhecido. Ela sabia que estava de estômago revirado por causa da espera e da ansiedade. Por conta do segredo que Elaine ainda não tinha revelado à família. E, quando isso acontecesse, Del iria descobrir que Maya sabia sobre o câncer o tempo todo e não lhe contou. Ela pressentia que a conversa não iria ser muito boa.

Quem dera saber como Del se sentia com relação a ela. Perguntar fazia sentido, mas Maya não podia. Não até que pudesse lhe contar como se sentia, coisa que não podia fazer até não ter mais de mentir para ele.

E lá estava ela, de volta ao lugar onde tinha começado.

Del se aproximou.

— Por que está tão séria? A gravação ficou ótima.

— Você não tem como saber.

— Pude ver em seus olhos. — Ele abriu um sorriso. — Eu acertei em cheio.

— Eu já disse que sua modéstia é a sua melhor qualidade?

Ele chegou mais perto e baixou o tom de voz.

— É assim que estamos chamando isso hoje em dia?

Ele se inclinou na direção dela enquanto falava. A respiração quente roçou a lateral do pescoço de Maya e a fez tremer. Ou talvez fosse o simples fato de estar perto daquele homem. Del sempre teve o poder de mexer com ela. O tempo e a distância não mudaram esse fato.

Maya o encarou e se perguntou se o que os dois tinham era suficiente para sobreviver ao que ele estava prestes a descobrir. Del tinha muitas e ótimas qualidades, mas, até onde ela sabia, perdão e compreensão não estavam entre elas.

Maya voltou a atenção para a câmera e reprisou o que tinha filmado. Ele assistiu com atenção.

— Bom plano — disse Del. — As cores se destacam no cenário. Dá para ver o suficiente da montanha para ter uma sensação real do lugar.

Ela concordou com a cabeça.

— Temos bastante material. Quero fazer algumas imagens do presépio vivo em dezembro, mas, fora isso, estamos quase lá.

O olhar sombrio de Del se fixou no rosto dela.

— Isso significa que você vai voltar ao seu trabalho no escritório?

— Sim. Tenho que fazer a edição e cuidar da TV a cabo.

— E isso é interessante?

— Depende de quem Eddie e Gladys convenceram a inscrever fotos de bundas no desafio.

— Já pensou em fazer algo…

Duas adolescentes se aproximaram.

— Oi, Del. Oi, Maya. Filmando os vídeos promocionais da cidade?

Maya conteve um suspiro. Que hora péssima! Voltou-se para as meninas e se lembrou de que tinham ajudado muito com o questionário e o debate.

— Sim — respondeu ela, em tom alegre. — Fazendo uns planos alternativos. Sabem o que é isso?

— Imagens genéricas — respondeu uma das meninas. — Para colocar entre as principais cenas de ação. Elas oferecem cor e contexto.

— Boa resposta — elogiou Del. — O que vocês desejam?

As meninas trocaram olhares e olharam para Del.

— Estávamos conversando sobre seu projeto — disse a loira. — E temos algumas ideias.

Animada, a morena concordou com a cabeça.

— Tipo, ir para um país onde as meninas têm que se casar muito jovens. Vocês poderiam acompanhar o casal por uns anos para ver o que acontece. E que tal profissões? Aqui, todo mundo fala que podemos ser qualquer coisa.

A loira franziu o nariz.

— Não é exatamente verdade. Acredite em mim. Ninguém quer que eu me envolva com o programa espacial. Nós nos sairíamos mal, certamente. Mas se eu fosse boa em matemática...

— Como eu — retrucou a amiga, com um sorriso.

— É, como você, aí eu poderia fazer qualquer coisa. É assim em todos os lugares? Todos os jovens têm oportunidades? Ou será que acaba sendo o que os pais fazem? Se seu pai é fazendeiro, você vai ser fazendeiro?

Del ouviu atentamente.

— Gostei e entendo o que você está dizendo. O quanto é escolha? O quanto é geografia ou uma questão financeira?

— Aham. E há expectativas. Tipo casar e ter filhos. Mas com que idade? Se você deve se casar aos 18, é difícil fazer faculdade, certo?

A amiga concordou.

— Além disso, há regras familiares. Na minha família, todo mundo faz faculdade. Mas, se você é o primeiro a fazer, recebe auxílio? Ou esperam que você ajude a pagar as contas?

— Legal — disse Del. — Vocês nos deram muito o que pensar. Obrigado.

— De nada — disseram as meninas ao mesmo tempo. Então, voltaram para o festival.

— Boas ideias — comentou Maya. — Apesar de que eu ficaria triste de ver uma menina sendo obrigada a casar.

— Concordo, mas acontece. — Del olhou em volta. — E que tal diferentes celebrações culturais? Acontecem bastante. Existe alguma novidade?

— Podemos fazer um *brainstorming* disso.

— Gostei. — Ele fez uma pausa. — Quanto ao que estávamos falando antes... — começou, bem quando o celular de Maya tocou.

Maya o pegou e conferiu a tela.

— O identificador de chamadas diz que é da Prefeitura. Como trabalho para a prefeita, preciso atender.

Ela tocou no botão para atender.

— Alô?

— É Bailey. A prefeita Marsha precisa que você vá para o Lucky Lady Cassino imediatamente. Ernesto e Robert querem conversar com você e Del.

— Alguém falou do que se trata? Devo ficar preocupada ou feliz?

— Desculpe, mas ela não falou. Só para você saber, ela não parecia nem um pouco chateada.

Maya tentou encontrar conforto nisso.

— Ela costuma parecer?

— Às vezes.

— Você só está dizendo isso para me consolar.

Bailey riu.

— Um pouquinho, mas duvido de que algo esteja errado.

— Acho que vamos descobrir.

Apesar de ser dia de semana, o tráfego estava intenso na via expressa para o hotel-cassino. Del entrou com a caminhonete e encontrou uma vaga no estacionamento dos fundos. Ele e Maya caminharam em direção ao grande prédio.

— Nervosa? — perguntou ele, enquanto se aproximavam das portas de vidro que davam acesso ao cassino.

— Sim. Queria dizer que não estou, mas estou, sim. Vi o material bruto para os comerciais. Fizemos um ótimo trabalho.

— Você, na maior parte — disse ele.

— Obrigada. Espero que não haja nenhum problema técnico.

Ela era cuidadosa demais para que fosse isso, pensou Del. Maya tinha várias câmeras. Havia verificado todos os planos, feito *backup* das gravações. Se houvesse algum erro, não era culpa dela.

Del gostava do fato de Maya ser cuidadosa com seu trabalho. Ela se orgulhava do que fazia — algo que ele respeitava. Havia pessoas demais que só queriam fazer o mínimo.

Quando entraram no cassino, seguiram as placas que levavam ao hotel. No saguão, o concierge os conduziu aos escritórios administrativos, onde uma recepcionista os levou até uma pequena sala de reuniões.

Ernesto e Robert estavam esperando lá dentro.

— Obrigado por terem vindo — disse Ernesto, sorrindo, enquanto se levantava e apertava a mão deles.

Robert imitou o sócio e gesticulou para que Del e Maya se sentassem.

Os empresários sentaram-se do outro lado da mesa.

— Vimos a edição preliminar dos dois primeiros comerciais — contou Ernesto, assentindo com a cabeça enquanto falava. — Muito impressionante. Trabalhamos com várias produtoras antes, e nenhuma delas capturou exatamente o que queríamos como vocês dois fizeram. Nem de longe.

Robert se inclinou na direção deles.

— Gostamos muito do que vimos. Ernesto e eu conversamos bastante. Gostaríamos de contratar vocês dois para produzirem todos os nossos vídeos publicitários. Temos, ao todo, 12 empreendimentos — dois nos Estados Unidos e os outros espalhados pelo mundo. As filmagens iriam provavelmente durar umas oito semanas por ano.

Del não sabia o que esperar dos hoteleiros, mas certamente não uma oferta de emprego. É claro que não era em período integral, mas fazer comerciais? Isso que era um segundo ato inesperado!

Ernesto explicou o que seria requerido. Então, fez uma oferta de salário que quase fez Del gargalhar. Ele chutaria que era mais ou menos o dobro do que Maya ganhava na prefeitura. Nada mal para algumas semanas de trabalho.

Del se virou para Maya e viu que ela estava com os olhos arregalados, obviamente chocada. Ela o olhou, como que perguntando o que ele achava. Del acenou de leve com a cabeça. Maya se virou para os dois homens.

— Vocês fizeram uma oferta generosa — disse a eles. — Vamos precisar conversar sobre o assunto.

— É claro. Avisem se vocês tiverem perguntas. Podemos trabalhar a partir da sua agenda, planejando tudo com bastante antecedência. Esta pode ser uma parceria lucrativa para todos nós.

Capítulo 18

— ESTOU CHOCADA — DISSE MAYA, PELA terceira vez desde que saíram do cassino. — Não consigo acreditar.

A oferta era incrível. Não apenas o dinheiro, embora fosse espetacular, mas tudo. A chance de trabalhar com tanta criatividade, de aprender e crescer. De ver outras partes do mundo.

Del estacionou na vaga de garagem de Maya, no prédio de seu escritório, e se virou para ela.

— Eu não fazia ideia de que eles tinham ficado tão impressionados com seu trabalho.

Ela abriu a porta do passageiro e saiu.

— *Nosso* trabalho. Eles vão contratar nós dois.

— Você é quem tem o talento — comentou ele, saindo do carro e juntando-se a ela.

— Atrás das câmeras — retrucou Maya, rindo. — Você encanta na frente delas. — Agarrou-o pelo braço. — Del, isso é incrível. Você percebe as oportunidades que isso nos abre? Com seu nome e meus contatos... — Ela gesticulou no ar com a mão livre. — Sequer sei por onde começar.

Havia mil coisas que podiam explorar, pensou ela. Mais comerciais. Curtas-metragens. Pegar as ideias dele para os vídeos com as crianças e tirá-las do papel. As possibilidades redemoinhavam, cada uma mais promissora e fascinante que a outra.

Ele estava parado à frente, iluminado pelo sol. Alto e lindo e exatamente com quem ela sempre quis estar.

— Deveríamos descobrir onde são os outros cassinos — disse Del. — Talvez possamos matar dois coelhos com uma cajadada só. Algo como filmar os comerciais e aí ir atrás de algumas escolas. Nós já conheceríamos a região.

— Eu estava pensando na mesma coisa. Obviamente, não vamos fazer vídeos para todos os hotéis todos os anos. Mas não tem problema. Isso significa que, em alguns anos, vamos voltar ao mesmo local. Poderíamos fazer uma continuação. Ver como as crianças que filmamos antes cresceram e mudaram. Fazer as mesmas perguntas e obter novas respostas.

— Também poderíamos encontrar um redator em algum lugar. Alguém que trabalhe como freelancer. Talvez contratá-lo para escrever artigos sobre o que estamos fazendo para despertar interesse.

Animada, ela concordou com a cabeça.

— Ou fazer artigos. Suplementar os vídeos. Para professores, como discutimos antes. Sugerir tópicos para debate. Com tudo digital, é fácil mudar e atualizar o conteúdo. — Maya apertou uma mão na outra. — E que tal uma newsletter on-line? Podemos falar sobre o próximo destino. Os estudantes podem assinar. Podemos criar um fórum para as crianças de outros países conversarem com as daqui.

Havia mil possibilidades, pensou ela, feliz. Tantas oportunidades...

— Sabe, com o dinheiro que vamos ganhar com isso, financiar seu projeto não seria tão difícil. Eu não precisaria de muito do meu e...

Ela apertou os lábios quando se tocou do que estava dizendo.

— Não que você tenha dito que me queira envolvida, nem nada assim — acrescentou, sentindo-se constrangida e rejeitada.

Del segurou os braços dela e a puxou para perto.

— Maya, sem você, não existe ideia e certamente não existe trabalho com os hotéis.

Ele a soltou e olhou para ela.

— Tenho pensado muito nisso — confessou. — Em nós. Na maneira como trabalhamos juntos. Você compreende o que eu quero fazer com minha vida.

Ela ficou sem ar, e seu corpo ficou paralisado. A esperança a preencheu. Quente e brilhante, crescendo como uma bolha, e Maya quase saiu voando.

— Espero que você queira a mesma coisa — continuou ele. — Somos bons juntos. Um ótimo time.

— Somos mesmo... — sussurrou ela, pensando que amá-lo era a melhor coisa que já tinha acontecido em sua vida.

— Tenho uma grana.

Ela piscou, sem saber ao certo do que ele estava falando.

— Certo — disse Maya, devagar. — Isso é bom.

Ele riu.

— Vendi minha empresa por um valor considerável. Tenho dinheiro suficiente para financiar o projeto. Desde que voltei a Fool's Gold, tenho tentado descobrir qual seria meu próximo passo. Tive propostas, mas nenhuma delas era a certa. Esta é a certa.

Del tocou no rosto dela.

— Quero que a gente firme uma parceria. Crie uma empresa. Vamos fazer os comerciais para Ernesto e Robert e vamos filmar nossas crianças e criar programas que os professores possam usar nas aulas. Vamos contratar um ou dois roteiristas e alguns funcionários para cuidar da produção, mas boa parte do trabalho, a parte divertida, vamos fazer juntos.

Ele a soltou.

— Sei que você acabou de voltar. Que não vai querer ir embora tão cedo. Se você não tiver certeza, pode pedir à prefeita Marsha uma licença, para que saiba que pode voltar para cá. Espero que considere minha oferta. O mundo é lindo, e eu gostaria de mostrá-lo a você.

A decepção tinha um sabor. Era amargo, com um retrogosto inesperadamente forte.

— Você quer que a gente trabalhe junto — disse ela em tom suave, precisando ter certeza de que tinha entendido direito. — Para sermos sócios.

Ele concordou avidamente com a cabeça.

— Eu trago o capital financeiro para a equação, mas você tem o talento. Entraríamos nisso cada um com metade.

O "nisso" sendo a empresa.

Ele não a amava. Não queria se casar ou dizer que não podia viver sem ela ou que nunca a tinha esquecido. Não havia a declaração de uma devoção eterna ou uma aliança. Nem mesmo uma pontinha de algo remotamente pessoal. Na cabeça dele, eram amigos, colegas. Nada mais.

— É muita coisa para pensar... — murmurou ela. — Minha cabeça está girando.

E o coração estava se partindo, mas Maya não ia compartilhar isso com ele.

— Você precisa de um tempo — disse ele. — Eu entendo. — O sorriso insinuante voltou. — Poderíamos ser ótimos juntos, Maya.

— Eu sei.

Poderiam mesmo. Só não do jeito que ele queria dizer.

Maya, de alguma forma, sobreviveu ao restante do dia de trabalho. Assim que conseguiu, saiu da cidade. Estava confusa, machucada e assustada. Isso significava que precisava de ajuda, e só havia duas pessoas às quais ela confiaria aquelas informações.

Chegou ao sítio Nicholson pouco antes das cinco. Já tinha ligado para Phoebe para avisar que daria um pulo lá. A amiga insistiu que ela ficasse para o jantar e a estava esperando no alpendre quando Maya chegou.

Por um segundo, Maya só observou a amiga. Em Los Angeles, era Phoebe quem não tinha certeza quanto ao que fazer da vida. Apesar de adorar vender imóveis, ela nunca havia conseguido afastar a sensação de que aquilo não era o bastante. Ajudar os outros a encontrar a casa dos sonhos era bom. E aquela sensação de ter feito algo útil tornava possível que Phoebe mascarasse a verdade desconfortável: assim como Maya, ela nunca tinha sentido que merecia ser acolhida em algum lugar.

Apaixonar-se por Zane mudou tudo isso. Maya não sabia ao certo se era amá-lo ou permitir que ele a amasse que havia provocado a transformação. De qualquer maneira, Phoebe tornou-se uma mulher confiante que sabia onde deveria estar. Não importava o que pudesse parecer bagunçado em sua própria vida: Maya sabia que podia se sentir reconfortada em saber que duas das pessoas que mais amava no mundo estavam muitíssimo felizes.

— Oi, amiga! — gritou Phoebe, quando Maya saiu do carro. — Tenho uma garrafa do seu vinho tinto favorito já aberta e teremos espaguete no jantar.

Maya torceu para que não parecesse tão pateticamente grata quanto se sentiu.

— Pareceu que eu precisava de carboidratos quando liguei? — perguntou ela, chegando ao alpendre.

— Um pouco.

— Então obrigada por ler minha mente.

As duas entraram.

Maya se lembrou da casa do sítio de quando ela e a mãe se mudaram para lá, havia 12 anos. O tamanho daquele lugar, por si só, a surpreendeu, bem como os móveis. Ela estava acostumada com plástico e artigos de segunda mão. Não com grandes peças de madeira. Nem mesas entalhadas à mão e tecidos macios que eram quentes e confortáveis.

Nas poucas semanas desde que Phoebe se mudou, ela já tinha começado a fazer mudanças. Várias paredes foram pintadas de amarelo-claro. O espaço aberto da sala de estar foi modificado, de modo que os sofás ficavam de frente um para o outro, e não de frente para a lareira. A grande TV na parede tinha sumido e, em seu lugar, havia pinturas alegres.

A presença de Phoebe também era sentida em pequenos detalhes. Havia flores frescas em belos vasos e revistas de moda misturadas a publicações sobre pecuária. *O simples fato de estar na casa já tornava mais fácil respirar*, pensou Maya. Não importava o que acontecesse, tinha uma família. Se precisasse de resgate, haveria um contingente, senão uma vila inteira. Não estava sozinha.

Phoebe apontou para o sofá perto da mesa de centro. Havia uma garrafa de vinho em uma bandeja, assim como duas taças e um prato com queijos e biscoitos.

— Sente — disse ela. — Vou servir o vinho enquanto você começa a me contar. Tem a ver com Del. Tem que ter.

Maya aceitou a taça de vinho e esperou Phoebe se acomodar no outro sofá. Tomou um gole, então respirou fundo e se perguntou por onde começar. Talvez pela parte mais dolorosa.

— Del não está apaixonado por mim.

Phoebe pegou um pedaço de queijo.

— Não acredito nem um pouco nisso. Ele é louco por você. Posso ver quando estão juntos. Rola um clima forte.

Apesar de tudo, Maya riu.

— Clima? Você tem 12 anos, por acaso?

— Às vezes. O que aconteceu?

— Lembra-se dos comerciais que nós filmamos? Para o Lucky Lady Cassino?

— Aham.

Maya explicou sobre a reunião com Ernesto e Robert e o que eles tinham oferecido.

Phoebe gesticulou com as mãos.

— Isso é fantástico! Você disse que sim? Você tem que dizer que sim. Digo, vou sentir demais sua falta. Mas... Por favor... Você iria adorar fazer isso.

— Iria — admitiu Maya. — Claro que estou interessada. Nós dois estamos.

— E?

Maya largou a taça e sentou-se sobre as pernas cruzadas.

— Contei a você sobre a série de vídeos que Del e eu temos discutido.

Phoebe confirmou com a cabeça.

— Vocês poderiam fazê-los também. É perfeito.

— Foi o que pensei. Del e eu poderíamos fazer os dois. Trabalharíamos juntos... — Ela deu um suspiro. — Na verdade, foi isso que ele ofereceu. Uma parceria profissional. Ele tem o dinheiro da venda da empresa. Eu entro com o conhecimento técnico. Trabalhamos bem juntos. Temos a mesma visão. É tudo ótimo.

Phoebe olhou para ela.

— Então, qual é o problema?

— Tudo o que ele ofereceu foi uma parceria profissional. Pensei que iria dizer outra coisa. — Maya esperava palavras que a deixariam tonta. — Ele nunca falou sobre sentimentos.

— Você falou sobre os seus?

— Não.

— Pois então. Ele pode estar sentindo exatamente o mesmo que você e estar mantendo isso em segredo.

— Del não é assim.

Maya teria contado a verdade a ele, só que não podia. Não até que ele descobrisse sobre Elaine. *No sábado*, disse a si mesma. Se Elaine não convocasse a reunião de família, seria Maya quem daria a notícia. Só mais 48 horas.

Mas ela já estava repensando se queria dizer alguma coisa. Para quê?

— Se ele tivesse algum pensamento romântico, teria dito alguma coisa — insistiu ela.

— Você não tem como saber. Vocês estavam falando de trabalho. Sabe como homens são. Eles separam as coisas. Trabalho é trabalho e todo o resto é diferente. — Phoebe sorriu. — Acho que você precisa planejar uma noite romântica com Del e confessar tudo. Dizer que está interessada na parte profissional, mas quer que seja mais. Ele vai ficar bastante feliz.

Maya queria ter o mesmo otimismo da amiga.

— Não tenho tanta certeza. Ele provavelmente vai ficar apavorado e sair correndo. Vou perder tanto ele *quanto* a oportunidade.

— Você quer ter um sem o outro?

Era uma pergunta para a qual Maya não tinha uma resposta. Ela sabia que queria viajar com Del e filmar seus vídeos. Também queria fazer o projeto para os hotéis. Mas ser só parceiros de negócios, amigos — estar ao lado de Del, mas não ser uma parte romântica de sua vida. Será que ela queria isso?

— Não quero ser deixada para trás — admitiu ela. — E não quero que ele se apaixone por mais ninguém. — Aquilo soava horrível. — Não acredito que passei tanto tempo pensando que eu nunca confiaria em um homem a ponto de saber que ele estaria sempre ao meu lado. Finalmente encontrei um homem em quem confio com todo o meu coração, mas ele não está interessado.

— Pare de falar isso — disse Phoebe. — Você não sabe como ele se sente porque não quer falar sobre isso.

Maya ouviu passos no corredor. Então, Zane entrou na sala. Ele se aproximou do sofá, mas se manteve cuidadosamente a certa distância.

— Ainda conversando sobre coisas de menina? — perguntou, acariciando a nuca de Phoebe.

Apesar de estar confusa, Maya sorriu.

— Repare em como ele está pronto para sair correndo caso não goste da resposta.

— Não sou muito fã de falar sobre essas coisas de emoção — admitiu Zane. — É uma coisa de homem.

Phoebe se aconchegou na mão dele.

— Tudo bem. Você tem outras qualidades admiráveis. Estamos falando sobre Del e Maya. Quer dar sua opinião?

Maya ficou surpresa quando Zane a olhou e disse:

— Vou apoiar o que você quiser. Se ele partir seu coração, eu quebro a cara dele.

Embora as palavras não fossem muito elegantes, Maya tinha de admitir que havia gostado da consideração de Zane.

— Obrigada.

— De nada.

Phoebe passou a mão no lugar ao seu lado no sofá.

— Junte-se a nós. Precisamos de uma perspectiva masculina.

Maya esperava que o irmão fosse fugir, mas ele a surpreendeu dando a volta no sofá e sentando-se ao lado da esposa. Depois de colocar o braço em torno de Phoebe, olhou para a irmã.

— Muito bem. Conte o que está acontecendo.

Ela recapitulou a situação com Del, incluindo a oferta de trabalho, os vídeos que queriam fazer e seus sentimentos por Del.

— Acho que Del está enlouquecidamente apaixonado por ela — acrescentou Phoebe, quando Maya terminou. — Mas não vai misturar questões pessoais e profissionais.

— É possível — disse Zane.

— Mas? — Maya sabia que deveria haver mais.

— Seja honesta. Não só com Del, mas consigo mesma. O que você quer? Você seria feliz sendo apenas sócia dele? O que vai acontecer se você não disser nada e ele não estiver mesmo interessado? Você vai acabar presa em Nairóbi, vendo o cara se apaixonar por outra pessoa.

Ele entrelaçou os dedos nos de Phoebe, mas manteve a atenção em Maya.

— Por outro lado, você pode fazer os primeiros comerciais e ver como vai ser. Talvez seus sentimentos por Del não sejam tão fortes assim e você descubra que ele a irrita. Ou perceba que esse cara é tudo o que quer e conte para ele.

Ela franziu a testa.

— Você percebe que está sugerindo, ao mesmo tempo, que eu devo e não devo contar a ele.

— Só estou tentando ser justo. — Zane largou Phoebe e se inclinou para a frente. — O negócio dos vídeos. Você quer fazer?

— O das crianças? Quero. Acho que é um projeto excelente.

— Então, se você decidir firmar uma parceria profissional com Del, me avise. Vou dar o dinheiro para você entrar com a mesma quantia. Eu sei que você entra com o conhecimento, mas, mesmo nos negócios, quem tem dinheiro tem poder. Não quero que tenha que se preocupar com isso com Del.

Ele ainda estava falando, mas Maya tinha parado de ouvir. Seus olhos se encheram de lágrimas. Ela se levantou e foi até o irmão. Zane se levantou, puxou-a para perto e deu um beijo no topo de sua cabeça.

— Achei que você fosse ficar feliz... — murmurou ele.

— Eu fiquei.

Ela sentiu Phoebe se juntar a eles em um abraço coletivo e se deixou inundar pelo amor. *Não importava o que acontecesse com Del: ela tinha aquilo*, pensou Maya. Pessoas que se importavam. Ela não era mais aquela menina tentando sobreviver. Estava evoluindo.

Maya fungou e, depois, se endireitou.

— Obrigada... — sussurrou ela. — Vocês dois.

— Imagine — disse Phoebe, apertando sua mão. — Você é família. Estamos aqui por você, Maya. Independentemente de qualquer coisa.

Maya concordou com a cabeça, voltou para o sofá e tomou um gole de vinho. Então, perguntou sobre o sítio e a conversa se desviou dela e de sua confusão com relação a Del.

Enquanto ouvia Phoebe e Zane conversarem e rirem de suas histórias, ela se perguntou por que tinha levado tanto tempo para descobrir a verdade. Por que precisou vir para Fool's Gold só para descobrir que era hora de ir embora?

Del sentia o entusiasmo zunindo dentro de si. Tinha voltado à cabana, mas não conseguia sossegar. Ficou andando de um lado para outro, fez anotações no laptop e andou mais um pouco. *Havia mil coisas para organizar*, pensou ele com ansiedade. Detalhes a serem resolvidos.

Ele e Maya precisavam entrar em um acordo com Robert e Ernesto. Depois disso, podiam começar a fazer outros planos. Seu instinto dizia que as primeiras filmagens precisavam ser na China. O país era enorme e estava crescendo. Tudo o que lá acontecia tinha impacto. Documentar isso e compartilhar com as crianças dali as ajudaria a entender melhor o futuro.

Um objetivo nobre, pensou, rindo consigo mesmo. Mas por que não? Com Maya como sua parceira profissional, qualquer coisa era possível.

Voltou à mesa da cozinha e para o laptop, preparado para fazer mais listas, quando o celular tocou. Del o pegou e viu o nome do pai na tela.

Por um segundo, ele hesitou. Não estava no clima para uma das ladainhas de Ceallach sobre Nick e seu desperdício de talento. Não havia a menor possibilidade de o velho estar ligando para conversar sobre Del. Mesmo assim, ele quase nunca ligava. Del tocou no botão para atender.

— Oi, pai.

— É sua mãe.

Del se levantou.

— O que aconteceu?

A voz de Ceallach tremeu quando ele falou.

— Ela foi embora.

— Como assim? Como ela pode ter ido embora?

— Ela não está em casa. Cheguei do trabalho e ela não estava aqui. Terminei minha encomenda hoje. Sempre comemoramos. Elaine tinha um grande jantar planejado. Não encontrei um bilhete, nem nada assim. Então, vim de carro até a cidade.

Del não estava gostando nada daquilo.

— O que aconteceu?

— Encontrei o carro dela, mas ninguém a viu. Liguei várias vezes para o celular dela e ela não atende. Passei as últimas três horas indo de loja em loja, mas ela não está em lugar nenhum. — A voz normalmente forte de seu pai vacilou. — Não sei o que fazer...

Del deu uma olhada para o relógio. Eram quase oito da noite. Não era muito tarde, mas eles não estavam falando de qualquer pessoa.

— Ela tem amigos na cidade? — perguntou ele.

— Como vou saber? Ela nunca sai à noite. Nunca. Ela vê os amigos durante o dia. Fica em casa à noite. Comigo. — Ceallach limpou a garganta. — Ela se foi. Foi embora. Eu deveria saber que isso aconteceria mais cedo ou mais tarde.

Del já estava caminhando na direção da caminhonete. Não estava tão chateado quanto o pai, mas admitia se preocupar um pouco. A mãe era uma pessoa metódica. Cuidar do marido era a parte mais importante de seu dia. Ela nunca deixaria Ceallach preocupado de propósito. Então, onde ela estava?

— A mãe não foi embora, pai. Ela não faria isso. Ela ama você. É alguma outra coisa. Você já falou com a polícia?

— E vou dizer o quê? Faz três horas. Eles não vão se importar. Vão presumir que ela está bem. Vão me dizer que não podem fazer nada até se completarem 24 horas. A não ser que eu suspeite de algum crime. Ela me deixou. Eu sei. Nunca mais vou trabalhar de novo.

— Que droga, pai! Não tem nada a ver com você. Uma vez na vida, pare de olhar para o próprio umbigo e pense em outra pessoa. Quem são as amigas da mamãe? Você já falou com elas? Talvez ela tenha saído com as amigas e se esqueceu de avisar.

— Ela não faria isso.

— Faz mais sentido do que ela ter deixado você. — Del ligou a caminhonete. — Pai, a mamãe ama você. Ela não vai embora.

— Existem coisas que você não sabe. Verdades de um casamento... — resmungou Ceallach. — Eu deveria ter previsto isso.

— Você não está ajudando, pai — disse Del, com a voz um tanto alta. — Onde você está?

— Perto do Jo's Bar.

— Me dê cinco minutos. Encontro você aí.

— Vou ligar para seus irmãos.

— Boa ideia.

Ele desligou. Depois, ligou para Maya. Ela demorou a atender.

— Del? O que foi?

— Onde você está?

— Com Phoebe. Por quê?

Ele explicou o que tinha acontecido.

— Sei que meu pai está exagerando — disse ele. — Há uma explicação lógica para o que quer que esteja acontecendo. Ela está em algum lugar. Pensei que talvez você tivesse algumas ideias.

O que ele realmente esperava era que Maya estivesse *com* sua mãe. Ao descobrir que não estava, Del estava disposto a admitir que estava um tanto preocupado.

— Ele já tentou ligar para ela? — perguntou Maya, com voz angustiada. — Seu pai. Ele ligou?

— Disse que ela não está atendendo. Maya, o que você não está me contando?

— Acho que tenho uma ideia de onde ela possa estar. Me encontre na frente da Morgan's Books em vinte minutos.

Maya desligou antes que Del perguntasse qualquer coisa, e ele sabia que, cinco minutos depois que ela saísse do sítio, entraria em uma área onde o celular não pegava. Não havia nada a fazer a não ser esperá-la.

Del foi até o centro da cidade. Durante a curta viagem, tentou ligar para o celular da mãe algumas vezes. Tocava e tocava até cair na caixa postal. Depois que chegou à cidade, encontrou o pai com facilidade. Pela primeira vez, Ceallach pareceu velho. Cansado. Os ombros estavam arqueados, e havia nos olhos algo que se parecia muito com medo.

Três anos antes, Ceallach havia sobrevivido a um ataque cardíaco. Del passou alguns dias no hospital e, depois, ajudou a mãe a acomodar o pai em casa. Na época, Ceallach estava todo agitado, apesar do *episódio*, vociferando ordens e insistindo que iria se recuperar. Não parecia assustado. Na verdade, até aquela noite, Del nunca tinha visto o pai com medo de nada.

— Temos que encontrá-la — disse Ceallach, quando Del se aproximou. — Não me importa o que ela fez. Só preciso dela de volta. Ela é que mantém minha vida ativa. Sem ela...

Del disse a si mesmo que havia amor escondido ali em algum lugar, mas certamente não era fácil encontrar. Ele queria ponderar que, se o pai dedicasse um tempinho a agradar a esposa, talvez não estivessem tendo aquela conversa.

— Maya está vindo da casa do irmão no sítio — disse ele, por fim. — Ela tem algumas ideias quanto ao paradeiro da mamãe.

Ceallach ficou olhando para ele.

— Quem?

— Maya? Nós namoramos dez anos atrás. Foi por causa dela que fui embora de Fool's Gold. Ela e a mamãe continuaram amigas.

— Eu já a conhecia?

Del soltou um palavrão.

— Pai, se você estiver certo e a mamãe o deixou, você só pode culpar a si mesmo.

— Me diga uma novidade... — grunhiu Ceallach, dando as costas para Del.

— Então, por que você não faz alguma coisa? Aja como uma pessoa normal de vez em quando. Dê flores. Diga que a ama.

Ceallach se voltou para encará-lo.

— Você acha que eu não a amo? Ela é tudo para mim. É a razão pela qual respiro. Sem ela, eu nunca poderia criar uma única peça. Ela sabe disso. Sabe disso melhor do que ninguém. Ela me protege, cuida de mim. Permite que meu trabalho aconteça.

Del olhou para o pai.

Roube meu coração 243

— Então, por que é que ela deixaria você?

O carro de Aidan parou ao lado. Ceallach correu na direção do veículo. Nick saltou do banco do passageiro.

— Cadê a mamãe?

Del soube que o momento tinha passado e que nunca ouviria a resposta do pai. Havia um motivo que fazia o velho ter certeza de que Elaine tinha ido embora.

Aidan se juntou ao irmão.

— Como assim desapareceu? A mãe não largaria a família assim simplesmente. Vocês dois brigaram? O que você fez para ela?

Ceallach fitou os três por um segundo. Então, baixou os olhos e respirou devagar.

— Não sei o que aconteceu. Nada fora do comum. Tenho estado ocupado. Trabalhando. Ela sempre está em casa, mas agora não está mais.

Por mais que Del quisesse se juntar a Aidan nas acusações ao pai, sabia que essa linha de questionamento não iria ajudar ninguém.

— Maya está vindo do sítio — disse ele. — Vamos nos encontrar na Morgan's Books. Vamos para lá esperar por ela. Ela conhece a mamãe. Acho que tem uma ideia do paradeiro dela.

— Se ela não tiver, vamos chamar a polícia — disse Aidan, com obstinação. — E a equipe de busca e resgate. Vamos encontrá-la esta noite.

Fácil dizer, pensou Del, entendendo a frustração do irmão. Mas querer que algo acontecesse não importava porcaria nenhuma.

Eles caminharam a pequena distância até a livraria. Uns três minutos depois que chegaram, Maya estacionou. Ela saiu do carro e se aproximou deles.

— Ainda não a encontraram? — perguntou ela a Del.

— Não, e estamos ligando para o celular dela direto. Ela não está atendendo.

Maya parecia mais resignada do que chateada. Del colocou a mão em seu ombro.

— O que você sabe? — perguntou ele.

— Tenho uma boa ideia de onde ela pode estar. Venham comigo.

Antes que ele pudesse perguntar do que ela estava falando, Maya começou a andar. Circundou o prédio até a lateral e, então, abriu uma porta que dava para uma escadaria.

Del olhou para as caixas de correio, para a porta de entrada. Havia apartamentos acima dos estabelecimentos comerciais na rua, que costumavam ser alugados durante o verão. Por que a mãe estaria ali? A inquietação o cutucou enquanto ele seguia Maya escada acima. Quando chegaram ao segundo andar, Maya os levou até uma porta no final do corredor. Bateu uma vez e, depois, usou uma chave para entrar.

Del a seguiu, junto com os irmãos e o pai. Ele não sabia o que estavam pensando, mas só conseguiu ficar parado no meio do pequeno apartamento e se perguntar o que estava acontecendo.

Havia duas janelas grandes com vista para o parque, uma pequena cozinha, uma TV e uma porta que ele supunha ser do banheiro. A mãe estava deitada em um sofá-cama, com Sophie esparramada ao lado. Havia flores frescas em um vaso, algumas das peças de vidro menores do pai na mesa ao lado da cama e jazz tocando baixinho em um rádio antigo.

Maya se ajoelhou ao lado de Elaine e sacudiu seu ombro com delicadeza.

— Elaine, querida, você precisa acordar.

A mulher se espreguiçou e abriu os olhos.

— Eu dormi dem...

Ela olhou para trás de Maya e viu os quatro homens parados, olhando para ela. Elaine ficou boquiaberta.

— Mãe! — Nick correu até ela. — O que está acontecendo? O papai disse que você tinha sumido e não estava atendendo o celular.

— Desculpe... — murmurou Maya. — Eles estavam desesperados. Eu não sabia o que fazer. Tentei ligar do carro, mas você não atendeu.

Elaine colocou os pés no chão e piscou algumas vezes.

— Meu celular deve estar na bolsa. A não ser que tenha caído no carro. Desculpe. Eu não queria ter dormido tanto. Vocês estavam me procurando?

Ceallach deu um único passo na direção dela.

— Eu achei que você tivesse ido embora.

— Para onde eu iria?

Maya se levantou e foi até a janela. Del a observou, perguntando-se o que ela sabia. Maya não parecia aliviada nem estava muito preocupada antes. A preocupação começou a se transformar em raiva.

Roube meu coração   245

— Mãe, este apartamento é seu? — perguntou ele, com a voz alta demais para o pequeno recinto. — E como Maya sabia disso?

Maya ficou pálida, mas não disse nada. Elaine entrelaçou as mãos.

— Não era assim que eu queria contar a vocês todos. Eu ia explicar tudo pela manhã. Quando vocês viessem para o café.

— Este apartamento é o motivo pelo qual você nos convidou? — perguntou Nick. — Mãe, o que está acontecendo?

Elaine suspirou e deu um sorriso.

— Está tudo bem. Vocês não precisam se preocupar. — Ela se virou para o marido. — Alguns meses atrás, fui diagnosticada com câncer de mama. Fiz uma lumpectomia e, depois, radioterapia. Meu médico disse que é um câncer não tão agressivo.

Del viu as expressões de choque dos irmãos e teve a sensação de que parecia tão pasmo quanto eles. Pensamentos inundaram seu cérebro: factoides idiotas, fragmentos de matérias do noticiário... Câncer? Sua mãe?

— Depois que removi o tumor, comecei a radioterapia. Tenho feito tratamento todos os dias há alguns meses. Estou bem, mas cansada. Eu não queria preocupar ninguém. — Ela sorriu para Ceallach. — Você tinha sua grande encomenda, e minha doença teria sido uma distração.

Ela olhou para os filhos.

— Vocês estão todos ocupados demais com suas vidas. Então guardei segredo e aluguei este apartamento para descansar à tarde sem ter que explicar o que havia de errado. E, se eu tivesse me lembrado de ligar o despertador, teria acordado a tempo e ninguém teria descoberto nada até eu contar a vocês amanhã de manhã. Desculpem se preocupei vocês.

Del entendia que o pedido de desculpas da mãe era errado em todos os sentidos possíveis, mas ele parecia incapaz de falar. Ainda estava assimilando a notícia. Câncer? Sua mãe tinha câncer!

Involuntariamente, olhou para Maya. Ela observava Elaine, sem dizer nada. Então, todas as peças se encaixaram.

Maya era amiga de sua mãe. Maya sabia sobre o apartamento. Maya sabia de muitas coisas.

— Você sabia — disse ele, com a voz baixa. — Você sabia sobre isso e não me contou.

A traição o atingiu com a força de um tornado. Maya havia trabalhado com ele, rido com ele, feito amor com ele, tudo isso sabendo que sua mãe estava doente, possivelmente morrendo, e não disse uma palavra. Ele tinha razão em não confiar nela. Nunca pôde confiar nela.

— Del... — começou ela. Mas ele meneou a cabeça e apontou para a porta.

— Esta é uma questão de família. Você precisa ir embora daqui.

Capítulo 19

— **V**OCÊ TEM CÂNCER e não me contou?

Del não sabia ao certo se o pai tinha dito aquelas palavras como uma pergunta ou uma afirmação, mas, como era a quinta vez que as dizia, ele não sabia se isso importava mais. Todos tinham saído do apartamento misterioso e voltado para a casa da família. Como era de se esperar, o celular da mãe estava no banco da frente do carro. Ele não conseguia sequer começar a entender como as coisas teriam sido diferentes se aquele objeto estúpido não tivesse caído da bolsa dela.

Sua mãe estava sentada na sala de estar, com Sophie esticada ao lado. A *beagle* parecia observar todos com uma combinação de preocupação e rebeldia, como se estivesse preparada para atacar quem se aproximasse. Sophie podia amar toda a família, mas reconhecia Elaine como sua dona. Ceallach andava de um lado para outro, e Del e os irmãos tinham se acomodado no sofá e em uma das poltronas.

Estava escuro lá fora. Luzes iluminavam a sala, mas não as sombras do lado de fora.

— Eu não queria que você se preocupasse — disse Elaine, com teimosia.

— Isso não é desculpa.

— Mãe, nós tínhamos o direito de saber — ressaltou Aidan.

— Tinham? É minha doença, não de vocês. Não há nada que vocês poderiam ter feito.

— Poderíamos ter apoiado você.

Que era o que Maya tinha feito, pensou Del, com amargura. Sem dúvida, ela esteve ao lado da amiga o tempo todo. Ele não entendia. Como ela pôde ter escondido esse segredo? Ele confiava nela. Caramba! Queria um futuro com ela. Estavam planejando trabalhar juntos. Ele achava que compartilhavam um sonho.

Deveria ter imaginado, disse a si mesmo. Maya mentiu para ele uma vez — é claro que mentiria de novo.

— Não vou aceitar ser culpada por nada disso — disse a mãe com firmeza. — A decisão era minha. Nossa família é cheia de segredos, e este é só mais um deles. Tive câncer, me tratei e estou bem. Cansada, mas bem.

Del se lembrava de como ela estava quando chegou à cidade. Estava pálida e esgotada. Ele perguntou o que havia e ela disse que não era nada além da "mudança". Mas não tinha nada a ver com a menopausa — era câncer.

— Mãe, eu não entendo por que você não nos contou. Nós a amamos. Teríamos apoiado você — disse Nick.

— Vocês não teriam dado conta. Nenhum de vocês. — Ela se virou para Del. — Você mal vem para casa a cada dois anos. Do que está fugindo? — Ela se virou para Aidan. — Há um motivo pelo qual você não consegue ficar com uma menina mais do que três dias. Qual é? — Nick foi o próximo. — Você está escondendo o que mais importa para você porque quer atingir seu pai. Isso é muito maduro.

O olhar dela se voltou para Ceallach.

— Você é o pior de todos. Só se preocupa com sua arte. Depois de todos esses anos, eu conheço as regras. Não distraia o mestre. Talvez eu esteja me superestimando, mas achei que meu câncer poderia ser uma distração para você. Então não falei nada. Agora vocês sabem. Com toda a sinceridade do mundo, que diferença fez?

A sala ficou em silêncio. Del concluiu que todos estavam lidando com as verdades desconfortáveis que ela expôs.

Ceallach foi o primeiro a falar.

— Achei que você tivesse me abandonado.

Elaine suspirou.

— E por que é que eu faria isso? Eu amo você. Sempre amei.

— Não sou um homem fácil. — A voz dele era rouca. — Achei que talvez você tivesse encontrado um que fosse.

As sobrancelhas de Elaine se ergueram, bem como seu tom de voz.

— Você pensou que eu estava tendo um caso?

Ceallach suspirou.

— Sim. Em retaliação ao meu.

Del virou a cabeça para olhar o pai. Nick e Aidan fizeram o mesmo. Elaine se levantou.

— Não ouse contar a eles.

— Está na hora, meu amor. Eles precisam saber.

Ceallach olhou para cada um dos filhos.

— Quase trinta anos atrás, eu tive uma amante.

Del não achava que poderia sentir o mesmo nível de choque mais uma vez, mas lá estava aquilo, atingindo-o como uma paulada. Ele olhou para a mãe, que tinha voltado a se sentar. Ela observava o marido com uma combinação de frustração e afeição.

— O relacionamento não durou — disse Ceallach. — Caí na real e voltei para minha esposa maravilhosa. Mas alguns meses depois tivemos notícias da mulher. Havia uma criança. Ronan e Mathias não são gêmeos. Ronan é fruto do meu caso.

Nick falou um palavrão. Aidan começou a se levantar. Então, afundou de volta no sofá.

— Ronan não é seu? — perguntou Del à mãe.

— Claro que é, em todos os sentidos; menos um. — Ela apertou os lábios. — Não acredito que você contou desse jeito. Tínhamos concordado que ninguém iria saber, nunca. — Elaine endireitou os ombros. — Quando aquela mulher nos disse que estava grávida, ela disse que queria dar o bebê. Não podíamos aceitar. Eu já estava grávida de Mathias. Então, fazia sentido ficar com Ronan também. Ele nasceu poucas semanas depois de Mathias. Vocês três eram tão novinhos... Dissemos a vocês que ele teve que ficar no hospital por algumas semanas, e foi isso.

Del não tinha nenhuma recordação daquilo. Ele só tinha três ou quatro anos. Então, a falta de lembranças fazia sentido. Mas... caramba!

Nick e Aidan pareciam tão chocados quanto ele. Como é que ficaram sabendo de tudo isso só naquele momento?

— Vocês nunca pensaram em nos contar? — perguntou Del, mesmo já sabendo a resposta.

A expressão da mãe era severa.

— Ronan é seu irmão em todos os sentidos que importam. Não queríamos que vocês o tratassem diferente.

— E a mãe dele? — perguntou Aidan. — Ainda está viva?

— Infelizmente, não — murmurou Ceallach.

Del se encolheu involuntariamente quando a mãe gritou com o pai.

— Infelizmente? O que isso quer dizer? Você sente falta dela?

— Elaine, você sabe que não. O que Candy e eu tivemos há todos aqueles anos não foi nada.

— Candy...? — murmurou Nick. — O nome dela era Candy?

Del balançou a cabeça. O nome daquela mulher era o que menos importava naquele momento. Na última hora, ele descobriu que a mãe estava com câncer de mama, que a mulher em que ele voltou a confiar tinha mentido, que o pai havia tido um caso que resultou em um bebê e que aquele bebê viveu a vida toda como se fosse filho de sua mãe.

— Eles sabem? — perguntou ele. — Ronan e Mathias. Vocês contaram a eles?

— É claro que não — respondeu Elaine.

— Sim — disse Ceallach, na mesma hora.

Elaine o fitou.

— Você contou a eles?

— Depois do meu infarto. Eu achava que estava morrendo. Os dois estavam comigo no hospital, e eu contei.

— Sem me avisar? Três anos de... — A boca de Elaine formou uma linha fina. — Foi por isso que eles foram embora, não foi? Porque você contou.

Del queria dizer que era óbvio que os irmãos mais novos tinham ido embora por causa da mentira, mas não achava que isso fosse ajudar. Aidan olhou-o e assentiu com a cabeça, como se estivesse pensando a mesma coisa. Aquele tipo de mentira era imperdoável. Não era de se admirar que tinham se mandado. Não havia mais nada para eles ali. Nada com que pudessem contar.

Ele desejou ter sabido antes. Teria ido vê-los. Não que isso fosse ajudar, mas ele poderia ter lhes dito que... O quê? Que ainda eram uma família? Ronan e Mathias tinham voltado para o aniversário de sessenta anos de Ceallach e não deram a entender que havia algo de diferente. *Todo mundo na família era cego*, pensou ele.

— Tem mais alguma coisa? — perguntou.

Elaine se virou para os outros dois filhos.

— Não que eu saiba. A não ser que algum de vocês tenha alguma coisa a compartilhar.

Tanto Nick quanto Aidan balançaram a cabeça.

— Ótimo — disse Del, enquanto se levantava. — Mãe, sinto muito pelo que você passou. Eu gostaria de ter sabido. Poderia ter ajudado.

— Eu sei. Mas eu é que devia superar a doença. Não havia muito o que você pudesse fazer.

Teria feito o que Maya fez, pensou ele com amargura. Teria escutado, levado a mãe às consultas, ajudado quando ela estava cansada. De repente, fez sentido ela ter entrado em colapso ao planejar a festa. Estava lidando com coisas além do que era concebível.

Del foi até a mãe e a levantou da poltrona e, então, a abraçou com força.

— Se você precisar de alguma coisa, me ligue.

— Vou ligar — prometeu ela.

— Por que não acredito em você?

Elaine sorriu e se afastou.

— Vou levar você até a porta.

Ele a seguiu até a porta da frente. Sophie se manteve próxima, como se sentisse que a pessoa que ela mais amava precisava de proteção.

— Você está bravo — disse Elaine, baixinho.

— Não com você.

— Deveria ser comigo. Fui eu quem não quis que você soubesse. — Ela tocou no braço dele. — Maya não gostou de guardar meu segredo, mas o fez porque pedi. Ela foi uma boa amiga, Del. Não a puna por isso.

— Ela sabia e não me contou.

— Eu sei. A culpa é minha.

— Foi ela quem guardou o segredo.

Maya esteve com ele todos os dias, o verão inteirinho. Houve uma centena de vezes que ela pôde abrir o jogo, mas nunca deu nenhuma pista. Nenhuma vez.

— Ela gosta de você — disse a mãe.

— Não o suficiente para que isso importasse.

Maya falou com Elaine na manhã seguinte, mas as notícias não eram animadoras.

— Del está chateado — disse sua amiga. — Dê tempo ao tempo. Eu disse que não foi culpa sua. Vou conversar com ele de novo mais tarde.

Maya tinha a sensação de que conversar com Del não iria ajudar. Para Del, ela havia mentido. Tinha guardado um segredo importante sobre alguém que ele amava muito. Ela sabia da verdade havia semanas.

Sozinha no escritório, ela se perguntava quanto tempo levaria para conseguir respirar sem sentir saudades dele. Sem aquela sensação de perda que a acompanhava como uma sombra. Sabendo que o fato de que quisesse contar a ele o que estava acontecendo com sua mãe não contava. Quanto a ela amá-lo — ele não iria ligar para isso de jeito nenhum.

Maya se perguntou se Del entraria em contato com Ernesto e Robert ou se queria que ela o fizesse. Ela sinceramente não sabia o que iria dizer. Apesar de a oferta de trabalho ser incrível, não tinha como assumir aquilo sozinha. Eles queriam contratar uma equipe.

Ela verificou o e-mail e repassou a agenda do dia. A vida era boa ali, disse a si mesma. Família. Amigos. Pessoas que se preocupavam com ela. Não era como amar Del, mas era melhor do que o que tinha em Los Angeles. Com o tempo, iria esquecer os planos com ele. Não iria pensar em todos os lugares que veriam juntos.

Quando se tratava de amá-lo, Maya tinha a sensação ruim de que isso faria parte dela para sempre. Nunca tinha deixado de amá-lo, e eles ficaram dez anos separados. A diferença era que, antes, ela não sabia. Conseguiu seguir em frente com sua vida sem estar ciente de que seu coração seria para sempre de uma pessoa que não o queria.

Perto do meio-dia, Eddie e Gladys entraram em sua sala.

— Você tem um minuto? — perguntou Eddie, enquanto elas se sentavam nas cadeiras de plástico do outro lado da mesa. — Precisamos conversar.

— Não fale assim — disse Gladys a ela. — Vai assustar a pobrezinha. — Gladys deu a Maya um sorriso vibrante. — Adoramos nosso programa.

Isso fez Maya sorrir.

— Acho que todo mundo já sabe disso. Seu entusiasmo é tão óbvio quanto contagiante.

— Com exceção do quadro das bundas — disse Eddie. — Ainda estamos recebendo algumas críticas por causa disso. Marsha precisa ter um pouco mais de senso de humor, na minha opinião.

— Ou talvez vocês não devessem mostrar tantas bundas.

— Como se isso fosse acontecer. — Gladys piscou. — É nosso quadro de maior audiência. Mas não é por isso que estamos aqui.

— Estou quase com medo de perguntar o motivo — admitiu Maya. Por dentro, contudo, estava feliz pela interrupção. Era impossível sentir pena de si mesma na companhia daquelas duas.

— Ouvimos o que aconteceu com Del e a família — disse Eddie, falando baixo. — Câncer de mama. Coitadinha.

Enquanto parte de seu cérebro presumia que Eddie estivesse se referindo à Elaine, o resto de Maya estava tentando descobrir como elas tinham ficado sabendo.

— A notícia está se espalhando depressa — disse Gladys. — Agora que veio à tona. Ceallach encontrou Morgan pela manhã. E, apesar de eu adorá-lo, Morgan é meio fofoqueiro. Parece que descobriram o tumor cedo e já removeram tudo. Então, isso é bom.

Eddie pressionou as mãos no peito.

— Sei que me preocupo com "meus meninos", mas o que mais você pode fazer a não ser fazer os exames? Elaine foi muito corajosa e você foi uma boa amiga.

— Nem todo mundo enxerga dessa forma... — murmurou Maya.

— Algumas pessoas são imbecis. Ele vai superar. Ela precisava de você, e você estava lá. É isso que importa.

Maya sabia que Eddie tinha razão. E, quando se encolhesse de dor por causa da saudade de Del, ela diria a si a mesma coisa. Apesar de se arrepender das consequências e de achar que a amiga tinha agido errado ao esconder a situação da família, Maya não se arrependia do que tinha feito. E, se a situação se repetisse, ela faria exatamente a mesma coisa. Seria uma amiga.

Gladys sorriu.

— Queremos agradecer você pela ajuda com nosso programa. Aplicamos o que você nos ensinou na aula e fez uma grande diferença.

— Estou feliz por vocês estarem contentes com os resultados.

Eddie confirmou com a cabeça.

— Ficamos. Sabe, nós sempre admiramos você, Maya. Mesmo quando adolescente, entendia que fazer alguma coisa na vida dependia de você mesma. Sua mãe não era das melhores pessoas, mas você não deixou que isso a impedisse. Você deu duro na escola e se dedicou.

O elogio inesperado fez Maya lutar contra as lágrimas.

— Obrigada por dizer isso — disse ela em tom suave, sem saber ao certo como elas sabiam tanto sobre ela. Mas ali era Fool's Gold, e as informações corriam soltas.

— Nós sabíamos que você estava destinada à grandeza — acrescentou Gladys.

— Então vocês devem estar decepcionadas. Cá estou eu, de volta onde comecei.

As duas senhoras trocaram olhares. Depois, voltaram a atenção para ela.

— Não seja boba — disse Eddie. — Você trabalhou na televisão. Isso foi algo importante. Nós gostávamos de ver seu nome nos créditos toda noite quando assistíamos ao seu programa de TV na internet. E agora você vai embora com Del para viajar o mundo.

— Não vou mais. Nós não estamos nos falando.

— Pfff! — Gladys balançou a cabeça. — Ele vai superar. Eles sempre superam. Aí vocês vão ver o mundo. Tirem muitas fotos e mandem para nós. Vamos adorar ver o que estão fazendo.

Ela ergueu a mão para a amiga.

— Quem acha que fizemos um bom trabalho bate aqui.

— Pode apostar.

Eddie ergueu a mão e bateu na palma de Gladys.

Maya alternou seu olhar entre as duas. Ela sentia como se uma verdade importante estivesse sentada bem à sua frente, só que não estava exatamente entendendo o que era.

— Do que vocês estão falando? — perguntou ela.

— De você — respondeu Eddie. — Estamos orgulhosas de você, menina.

Gladys deu uma risadinha.

— Você ainda não entendeu, né? Você tem perguntado por aí sobre sua bolsa de estudos. Fomos nós. Nós que bancamos sua faculdade.

Maya teve certeza de que seu queixo caiu, mas ela não parecia se importar.

— Vocês? — Sua mente estava com dificuldades em assimilar a informação. — Vocês duas?

— Engenhoso, não? — perguntou Eddie. — Temos feito coisas assim há anos. Nossos maridos nos deixaram bem de vida, e nós duas temos heranças. Não vamos gastar com coisas bobas, como carros ou roupas. Então, por que não?

Maya se levantou e deu a volta na mesa. Ela abraçou as duas o mais apertado que conseguiu, antes de se lembrar que elas tinham ossos de senhoras.

— Obrigada... — sussurrou ela. — Muito obrigada. Vocês não fazem ideia do quanto aquela bolsa significou para mim.

Roube meu coração   255

Gladys tocou em seu rosto.

— Nós sabemos e estamos orgulhosas de você, Maya. Queremos que seja feliz. Faça o mesmo por outras pessoas bacanas.

— Pode deixar.

Eddie sorriu.

— Não se preocupe com Del. Eu o conheço a vida toda. Ele vai entender o que aconteceu. E, se não entender, dou uma surra nele com a bolsa.

Maya a abraçou de novo. As duas acreditaram em Maya quando nem ela acreditava em si mesma. Não importava o que acontecesse, iria continuar seguindo em frente. Se não por si própria, pelas senhoras que enxergaram potencial nela quando ela mesma não o reconhecia.

Del tinha perdido a conta de quantas cervejas havia tomado, mas, considerando que poderia ir a pé para a cabana, sabia que isso não importava. Nick estava esparramado ao lado no sofá, enquanto Aidan tinha se apossado da grande poltrona reclinável.

A reunião dos irmãos não fora planejada, mas, de alguma forma, todos tinham acabado ali, na casa da Aidan. Eles conversaram sobre futebol americano, sobre as chances de começar a nevar mais cedo ou se deviam ou não acampar juntos antes que ficasse frio demais. Mas não tinham tocado no assunto real que os fez se reunirem para tomar uma cerveja juntos.

Del concluiu que, por ser o mais velho, cabia a ele tocar no assunto.

— Os gêmeos não contaram a nenhum de vocês?

Chamar Ronan e Mathias de "os gêmeos" não fazia mais sentido, mas eram chamados assim desde que Del se entendia por gente. Mudar parecia impossível. Ele se perguntou o que os dois pensavam de si mesmos.

— Nunca disseram nada — disse Aidan. — Eu não sabia que nenhum deles era capaz de guardar qualquer tipo de segredo, muito menos um dessa proporção.

— Pois é... — murmurou Nick. — Segredos. Que porcaria de jeito de viver! — Ele ergueu os olhos. — Não. Eles não me contaram. Nem sequer deram alguma dica quando estiveram aqui para o aniversário do papai.

— Como é que eles conseguem? — indagou Aidan.

Del tinha a mesma dúvida. É claro que eles tiveram três anos para assimilar a descoberta, mas não compartilhar com os irmãos... *Isso que é uma dinâmica familiar distorcida*, pensou Del pesarosamente.

— Ao menos sabemos por que eles foram embora — comentou Nick. — Queriam ficar longe do papai.

— Da mamãe também — acrescentou Del. — Ela também escondeu a verdade.

Ronan deveria estar tendo crises de identidade, enquanto Mathias teria perdido metade de como definia a si mesmo. Eles sempre foram os gêmeos. Duas partes de um inteiro.

— Me pergunto o que mais eles escondem de nós. — Aidan tomou um gole de cerveja. — Poderia ser um milhão de coisas.

— Mas eles não nos contariam — disse Nick. — Segredos demais.

Del pensou no artesanato clandestino do irmão, escondido na floresta. Não que fosse tocar no assunto. Já havia coisas demais para assimilar. Ele não queria brigar com os irmãos. Não naquele dia.

Aidan olhou para ele.

— Você está sendo um babaca com relação a Maya. Caso não saiba.

Muito esforço para não brigar, pensou Del.

— Ninguém liga para o que você pensa.

— Tenho que concordar com Aidan — disse Nick. — Tenha dó, Del. Ela estava ajudando a mamãe.

— Ela mentiu para todos nós.

— Ela omitiu algo de nós.

— Que nossa mãe tem câncer. — Del olhou para os dois. — Isso é imperdoável.

— Só se você quiser — disse Nick. — Foi decisão da nossa mãe não contar para a gente. Não concordo com o que ela fez, mas a culpa é dela. Maya fez algo bom. Cumpriu uma promessa.

Del se levantou e foi até a cozinha. Terminou a cerveja e pegou outra na geladeira.

— Você pode fugir, mas não pode se esconder! — gritou Aidan da sala. — Ela é boa para você, irmão. É inteligente e sexy e, por motivos que nenhum de nós consegue entender, quer ficar com você. Você tem algo muito bom. Não estrague tudo sendo um idiota.

Del voltou à sala, mas não voltou a se sentar.

Roube meu coração 257

— Não sou o vilão. Confiei nela, e ela mentiu para mim. Eu deveria imaginar. Ela já tinha feito isso uma vez. Mentiu dizendo que estava assustada e mentiu quando terminou comigo. Nada mudou.

— Se é isso que você aprendeu com o que aconteceu com Maya, então não a merece. Vá em frente. Faça os vídeos por conta própria. Você não deveria nem se dar ao trabalho de tentar com outra pessoa. De um jeito ou de outro, essa pessoa vai fazer uma besteira. E daí? Você vai ter que se livrar dela. Deve ser terrível ser a única pessoa perfeita da sala.

— Vocês não entenderiam — retrucou Del, largando a cerveja e indo até a porta.

— Entendemos, sim — disse Aidan. — Você está procurando uma garantia. A vida não é tão certinha assim. Merdas acontecem, e você lida com isso. No fim das contas, a questão é: você pode confiar na pessoa que ama? Foi isso que deu errado com o papai. Sabemos que a arte vinha primeiro. Sempre. Não sei como a mamãe concilia isso, mas escolheu se casar com ele e vai continuar com ele. É assim que é. Mas com Maya... Ela estava lá para apoiar a mamãe. Considerando o que tinha que aguentar por ser casada com o papai, fico feliz por alguém tê-la apoiado.

— Poderíamos tê-la apoiado — ponderou Del.

— Ela não queria a gente. Queria Maya. E Maya não a desapontou. Isso deveria contar muito. Se você é estúpido demais para perceber que isso significa que Maya apoiaria você também, então vá embora daqui. Não vou impedir.

Del olhou para a porta e depois para os irmãos. Nick ergueu o ombro.

— Ele tem razão. Estou tão surpreso quanto você, mas todo mundo tem seu dia de sorte.

— Você sabe que eu poderia quebrar sua cara — comentou Aidan.

— Nos seus sonhos.

Del pegou a cerveja e voltou para o sofá.

— Vocês são dois chatos.

— Eu sei. — Aidan sorriu. — A família é mesmo uma coisa maravilhosa.

Capítulo 20

MAYA TINHA OUVIDO FALAR DE TUDO sobre as infames festas de término de relacionamento de Fool's Gold, mas nunca fora a uma. Seu único arrependimento era participar pela primeira vez de uma delas porque Del havia partido seu coração. Tinha a sensação de que teria aproveitado muito mais a noite se a festa não fosse em seu benefício.

Lotada de mulheres, a pequena sala de estar de sua casa estava barulhenta por causa do liquidificador no qual preparavam alguns drinks. Todas as suas amigas estavam ali. Phoebe, é claro, Madeline, Shelby e várias outras mulheres da cidade. Jo cuidava dos drinks. No departamento gastronômico, todo mundo tinha aparecido com algum prato doce ou salgado. Havia batatas fritas, nozes, brownies, biscoitos, chocolate e potes de sorvete. Maya ainda não tinha começado a comer, mas sua calça já parecia apertada. Precisaria fazer muitos exercícios depois. Depois de se recuperar da ressaca que planejava ter pela manhã.

Sophie, que iria ficar na casa dela por alguns dias, estava no paraíso dos *beagles*, indo de convidada a convidada. Maya não sabia ao certo do que a alegre cadela estava gostando mais — de toda a atenção ou das migalhas que caíam no chão.

— Você está bem? — perguntou Phoebe, entregando-lhe uma margarita.

— Claro.

— É... Pergunta idiota. — Sua cunhada a abraçou. — Estou tão zangada com Del...

— Homens são idiotas! — gritou Destiny Gilmore do outro lado da sala. — Difíceis, emotivos e irritantes.

— Inclusive Kipling? — perguntou Shelby.

Destiny suspirou enquanto passava a mão na barriguinha de grávida.

— Não. Kipling, não. Ele é um amor.

— Você não está ajudando — disse Phoebe.

Destiny franziu o nariz.

— Desculpe. Homens são idiotas.

Maya conseguiu dar um sorriso. Estava gostando da sessão de paparicos. Os últimos dois dias tinham sido longos e solitários. Ela teve bastante tempo para pensar no que tinha acontecido e para onde iria depois. Nada daquilo tinha sido fácil.

Ela entendia por que Del se sentia traído. Não sabia se podia culpá-lo por ele ter reagido daquele modo. Se ela estivesse em seu lugar, teria ficado tão brava quanto Del.

Madeline sentou-se ao seu lado no sofá.

— Sinto muito — disse ela. — Como você está segurando a barra? Como está Elaine?

A notícia do câncer de Elaine tinha se espalhado depressa pela cidade.

— Ela deu um pulo no escritório hoje de manhã — disse Maya, colocando o braço em volta de Sophie. A *beagle* se aconchegou e, depois, cheirou o carpete. — Ela se sente péssima com relação a tudo isso. Eu fico dizendo que ela não tem nada por que se desculpar. Ela teve que lidar com muitas coisas.

Phoebe e Madeline trocaram olhares.

— O quê? — perguntou Maya. — Não falem nada dela.

— Não vamos falar — prometeu Phoebe. — É gentil da sua parte defendê-la. Só que, se ela não tivesse pedido que guardasse aquele segredo, você e Del ainda estariam juntos.

— Talvez — concordou Maya. — Mas teria acontecido alguma coisa que o deixaria zangado ou o faria sentir que não podia confiar em mim. Del está procurando um motivo para não se comprometer. — Infelizmente, saber disso foi ótimo, mas não preencheu o vazio em seu coração.

Shelby se juntou a elas.

— Conversei com Elaine hoje de manhã. Ela disse que vai viajar com Ceallach por alguns dias. Só os dois.

Elaine havia passado no escritório de Maya para lhe dizer a mesma coisa e perguntar se Sophie podia passar alguns dias em sua casa. Maya ficou feliz por ela. Elaine merecia uma folga. Também se ofereceu para conversar com Del de novo, mas Maya recusou. Não havia necessidade. Del ou iria entender por que Maya fez o que fez ou não iria. Dizer a mesma coisa para ele várias vezes não iria ajudar ninguém.

— É tão interessante essa história de Ronan e Mathias... — disse Madeline. — Que são meios-irmãos. Eu convivi com eles durante todo o colégio e nunca teria imaginado. — Ela inclinou a cabeça. — Certo, talvez *interessante* seja a palavra errada.

Maya sorriu.

— Entendemos o que você está querendo dizer. Eles sempre pareceram gêmeos.

— Tenho pensado nisso — comentou Destiny. — Agimos como agimos por causa de quem somos ou por causa do que nos dizem?

— Está sentindo uma nova música surgindo? — perguntou Shelby, com uma voz provocativa.

— Talvez. Nunca se sabe. A vida me inspira.

— Será que ser meio-irmão mudaria as coisas? — perguntou Shelby. — Kipling e eu somos, tecnicamente, meios-irmãos, mas não me imagino mais próxima ainda dele.

Maya era filha única e não tinha nenhum parâmetro de referência. Ser irmã de Zane sempre a tinha feito feliz. Apesar de nem sempre terem se dado bem, ele era como um porto seguro. Alguém com quem ela podia contar.

— Starr e eu somos meias-irmãs — disse Destiny, devagar. — Você e Kipling.

— Chase e Zane — acrescentou Phoebe. — Eles têm o mesmo pai.

Maya se perguntou o que teria sido diferente em sua vida se ela tivesse um irmão ou uma irmã de sangue. Alguém para compartilhar a jornada. *A culpa que sua mãe impunha teria sido dividida*, pensou ela. Ao menos esperava que seria. Talvez ouvir que outra pessoa havia arruinado a vida da mãe a tivesse feito perceber antes que a culpa não era, na verdade, sua. Isso teria mudado seu relacionamento com Del.

Quem dera, pensou Maya, triste. Quem dera tivesse contado a ele a verdade todos aqueles anos atrás. Quem dera tivesse dito que estava assustada, em vez de tê-lo dispensado dizendo que ele era chato demais. Tantos arrependimentos…

Quanto ao que tinha acontecido com a mãe dele, ela ainda não tinha uma resposta. Se Del não entendia por que ela havia guardado o segredo da amiga, então ele não era o cara certo para ela. Mas dizer isso não a ajudava muito a se desapaixonar. Quem dera ajudasse.

Madeline ergueu sua margarita.

— Como um sinal de amor e amizade, Maya, eu lhe ofereço Jonny Blaze.

Quase todo mundo riu, e houve alguns assobios.

— Eu não sabia que ele era seu — disse Jo, da cozinha. — Ele sabe disso?

— Suspeito que, lá no fundo, ele sinta que estamos destinados a ficar juntos — declarou Madeline com orgulho. — Ele está resistindo, mas isso só fortalece nosso amor.

— Você é uma pessoa esquisita e maluca — comentou Destiny, com alegria. — Isso me faz gostar ainda mais de você. — Ela se virou para Maya. — Algum interesse no nosso mais novo e mais famoso morador?

— Não muito — disse Maya. — Sem ofensas.

— Tudo bem. Eu sei que ele é incrível.

— Ele, provavelmente, também sabe disso... — murmurou Shelby.

Apesar da dor, Maya riu junto com elas. Tudo doía. Era como se ela tivesse sido atingida por um caminhão e arremessada de uma montanha. Os ossos doíam, os músculos estavam doloridos e o coração, bem, não era mais que uma ferida. Era estranho sua mãe nunca ter se apaixonado por ninguém, mas Maya acabou se tornando uma mulher de um homem só. A biologia era mesmo engraçada.

Maya queria dizer a si mesma que o esqueceria, mas não era boba. Sabia que o amaria para sempre.

Como se sentisse seu desconforto, Sophie voltou para o lado de Maya e se apoiou nela. Maya coçou suas orelhas.

Ela esperava que, com o tempo, doesse menos. Talvez encontrasse alguém que a fizesse rir e amar, mas, mesmo assim, haveria Del. Ela não sabia por que reagia de forma tão única a ele, mas era assim.

Sequer houve a satisfação de término, pensou ela. Porque nunca tiveram um relacionamento de verdade. Não um compromisso. Trabalhavam juntos, tornaram-se amantes, mas nunca discutiram a relação. Tudo aconteceu sob o viés profissional. Até mesmo a oferta que Del fez para que ela o acompanhasse tinha a ver com trabalho. Não havia nenhuma palavra íntima. Nenhuma confissão. Nenhuma promessa.

Ela era tão culpada quanto Del, pensou Maya. Nunca lhe contou como se sentia. Não que saber fosse mudar qualquer coisa. Ele tomou sua decisão com base no que sabia ser verdade.

Larissa, uma loira bonita de legging e camiseta, inclinou-se na direção de Maya.

— Quer que eu peça para Jack bater nele? — ofereceu ela. — Ele bateria. Jack não é o tipo de cara de bater nos outros, mas ele gosta de defender o que é certo.

Patience concordou com a cabeça.

— Justice poderia fazer isso também — disse ela. — Ele sabe das coisas.

— Não vamos entrar em uma competição para ver qual marido ou namorado pode bater melhor em Del — disse Maya. — Não que eu não aprecie a oferta.

— Queremos ajudar como pudermos — disse Phoebe. — Alguma sugestão?

Façam-no me amar também. Só que isso não ia acontecer, e ela precisava descobrir uma maneira de seguir em frente. Não ia ser como sua mãe e pôr a culpa de tudo em outra pessoa. Sua vida amorosa era uma droga, mas ela podia ser feliz de outros jeitos. E iria encontrá-los.

— Seja minha amiga — disse Maya a Phoebe.

— Isso é fácil. Eu amo você e vou ser sua amiga para sempre.

— Então vou ficar bem.

Maya estava sentada na sala da prefeita Marsha. Já tinha entregado seu pedido de demissão.

— Sinto muito por ter que fazer você encontrar outra pessoa tão rápido — disse. — Não era minha intenção ser irresponsável. Vou ficar até vocês encontrarem um substituto adequado, a menos que você prefira que eu vá embora imediatamente.

A prefeita Marsha estava sentada à mesa, com sua expressão amena completamente indistinguível.

— Você está se sentindo culpada. Posso ver. Bem, pode ser clara. Não há motivo algum para toda essa bobagem. Maya, foi um prazer trabalhar com você. Você fez Eddie e Gladys ouvirem, coisa que eu não achava ser possível. Agora você está pronta para fazer outra coisa. Se está feliz, então a cidade está feliz.

Maya não achava que *feliz* era uma palavra que usaria para se descrever. Estava com uma baita ressaca e não fazia ideia de para onde, exatamente, iria. Mas, quando acordou aquela manhã, soube que não iria ficar em Fool's Gold.

— Sou grata pela oportunidade que você me deu — disse ela. — Eu realmente gostei de trabalhar aqui.

— Fico feliz. — A prefeita sorriu. — Posso perguntar o que você vai fazer agora?

— Vou procurar um parceiro de filmagens. Quero fazer documentários. Mais educacionais do que comerciais. Histórias voltadas para crianças.

— Parece um pouco com o que Del vai fazer — comentou a prefeita.

Maya não ficou surpresa por ela saber daquilo. Pelo visto, a prefeita sabia de tudo o que acontecia na cidade.

— Vou seguir outro caminho — retrucou Maya. — O projeto de um dia na vida das crianças é dele, lógico. Mas há muitas histórias a serem contadas. Tenho alguns contatos que trabalham com documentários em um grande estúdio. Vou começar conversando com eles.

— Você é muito talentosa, Maya. Qualquer um seria sortudo de ter você na equipe. E quanto a Ernesto e Robert? Vai fazer os comerciais para eles?

— Não sei. Marquei uma reunião com eles. Estão viajando e só vão voltar no fim de semana.

Até lá, Maya esperava já ter conversado com Del. Talvez não fossem mais amigos, mas ainda havia uma questão profissional a resolver. Ela preferia que fizessem o serviço juntos. Se ele não estivesse interessado, Maya conversaria com os donos do cassino sobre fazer os vídeos sozinha. Como tinha acabado de pedir as contas, com certeza precisaria da grana.

— Você quer que eu ajude na busca por um candidato? — perguntou ela. — Posso perguntar por aí, conseguir algumas indicações.

A prefeita Marsha meneou a cabeça.

— Não há necessidade. O cargo de diretor de comunicação não vai ser preenchido depois que você for embora.

— Não estou entendendo.

— Eu criei o cargo para você, Maya. Você precisava de nós, e nós certamente precisávamos de você. Você organizou toda a programação da TV a cabo. Criou uma série de vídeos maravilhosos enaltecendo nossa cidade. Era disso que precisávamos.

Maya não acreditava no que estava ouvindo. Lágrimas queimaram seus olhos, apesar de ela ter piscado para afastá-las.

— Você fez isso... — disse ela, baixinho. — Criou o cargo para que eu pudesse vir para casa.

— Eu criei um cargo para que você fizesse uns serviços para mim — corrigiu a senhora, com um sorriso. — Maya, você sempre será uma de nós e sempre terá um lar aqui. Dito isso, tenho de admitir que acho que você descobriu que Fool's Gold é um pouco pequena demais para você. É hora de ir explorar o mundo. Só não se esqueça de voltar e nos mostrar o que você encontrou.

Maya puxou do computador o pen drive com o material bruto. Junto a isso, havia uma pilha de DVDs pronta para ser entregue a Del. Tinha terminado de analisar todas as gravações e de editar os vídeos dele, assim como disse que iria fazer. O que Del iria fazer era problema dele, porém ela pensava que havia um bom material ali.

Também tinha dado uma olhada em todo o material extra que fizeram da cidade, compondo um vídeo de dois minutos com planos diferentes. O último era deles se beijando.

Ela passou boa parte da noite tentando definir exatamente o que dizer na narração. Tinha andado para lá e para cá, escrito, apagado tudo, tentado dormir e começado tudo de novo.

Estava exausta, mas tinha terminado. Se houvesse palavras certas, não tinha conseguido encontrá-las. Tudo o que lhe restou era o que sentia no coração. Se não fosse o suficiente, então ela e Del nunca dariam certo mesmo.

Encontrou o arquivo no computador e deu *play*. O plano inicial era da cidade, com uma panorâmica lenta até o parque. Del estava fazendo flexões na grama. Mesmo com o vazio dentro de si, Maya sorriu ao vê-lo.

Sua voz veio das caixas de som.

Desculpe por tudo o que aconteceu, Del. Especialmente com sua mãe. Eu sei que você não concorda com o que fiz. Você não consegue entender por que escondi a verdade de você. Câncer é algo sério. Entendo. Sei que você está bravo. Eu não tinha intenção de machucá-lo.

A cena mudou para eles na calçada ao lado do The Man Cave. Ela tentava ler, e ele estava ao lado. Os dois estavam rindo.

Não vou dizer que deveria ter lhe contado porque acredito que minha promessa a Elaine era algo que eu não podia quebrar. Também entendo que, do seu ponto de vista, eu o traí e menti. Ambas as coisas são imperdoáveis.

No plano, surgiu uma imagem das montanhas e, depois, do campo. Os dois apareceram no quadro. Maya tinha eliminado o som das vozes para que só houvesse os gestos; depois, a intensidade. Em seguida, o beijo.

Este é o lugar errado, a hora errada, mas eu queria que você soubesse mesmo assim. Eu amo você. E amei pelos últimos dez anos. Eu só não tinha percebido. Não importa o que aconteça, você sempre terá um lugar no meu coração. Eu não queria que você fosse embora sem saber disso. Adeus, Del.

A voz dela sumiu e o beijo terminou. Então, a tela ficou preta.

Maya ficou sentada na cadeira por mais alguns minutos e percebeu que não havia mais nada a fazer. Tinha dito tudo, se exposto. Dali em diante, dependia dele.

Ela concluiu que suas chances eram de menos de cinquenta por cento. Del não acreditava em segunda chance e ela já tinha tido a sua. Ele não iria lhe dar uma terceira.

Mesmo assim, ela podia ir embora sabendo que tinha sido corajosa. E contado a verdade.

Del passou a noite em claro. Havia horas de vídeos. Ele não sabia quando Maya tinha encontrado tempo para editar tudo. Ela pegou o material bruto, com sequências mal filmadas, e o transformou em algo impressionante. De alguma forma, ela descobriu a essência de cada cena e a destacou.

Quando o sol nasceu, Del percebeu que fora o babaca que seus irmãos descreveram. Maya não fez nada a não ser se doar desde que voltou à cidade. Ela deu duro no trabalho, o ajudou, ajudou sua mãe e até deu aquela aula. Ela foi amiga, amante; apoiou a ele e sua família.

E mentiu. Omitiu uma informação significativa sobre sua mãe e a doença. Ele não seria bobo de confiar nela de novo. Como poderia?

Colocou o último DVD para rodar. A tela do computador foi pre-enchida por uma imagem da cidade. A câmera fez uma panorâmica que acabou com ele fazendo flexões no parque. Havia muito ruído de fundo, e então surgiu a voz de Maya, provocando-o.

— Não estou impressionada com suas flexões — disse ela, cuja voz foi capturada pelo microfone que ele usava.

— Claro que está.

Ela riu.

Houve uma pausa no som, e ele a ouviu falar. Mas não era algo daquele dia. Era uma narração.

Del ouviu as primeiras frases. Depois, pausou o vídeo e se recostou na cadeira. Lembrou-se daquele dia no parque e das outras dezenas de outros dias com ela. Sabia que ela gostava de café e que era cuidadosa quando enquadrava os planos. Maya sempre se dava ao trabalho de conversar com uma criança ou passar a mão em um cachorro ou fazer duas velhinhas se sentirem especiais. Ela não trairia sua amiga... Nem mesmo em favor de Del.

Maya mentiu, e ele apostaria qualquer coisa que, se as circunstâncias se repetissem, ela faria o mesmo. O que significava que, se precisasse confiar plenamente nela, não poderia.

Ou será que poderia? Será que ela não seria tão leal assim com ele também? Será que o que Maya tinha passado com Elaine significava que se submeteria ao risco de perder o que importava para fazer a coisa certa?

Ele estava cansado e confuso, e a verdade que mudaria tudo parecia fora de alcance. Ela lhe disse, e sua mãe também, e ele, teimosamente, se recusava a acreditar. Maya não queria guardar o segredo, mas teve de fazê-lo. Ela só agiu conforme o amor que sentia por Elaine. Por sua amiga.

Era a isso que tudo se resumia. Del não tinha de concordar com o que ela fez nem tinha de gostar daquilo. Mas, se aceitasse as razões dela, precisava admitir que, dentro daquele contexto, Maya tinha feito a coisa certa. Sua intenção não era mentir, mas proteger.

Del olhou novamente para a tela e apertou o *play*. Ele sorriu quando viu Maya tentando ler o fotômetro enquanto ele a importunava. Ela riu e o olhou. Del apertou o botão de pausa mais uma vez.

Ela era muito linda, pensou ele, distraidamente. O sorriso, os olhos. Ele a desejava — que homem não iria querê-la? Mas era mais que isso. Ele a respeitava. Precisava dela. Queria trabalhar com ela e...

Foi então que o trem da verdade passou por cima dele. Apitou e fez a casa vibrar e o deixou tremendo e se sentindo ridículo e idiota.

Del não queria apenas trabalhar com Maya. Não queria uma sócia. Queria estar sempre com ela. Permanentemente. Queria se casar com ela — porque a amava. Foi por isso que ficou tão furioso com relação à mãe e a todo o resto. Não queria que Maya fosse alguém em que não pudesse confiar porque ela era tudo para ele.

Como é que não tinha visto isso antes? Como pôde não ter percebido que ela era seu mundo?

Del se levantou, pegou as chaves da caminhonete e saiu correndo da cabana. Ele não tinha tomado banho nem comido. Ao menos estava vestido e calçado. Dirigiu a curta distância até o bairro silencioso de Maya.

Ainda era cedo. As crianças ainda não tinham saído para ir à escola, e a maioria dos adultos se arrumava para trabalhar. Maya estava no alpendre da casa, regando as plantas amareladas. Ela ergueu os olhos quando ele estacionou na via de entrada, mas não se mexeu. Del saiu da caminhonete. Seu peito estava apertado de nervosismo e medo. E se tivesse esperado demais para descobrir o que importava?

— Pare de regar — disse ele. — É por isso que suas plantas estão morrendo. Elas não precisam de água todos os dias.

Os olhos dela se arregalaram.

— O quê?

Ele apontou para o regador que ela segurava.

— Deixe-as passar sede de vez em quando.

— Ah... Você acha?

Maya colocou o regador no chão e foi até a escada. Ele se aproximou.

— Você está péssimo — disse ela.

— Não dormi. Assisti aos vídeos. Você fez um ótimo trabalho.

Algo brilhou nos olhos verdes dela. Uma emoção que ele não conseguiu interpretar. Esperança, talvez?

— O último... — começou ela.

— Não vi até o fim.

Maya mordeu o lábio inferior.

— Não é por isso que está aqui?

— Não. Estou aqui porque percebi a verdade. — Ele se aproximou mais alguns passos. — Não concordo com o que você fez, Maya, mas agora eu entendo seus motivos. Compreendo que não tinha nada a ver comigo, mas com você e minha mãe.

— Isso mesmo. E eu nunca quis esconder a verdade de você.

— Eu sei. Você é uma boa pessoa. Uma amiga leal. Você é muitas coisas. Linda, inteligente, engraçada.

Droga! Estava fazendo tudo aquilo errado. As palavras se amontoavam dentro de si, e ele não sabia qual dizer primeiro.

— Quero que a gente trabalhe junto — disse. — Faça os comerciais, aí comece os outros projetos sobre os quais conversamos. Somos um bom time.

Ele franziu a testa. Aquilo não estava nada certo. Por que ele não ia direto ao ponto?

— Mas não como uma empresa. — Del atravessou os últimos metros que os separavam e subiu a escada para se juntar a ela na varanda. Segurou-a pela mão. — Eu amo você, Maya. Talvez nunca tenha deixado de amar. Eu estava muito bravo e agora sei que era porque eu achava que ficaríamos juntos para sempre. Pertencemos um ao outro. Espero conseguir fazer você enxergar isso. Quero que a gente seja parceiro em tudo. Vamos fazer de Fool's Gold nosso lar. Nossa base. Podemos fazer isso? Há uma chance ou eu magoei você demais?

Ela o observou. Uma lágrima escorreu pelo rosto. Del a secou.

— Eu amo você — repetiu ele.

— Você não viu mesmo a parte final do vídeo? — perguntou Maya.

— Não. O que isso tem a ver?

Ela sorriu. Então fungou, ficou na ponta dos pés e pressionou os lábios nos dele.

— Eu amo você, Del. Amei nos últimos dez anos. Talvez por toda a minha vida.

O aperto no peito se amenizou quando ele a puxou para perto.

— Ah, é?

Ela riu.

— É. Eu também quero tudo isso. Nós trabalhando juntos e tendo Fool's Gold como lar para onde sempre podemos voltar.

— Vai se casar comigo?

Ela ergueu os olhos para ele.

— Vou me casar com você.

— Adoro quando um plano se encaixa — disse ele, um pouco antes de beijá-la.

Mais tarde, depois de terem feito amor, voltaram à cabana dele. Juntos, aconchegados no sofá, assistiram ao último vídeo juntos. Del a abraçou apertado enquanto a ouvia dizer que o amava.

— Você é muito boa à frente das câmeras — disse Del.

Ela se aninhou nele.

— Só com você. Sozinha, sou um desastre.

— Eu também.

— Que bom que somos um time, então!

— Você sabe das coisas.

PUBLISHER
Kaíke Nanne

EDITORA DE AQUISIÇÃO
Renata Sturm

EDITORA EXECUTIVA
Carolina Chagas

GERENTE EDITORIAL
Livia Rosa

COORDENAÇÃO DE PRODUÇÃO
Thalita Aragão Ramalho

PRODUÇÃO EDITORIAL
Marcela Isensee

COPIDESQUE
Mariana Moura

REVISÃO
Aline Canejo
Isis Batista Pinto

DIAGRAMAÇÃO
Abreu's System

CAPA
Mayu Tanaka

Este livro foi impresso no Rio de Janeiro, em 2015,
pela Edigráfica, para a HarperCollins Brasil.
A fonte usada no miolo é Stempel Garamond LT Std, corpo 11/14,9.
O papel do miolo é Chambril Avena 80g/m², e o da capa é cartão 250g/m².